Sujet : Tragédie

ELIZABETH LABAN

Sujet : Tragédie

**TRADUIT DE L'ANGLAIS
PAR CATHERINE GIBERT**

GALLIMARD JEUNESSE

À Alice et Arthur

CHAPITRE UN

DUNCAN
*Entre ici pour être
et te faire un ami*

Duncan avait deux choses en tête en passant le porche de pierre qui menait au dortoir des terminales : le «trésor» dont il hériterait et sa disserte sur la tragédie. Peut-être trois, finalement : quelle chambre avait bien pu lui être attribuée ?

La disserte mise à part, Duncan faisait son possible pour se convaincre qu'il était heureux quasiment à cent pour cent. Quasiment. Mais cette disserte – l'équivalent d'une thèse à Irving – rognait au moins trente pour cent de son bonheur, c'était dommage un jour comme celui-ci. En gros, il allait passer une bonne partie des neuf mois à venir à s'efforcer de définir la tragédie au sens littéraire du terme. Exemple : en quoi *Le Roi Lear* était-il une tragédie ? On s'en fichait. Il pouvait répondre à cette question tout de suite – une tragédie, c'était quand il se passait quelque chose de grave. Or, il se passait des choses graves tout le temps. Mais le professeur d'anglais des terminales, M. Simon – qui se trouvait être l'adulte responsable de son dortoir tout au long de l'année – ne s'en fichait pas. Il y tenait beaucoup et adorait émailler ses cours de mots comme «portée» ou «fatuité».

Duncan était plus à l'aise avec les chiffres qu'avec les mots. Par ailleurs, il avait entendu dire que certains élèves de terminale s'en étaient sortis sans trop se fatiguer. Peut-être lui suffisait-il d'obtenir un C à sa disserte. Il n'allait pas laisser celle-ci gâcher sa terminale. Pas après les erreurs qu'il avait commises l'an dernier. Mais, tout bien réfléchi, il se rendait compte qu'une distraction serait la bienvenue, tout plutôt que ruminer le passé.

Duncan se força à passer le porche sans se presser – avec la folle envie de s'arrêter pour lire la devise gravée dans la pierre. Mais cela faisait déjà trois ans qu'il était dans ce pensionnat – il la connaissait par cœur. Il aurait eu l'air bête de prendre le temps de la lire, il se contenta de la prononcer à voix basse :

– Entre ici pour être et te faire un ami.

Il était passé sous ce porche des centaines de fois, pour aller au réfectoire ou chez le directeur. Et jusque-là, il n'y avait pas vraiment prêté attention. Mais aujourd'hui, oui, aujourd'hui, il espérait que la devise soit pertinente, que ses camarades soient de véritables amis, même si le sens du mot « ami » lui échappait un peu. Après les épreuves qu'il avait traversées, il aurait plus que jamais besoin de leur soutien.

Les quartiers des terminales donnaient sur la cour – la sublime cour autour de laquelle se dressaient les bâtiments principaux du pensionnat. Et les chambres, l'équivalent des chambres doubles qu'il avait partagées avec Tad ces trois dernières années, étaient divisées en deux, ainsi les terminales étaient seuls. C'était la toute première fois de sa scolarité qu'il allait avoir une chambre individuelle. Forcément, celles-ci étaient minuscules. Mais il aurait été ravi de dormir dans un placard pour peu que celui-ci ait donné sur la cour et qu'il ait pu être seul.

Il pénétra à l'intérieur du bâtiment en s'imprégnant de l'odeur familière du réfectoire et aussi, se disait-il toujours, du papier, de l'encre et des cerveaux en ébullition, et se dirigea vers l'escalier. Il hésita, conscient que toutes les questions qu'ils s'étaient posées à propos de cette chambre allaient bientôt trouver une réponse, tous les espoirs qu'il avait nourris durant l'été bientôt se réaliser – pour le meilleur ou pour le pire. Ce qui lui aurait vraiment fait plaisir, si ça n'avait tenu qu'à lui, c'était une des chambres du milieu donnant sur la cour, à côté de celle de Tad.

Quelqu'un lui toucha l'épaule, il se retourna.

– Allez, viens, mec ! Qu'est-ce que tu attends ? lui demanda Tad, le visage barré d'un large sourire.

Duncan s'avança pour lui serrer la main, mais Tad s'écarta à la dernière seconde, l'incitant à lui courir après, et monta l'escalier quatre à quatre. Duncan fit mine de le poursuivre, mais se retint. Voilà, le moment de savoir était venu, mais il n'était plus aussi certain de le vouloir. Les seuls à connaître l'attribution des chambres étaient les terminales de l'année précédente. Or, on leur faisait jurer de ne jamais rien dire – vraiment jurer, ils prêtaient serment sous la menace de perdre quelques points sur leur moyenne générale (avec notification à la fac dans laquelle ils avaient été admis), au cas où ils le briseraient. Le dernier jour de l'année, chaque élève de terminale inscrivait sur la porte de sa chambre le nom de l'élève qui allait le remplacer et laissait à l'intention de celui-ci un « trésor » que le bénéficiaire découvrait le jour de la rentrée. Après quoi, les dortoirs restaient en l'état jusqu'au mois d'août suivant. Un grand nombre de terminales fraîchement émoulus avaient essayé de se faufiler à l'étage, voire de soudoyer l'équipe de nettoyage qui venait aérer les lieux une semaine avant la rentrée. À sa connaissance, personne n'y était jamais parvenu.

Quant à la nature du trésor qui l'attendait, ce pouvait être n'importe quoi.

– Hé, Dunc, lui cria Tad du haut de l'escalier, si tu ne montes pas, je vais te voler ton trésor.

Duncan mourait d'envie de lui demander quelle était sa chambre, mais ne s'y résolvait pas. Qu'est-ce qui clochait chez lui ? Ce n'était quand même pas l'affaire du siècle. Peu importait la chambre dans laquelle il allait séjourner et ce qu'on avait laissé à son intention, sa vie n'allait pas en être bouleversée. Seulement, il aurait adoré avoir une anecdote croustillante à raconter au dîner le soir. Une anecdote qui lui aurait permis de détourner la conversation du sujet que tout le monde aurait forcément envie d'aborder.

La gamme des trésors allait de la pizza qui moisissait depuis trois mois au chèque de cinq cents dollars. D'après certains bruits, quelques chanceux avaient récupéré deux billets pour un match des Yankees, une action dans une entreprise florissante et un bon cadeau pour un repas à l'une des meilleures tables du comté de Westchester. La légende voulait qu'une fois, il y a fort longtemps, un élève de terminale ait hérité d'un bébé bulldog anglais (la mascotte du lycée). Apparemment, l'élève avait été sommé par l'administration de trouver un autre toit à son chien, mais il avait fini par obtenir que le bulldog reste et celui-ci avait été baptisé Irving. Sa photo était exposée dans la bibliothèque, mais chaque fois que Duncan demandait à un professeur si l'anecdote était véridique, il ou elle refusait de lui répondre. Pas mal d'histoires bidon de sacs de M&M's et de livres circulaient aussi. Duncan monta lentement l'escalier. Des élèves le dépassaient à toute allure en lui donnant une tape dans le dos. L'escalier était commun aux garçons et aux filles mais, au sommet, les filles tournaient dans l'autre direction pour prendre un long couloir qui donnait sur les bois derrière le lycée. Il en entendit une hurler qu'elle avait un lapin dans sa chambre – comment c'était possible ? Quelqu'un avait dû convaincre l'équipe de nettoyage, qui avait accepté d'introduire le lapin quelques jours auparavant. C'est ce qui avait dû se passer pour le mystérieux bulldog. Duncan espérait ne pas avoir écopé d'un animal. C'était la dernière chose dont il avait envie.

Il était presque en haut. S'il levait les yeux, il voyait les portes encore fermées, peut-être pourrait-il deviner laquelle était la sienne. Mais le couloir était long. De ce côté-ci, la plupart des portes étaient ouvertes, les occupants avaient trouvé leur chambre. À l'autre extrémité, quelques portes étaient refermées – certaines avec un bout de carton scotché dessus, d'autres arborant le nom du locataire en lettres découpées et joliment agencées. Son nom ne lui sautait aux yeux nulle part. Il avait parcouru la moitié du couloir quand il sentit son cœur se serrer. Au même moment, Tad sortit en courant de sa chambre.

– J'ai la chambre d'Hopkins, dit-il. Et tu sais ce qu'il m'a laissé ?

– Quoi ? demanda Duncan, qui s'en fichait un peu.

Il rêvait de se libérer de sa trouille. Tad se comportait normalement. Si ça se trouve, personne ne pensait plus à ce qui s'était passé l'an dernier. Quelle que soit la chambre de Duncan, quel que soit son trésor, tout serait oublié d'ici un jour ou deux, de toute façon. Seuls les trésors grandioses faisaient l'objet de discussions qui duraient plus longtemps. Quant à sa chambre, il pouvait se faire à tout. Il n'y en avait qu'une dont personne ne voulait.

– Entre, proposa Tad, ramenant Duncan à la réalité.

Il entra dans la chambre à contrecœur et regarda autour de lui. Elle n'était pas aussi petite qu'il l'avait cru. Elle était même grande. Il y avait un lit – plus étroit qu'un lit jumeau, si tant est que ce soit possible – et un microscopique bureau, mais personne ne travaillait dans sa chambre, tout le monde étudiait dans la grande salle. Tad ouvrit la porte de son placard et fit signe à Duncan d'approcher. À l'intérieur, tout au fond d'une étagère, trônait une bouteille d'un alcool quelconque, ornée d'un énorme nœud doré. Tad s'en empara.

– Du bourbon, annonça-t-il fièrement. Et du bon. C'est un vingt ans d'âge. Il vient d'une réserve familiale.

– Euh, dit Duncan.

– Tu en veux ?

– Non, pas maintenant. Il faut que je trouve ma chambre, dit-il.

Puis il ajouta :

– Peut-être plus tard.

– Tu ne connais pas encore ta chambre ? s'étonna Tad, incrédule. Vas-y, mec, trouve-la.

Duncan retourna dans le couloir. Partout, les élèves couraient d'une chambre à l'autre, jouaient au ballon, écoutaient de la musique. Demain, le calme régnerait, mais aujourd'hui, presque tout était permis, sans doute pas le bourbon cependant. Cette fois, Duncan gagna l'autre bout du couloir sans hésiter. Il connaissait le pourquoi de son anxiété : il avait le pressentiment que sa chambre serait celle du coin, celle dont personne ne voulait. Il avait raison. Il découvrit son nom inscrit sur une feuille de papier quadrillée. Il ouvrit la porte et la raison pour laquelle personne ne voulait de cette chambre lui revint aussitôt à l'esprit : la lumière y pénétrait peu, si ce n'était par un œil-de-bœuf riquiqui, ravissant vu d'en bas, mais pas d'en haut. Qui plus est, la chambre était beaucoup plus petite que celle de Tad. Duncan se laissa tomber sur son lit minuscule, sans draps. Toutes ses affaires étaient entassées proprement dans un coin, envoyées à l'avance et apportées dans sa chambre plus tôt dans la journée. Sa déception était telle qu'il faillit en oublier le trésor. Quand il le découvrit, il se sentit, si possible, plus mal encore. Sur le bureau nain l'attendaient des CD. Génial ! De la musique – c'était presque pire que la pizza moisie, parce que ce n'était même pas intéressant. En plus, qui écoutait encore des CD, de toute manière ? Il connaissait l'identité du précédent occupant, c'était l'albinos. Duncan n'en revenait pas de sa malchance.

Il se pencha vers le bureau – la chambre était si petite que l'on pouvait tout atteindre de n'importe où sans se lever ni bouger. Les CD étaient empilés avec soin, accompagnés d'un mot. Duncan déplia lentement la feuille de papier – le texte avait été imprimé et la signature griffonnée à la main.

Cher Duncan,

Je sais ce que tu es en train de te dire. Tu te dis sûrement des tas de choses en ce moment mais, en premier lieu, que cette chambre est nulle. Ce n'est pas vrai. Le placard est doté d'un compartiment secret unique à cette chambre et dans lequel tu peux cacher ce que tu veux : troisième étagère, il suffit de pousser la planche pour le libérer. Il est difficile de voir par la fenêtre s'il y a de la lumière à l'intérieur ou sous la porte, d'ailleurs ; tu peux donc la laisser allumée plus tard que tout le monde sans te faire prendre. Et puis, M. Simon sera désolé que tu aies la chambre moche, alors il t'apportera de petites gâteries.

Cela dit, j'avoue que, dans l'ensemble, mon séjour dans cette chambre a été nul. Je me doute que tu sais pourquoi, mais j'ai envie de te l'expliquer. Quand j'ai appris que tu allais me remplacer, je n'y ai pas cru, à dire vrai. Peut-être devines-tu ce que je m'apprête à te révéler, mais je le ferai quand même. Il est important que tu saches pourquoi et comment les choses se sont passées. Il faut que quelqu'un sache – quelqu'un susceptible de se servir de mon expérience pour ne pas refaire les mêmes erreurs que les miennes. Sans doute. Je ne sais pas. Écoute mon histoire. Tu trouves que des CD sont un cadeau idiot, étant donné ma réaction l'an dernier quand tu es venu me trouver au réfectoire et de ce que j'imagine de tes sentiments, j'espère que tu les apprécieras. Tu peux les écouter sans problème sur ton ordinateur portable.

J'ignore si tu étais proche de Vanessa, mais c'est la seule personne au monde à en posséder un double. Je n'ai aucun moyen de savoir si elle les écoutera ou les a écoutés. Je l'espère. Ou pas. Quant à la dernière chose que je tiens à ajouter, je suis prêt à parier gros que tu ne t'y attends pas. Après quoi, je te laisserai à ton année de terminale. Ce que tu vas entendre – les mots, la musique, ma dégringolade et ton rôle supposé ou réel dans celle-ci – te rendra un fier service. En fait, je t'offre le meilleur des cadeaux, le meilleur des trésors dont tu puisses rêver. Je te donne la matière de ta disserte sur la tragédie.

Amicalement,
Tim

Duncan entendait les autres dans le couloir. Il avait envie de les rejoindre, mais reconnaissait que sa curiosité était piquée et, pour être tout à fait honnête, qu'il avait un peu peur. Il sortit son ordinateur de son sac, le posa sur le bureau et glissa le premier CD dedans. Puis il enfila les écouteurs et cliqua sur « Play ».

CHAPITRE DEUX

TIM
... Finalement,
il a été temps de partir

Tout d'abord, je tiens à te remercier d'avoir décidé de m'écouter. Je n'ai cessé de repenser à la dernière fois qu'on s'est vus et de regretter de ne pas avoir pris une autre décision. Au final, ça n'aurait pas changé grand-chose – les dés étaient déjà jetés. En revanche, pour toi, les choses auraient peut-être été différentes –, à condition bien sûr que tu aies été affecté d'une manière ou d'une autre par ce qui s'est passé. Je ne peux que le supposer.

Je t'imagine à mon bureau, ton bureau à présent, les boîtes des CD entre les mains et, à l'idée que tu écoutes mon histoire, je me sens mieux. À dire vrai, c'est le seul réconfort que je puisse trouver, à moins de découvrir un moyen de revenir en arrière et de tout recommencer à zéro, ce qui ne se produira jamais. Alors, voilà : ceci est ce que je te propose de mieux pour donner du sens aux événements qui se sont déroulés. Je vais faire en sorte de les recréer, mais il faut d'abord que tu saches quelle est leur origine – c'est important aussi. Les conversations que tu vas entendre sont assez proches de la réalité. En revanche, je suis certain d'une chose : je me rappelle chaque parole que Vanessa m'a adressée et chaque parole que je lui ai adressée.

J'ai mis longtemps à choisir où situer le début de mon histoire. Je me rends compte aujourd'hui que, à bien des égards, l'endroit où tout commence est celui où tant de choses ont pris fin.

Le jour où je suis parti pour Irving, j'étais le dernier à quitter la maison, et je précise pas pour la journée, pour toujours. Mes parents – mon père est mort quand j'étais bébé, par conséquent, je parle de ma mère et de mon assez récent beau-père – avaient déjà déménagé à New York. En tout cas, leurs affaires y avaient été expédiées ; ils s'en allaient six mois en Italie pour développer une nouvelle branche de leur agence de voyages. J'ai donc dormi deux nuits tout seul. Ça m'était égal, franchement ; j'aime bien être seul. J'ai enregistré les bruits de la maison sur mon ordinateur, sachant que je n'entendrais plus jamais les mêmes exactement. Et le soir, je les ai gravés sur un CD, afin de pouvoir les emporter partout avec moi. J'ai dormi par terre dans un sac de couchage au milieu de ma chambre. Puis, il a finalement été temps de partir. J'ai essayé de ne pas me retourner après avoir refermé la porte d'entrée et j'ai marché résolument vers le taxi. J'avoue m'être retourné quand même une fois.

Le chauffeur n'était pas très bavard et j'ai passé tout le trajet à regarder de gros nuages gris obscurcir le ciel. J'ai bien aimé la balade jusqu'à l'aéroport. J'étais soulagé d'avoir quitté la maison et j'ai toujours préféré être planqué à l'intérieur, plutôt qu'être à découvert dehors. Il me restait l'épreuve de l'aéroport avant de pouvoir à nouveau me planquer dans mon siège d'avion.

Tout bien réfléchi, se planquer signifiait pour moi disparaître à la vue des autres. Comme tu le sais, je ne passe pas inaperçu et, quand les gens me voient pour la première fois, ils me dévisagent – presque toujours. Au fil du temps, j'avais essayé pas mal de techniques pour me fondre dans le décor : me maquiller, je ressemblais à un gothique en herbe ; me teindre les cheveux et les sourcils, je ressemblais à un vampire. Ma mère détestait ça et, quand j'ai eu quinze ans, j'ai fini par détester ça aussi. Si bien que j'ai tout arrêté.

Qu'as-tu pensé quand tu m'as vu la première fois ? Tu avais déjà croisé un albinos ? T'es-tu précipité dans ta chambre, comme j'imagine que font les gens, pour vérifier ce qui provoquait la maladie et voir si elle était contagieuse ? Si tu ne l'as pas fait, je te donne quelques infos : je ne suis pas contagieux et ma maladie se traduit par une absence de pigments dans la peau et les cheveux ; ce qui explique que j'aie les cheveux d'un blanc éblouissant et la peau encore plus blanche. Parfois, dans la foule, j'ai l'impression d'avoir un projecteur braqué sur moi – c'est te dire à quel point je me sens pâle. Même dans un aéroport, au milieu de milliers de gens, on ne voit que moi.

Le voyage jusqu'à l'aéroport est passé beaucoup trop vite. Quand le chauffeur s'est garé devant le terminal après m'avoir demandé sur quelle compagnie je volais, je n'ai pas bougé. Pour ne rien te cacher, ma mère me manquait. En dépit des efforts de tout le monde pour se persuader que j'étais adulte et normal et des miens propres pour rassurer ma mère et Sid à ce sujet, je m'apprêtais à traverser la moitié du pays pour aller dans un pensionnat inconnu. Peut-être aurais-je dû commencer mon histoire ici afin que tu saches pourquoi j'allais à Irving, en premier lieu. Ma mère a rencontré Sid, il y a trois ans à peu près et, honnêtement, j'aurais bien aimé qu'elle le rencontre plus tôt. Avant qu'il n'arrive dans notre vie, on s'en sortait bien, mais il manquait toujours quelque chose. J'avais sept mois quand mon père est mort, je ne me rappelais pas ce que ça faisait d'avoir un homme à la maison, ma mère ne l'a jamais oublié. Quand elle a rencontré Sid, son bonheur a été immédiat. Elle voulait faire les choses lentement, mais ni elle ni moi n'avons pu lui résister et je suis heureux de dire que lui non plus. Peu de temps après, ma mère intégrait son agence de voyages et il emménageait chez nous. Au lycée, je bûchais. J'aimais la plupart des matières, mais comment dire ça gentiment? Mes camarades n'étaient pas à mon goût. Ou peut-être n'étais-je pas au leur. Si bien que tous les matins j'allais au lycée, je rentrais le soir et j'attendais que l'année se termine.

J'en parlais beaucoup à Sid et il m'écoutait d'une oreille attentive. Mais je pense qu'il ne voulait pas s'immiscer dans notre vie et prendre trop d'ascendant, je le comprends. Il avait adoré le lycée. Devine où il était? Gagné: Irving. À un moment donné – il me l'a dit plus tard –, il n'a plus supporté de me regarder souffrir, en restant les bras ballants, sachant qu'il avait un atout dans sa manche susceptible de me rendre heureux. Ma mère était à fond pour. Le jour où ils m'ont vu rentrer du lycée après ma première semaine de terminale avec le calendrier du décompte des jours jusqu'au diplôme que j'avais bricolé au déjeuner, ils ont compris qu'un changement s'imposait. Sid a parlé à M. Bowersox et s'est occupé de tout. Pour mon anniversaire, en octobre, mes parents m'ont offert une dernière chance de m'éclater au lycée – le deuxième semestre de ma terminale à Irving. Pour finir, ça arrangeait tout le monde et permettait à Sid et à ma mère de déménager plus tôt. Et franchement, je n'avais rien à perdre. Du moins, je le croyais.

Détrompe-toi, j'étais super content. Sauf qu'avant d'arriver à Irving, je devais passer de multiples épreuves : l'aéroport, la descente d'avion, la recherche d'un autre taxi à l'arrivée et, une fois à destination, l'angoisse de ne pas avoir d'endroits où me planquer. Je suis sorti du taxi, j'ai attrapé mon énorme sac à dos – le reste de mes affaires avait été expédié en amont –, j'ai rentré la tête dans les épaules et j'ai laissé les portes automatiques m'accueillir.

L'aéroport était bondé. Je m'étais préenregistré sur mon téléphone, je suis allé directement à la porte d'embarquement, après un détour par les toilettes, histoire de me ressaisir. Une chance, l'embarquement avait commencé quand je suis arrivé. Je me suis retrouvé dans l'avion en deux secondes. J'allais forcément avoir quelqu'un à côté de moi, mais ce n'était pas grave – c'est le choc initial que je déteste revivre inlassablement. Quand la personne s'est habituée à moi, les choses ne se passent pas trop mal en général.

J'ai vu Vanessa avant qu'elle ne me voie. J'en suis certain et c'est quelque chose que je peux rarement revendiquer. La raison pour laquelle je suis si catégorique est qu'elle avait les yeux fermés. En mettant le pied dans l'avion, je l'ai vue sur le premier siège à ma gauche, en première classe. Ça bouchonnait un peu dans l'allée, quelqu'un bloquait la file en essayant, plus loin dans la cabine, de fourrer une valise dans le compartiment à bagages en hauteur. J'ai remarqué Vanessa tout de suite et pas pour toutes les raisons qui sont venues ultérieurement, mais pour la bonne raison qu'elle ne regardait pas. Quelle personne au monde ne regarde pas les gens qui montent dans l'avion avec elle ? À l'époque actuelle, ne nous rabâche-t-on pas de faire attention à tout comportement suspect ? Et elle était là, les yeux fermés, les écouteurs de son iPod dans les oreilles. Puis j'ai remarqué le reste : ses longs cheveux blonds (d'un joli blond, surtout pas blond albinos) séparés en deux tresses tenues par des élastiques verts. Du peu que j'en voyais, ses écouteurs étaient également verts, vert le câble qui sortait de sa poche de jean, traversait son pull jaune moulant pour remonter jusqu'à ses oreilles délicates. Son gros sac à dos était posé à ses pieds. Elle avait étalé derrière elle son manteau en peau couleur caramel, le col tourné vers le haut, et elle était assise dessus.

D'habitude, je fais attention à ne pas dévisager les gens. C'est une de mes règles de vie. Dans un restaurant, je ne tourne pas la tête pour voir qui est le bébé qui crie si fort ; je ne laisse jamais mon regard errer sur un unijambiste avec des béquilles ou sur quelqu'un qui porte un bandeau sur l'œil. À l'aéroport, par exemple, quelques minutes avant de monter dans l'avion, j'ai croisé une femme qui était défigurée, mais pas de façon voyante. Avait-elle été brûlée ? Avait-elle un problème musculaire au visage ? Je voyais, ou plutôt je sentais, que tout le monde autour de moi l'observait en se demandant ce qui avait bien pu lui arriver. Mais, pas moi. J'ai regardé droit devant et j'ai continué à marcher. Franchement, je me fichais de connaître la raison de son infirmité, ça n'allait pas changer ma vie et je savais trop bien ce que ça faisait d'être dévisagé.

Alors, je ne te raconte pas le choc quand Vanessa a ouvert les yeux et m'a surpris en train de la regarder. Elle a pincé les lèvres et écarquillé les yeux, m'obligeant à baisser les miens vers le sol recouvert d'une fine moquette. J'ai senti quelqu'un pousser derrière moi tandis que la file se remettait en branle. Ensuite, je n'ai plus été dans son champ de vision.

Je me suis glissé dans mon siège à l'arrière de l'avion, les yeux toujours baissés, puis j'ai contemplé le ciel menaçant par le hublot. L'avion a fait rugir ses réacteurs, puis nous nous sommes écartés de la porte d'embarquement.

– Ça va ? ai-je entendu quelqu'un crier d'une voix stridente derrière moi.

Des têtes se sont retournées, mais pas la mienne.

– Robert ? Robert ? a hurlé la voix paniquée. Tu me fais peur !

– Y a-t-il un docteur dans l'avion ? a hurlé quelqu'un d'autre. Il faut un docteur !

Je me suis appliqué à ne pas me retourner. Je n'avais pas envie de briser ma règle personnelle une deuxième fois en moins de vingt minutes. Tout le monde se dévissait le cou vers le fond de l'avion. J'étais certain de comprendre ce qui se passait en restant dans ma position. Des gens étaient pâles, d'autres tout excités. C'est drôle, certaines personnes détestent les drames quand d'autres les adorent, les accueillent avec plaisir, se jettent sur l'occasion, comme on dit. Pourtant, je ne pense pas que ce soit ce qui m'a traversé l'esprit sur le moment. Je n'avais pas encore eu cette révélation.

Ça tournait mal. Je t'épargnerai les détails horribles, mais l'homme a dû être évacué par le Samu. Je me rappelle avoir été vaguement nauséeux en attendant l'arrivée des secours. Je n'ai jamais été à la hauteur en situation d'urgence. J'ai entendu quelqu'un dire : « mal à la tête, semblait aller bien, inconscient », même si je m'efforçais de ne pas écouter non plus. J'avais les yeux rivés sur le rideau qui séparait la première de la classe éco et qui avait été tiré en vue du décollage. C'est alors que je l'ai revue. Quand j'y repense, elle était seule en première classe quand j'étais passé à côté d'elle ; peut-être en souffrait-elle. Vanessa regardait vers le fond de l'avion, les yeux grands ouverts, de son côté du rideau.

Avec l'agitation qui régnait, je me sentais plus libre que d'habitude. Pour une fois, ce n'était pas moi le monstre. Il se passait quelque chose de beaucoup plus effrayant derrière moi. L'avion s'est repositionné contre la porte d'embarquement. On ne s'était éloignés que de quelques mètres, je m'en suis rendu compte, mais cette première poussée pour s'écarter de l'aéroport me paraît toujours gigantesque – comme si tout retour était impossible. Or, la preuve, ça arrivait parfois.

J'avais envie de sortir. J'ai tendance à être un peu claustro. C'est bizarre car ce que je préfère au monde, c'est être caché à la vue des autres dans un petit endroit, mais il faut que ce soit moi qui le décide. Je n'aime pas être pris en otage et c'est l'impression que j'avais. Je me disais qu'on allait repartir, quand il s'est mis à neiger et on nous a demandé de descendre de l'avion. Même si la situation n'était pas encore catastrophique à Chicago, les aéroports de la côte Est fermaient les uns après les autres, nous a-t-on annoncé. Je devais sortir encore une fois de ma planque, quitter l'avion et patienter dans le terminal.

J'ai trouvé un siège dans un coin en face d'un mur et j'ai commencé à lire une BD que j'avais glissée dans la poche avant de mon sac à dos. L'idée de prendre un taxi pour rentrer à la maison m'a effleuré – y passer une dernière nuit. Puis je me suis rappelé que le temps était épouvantable et qu'à partir du lendemain matin, la maison ne nous appartiendrait plus. J'ai réalisé alors que je n'avais littéralement plus d'endroit où me planquer – j'étais sans domicile fixe, du moins pour l'instant.

Duncan attendit quelques minutes mais Tim avait semble-t-il arrêté de parler. Il regarda autour de lui, presque surpris de se trouver là. Le couloir était silencieux, il décida néanmoins d'arrêter d'écouter et d'aller retrouver ses copains. Il éjecta le CD, le rangea dans sa boîte et jeta un bref coup d'œil au suivant. Puis, lentement, il glissa celui-ci dans la fente avec la ferme intention de n'écouter que quelques minutes.

CHAPITRE TROIS

TIM
Le monde était chamboulé

Il est difficile de ne pas se demander ce qui serait arrivé si les choses s'étaient passées autrement. Si l'avion était parti à l'heure ou si je ne m'étais pas risqué à m'éloigner de quelques mètres de la porte d'embarquement. Mais je l'ai fait. Je rêvais d'être invisible. J'ai hissé mon énorme sac à dos sur mon siège et, tête baissée, j'ai traversé la foule pour aller aux toilettes qui se trouvaient de l'autre côté du hall animé. Il y avait plus de monde que d'habitude. J'ai eu de la chance, la porte du dernier cabinet – celui réservé aux handicapés – était ouverte. J'ai tiré le verrou et me suis assis sur le siège, histoire de respirer un peu sans penser aux gens qui faisaient la queue à l'extérieur. Quand je me suis senti mieux, je me suis lavé les mains et, tête baissée, je suis sorti en trombe des toilettes pour retourner à mon siège.

Compte tenu du nombre de fois où je marche tête baissée, je suis surpris que la chose ne se produise pas plus souvent, et pourtant non. J'avais à peine mis le pied dans le hall que j'ai senti un choc, un petit corps ferme est entré en collision avec mon côté gauche, puis du liquide glacé a giclé sur ma chemise et mon cou. Il me semble aussi avoir été heurté par quelque chose à l'arrière du crâne. Ce n'était pas tant le fait de me cogner dans quelqu'un ni de me faire asperger qui m'inquiétait, mais je détestais l'idée de devoir m'arrêter pour parler à un inconnu qui, une fois qu'il ou elle serait revenu de ses émotions, me regarderait avec dans les yeux cette question : « Qu'est-ce qu'il a ce type ? »

— Je suis désolée, a dit la fille.

Au ton de sa voix, j'ai compris d'emblée qu'elle ne l'était pas, elle était agacée. À force de garder la tête baissée et les yeux rivés au sol, mes autres sens s'étaient développés. Parmi les nombreuses choses que j'ai apprises, je sais que le ton en dit plus long sur l'intention de la personne que les paroles qu'elle prononce.

— Tout va bien, ai-je répondu, toujours tourné dans la direction que j'avais prise.

Je voyais mon siège plus loin – du moins, il me semblait que c'était le mien – et quelqu'un était assis dessus. Je n'aurais jamais dû laisser mon sac à dos.

— Je vais t'aider, a-t-elle dit en venant se mettre devant moi, une boule de mouchoirs en papier froissés dans la main.

Je l'ai vue retirer ses écouteurs, j'ai vu l'éclair vert passer devant mes yeux, puis les nattes, puis le pull jaune. C'était elle !

— Ça va aller, je t'assure, ai-je dit sans croiser son regard.

— Tu as du Coca light partout, a-t-elle répondu. Ça va coller.

— Ça colle, le Coca light ? Il n'y a pas de sucre dedans.

Elle m'a tendu la boule de mouchoirs d'un air excédé. Je l'ai passée à contrecœur sur ma chemise et sur mon cou.

— Merci, ai-je dit. Il faut que je retourne à ma place. J'ai l'impression que quelqu'un a bougé mon sac à dos pendant que j'étais aux toilettes.

— Tu as laissé ton sac ? s'est-elle étonnée.

Je l'ai regardée. Elle devait déjà avoir remarqué que j'étais différent, je perdais mon temps à prétendre être invisible.

— Oui. Il y a beaucoup de monde et je ne voulais pas perdre mon siège.

— Mais on est dans un aéroport ! s'est-elle exclamée. On ne laisse pas ses affaires sans surveillance dans un aéroport. Quelqu'un pourrait penser que c'est une bombe.

— Ça ne m'a même pas effleuré l'esprit.

J'ai failli lui demander pourquoi, vu son intérêt pour la sécurité dans les aéroports, elle avait gardé les yeux fermés pendant que les passagers montaient à bord, mais je me suis abstenu.

Quelqu'un a dit quelque chose dans un micro, on s'est retournés et, d'un même mouvement, on est partis vers la porte d'embarquement. Je suis allé vers mon siège, qui était occupé par un vieil homme et elle est allée directement à la porte d'embarquement. Au moment où nos chemins se séparaient, je lui ai fait un signe de tête.

— Y avait-il un sac à dos sur le siège lorsque vous vous êtes assis ? ai-je demandé à l'homme.

Il avait les cheveux blancs et gras, et devait avoir au moins quatre-vingts ans.

— Chut, a-t-il dit en posant un doigt sur ses lèvres.

De l'autre main, il m'a montré mon sac à dos, appuyé contre un mur, puis il a indiqué l'hôtesse à la porte d'embarquement.

– Elle va nous dire quelque chose, a-t-il ajouté.

Ce qu'elle nous a dit, c'est que tous les vols étaient annulés, tous sans exception. Le soulagement d'avoir retrouvé mon sac à dos a vite laissé place à la panique. Une nuit sans endroit où aller figurait sur la liste des cauchemars que je n'avais même pas envisagés comme possibles – une nuit dans une chambre gigantesque et bondée sans rien pour me cacher. Pourquoi ai-je pensé que je serais capable de le supporter ? La situation était en train de m'échapper. J'ai fait ce que tout le monde fait : j'ai appelé ma mère.

Elle n'a pas décroché, je lui ai laissé un message pour lui raconter l'histoire de la neige et lui demander si elle pouvait me trouver une chambre dans l'hôtel de l'aéroport – qui était affilié à son agence de voyages – car je pensais n'avoir aucune chance d'en obtenir une moi-même. J'ai ajouté que je lui avais envoyé les CD promis sur lesquels j'avais enregistré les bruits de la maison et du voisinage. J'étais d'ailleurs assez content de moi car, la veille de mon départ, j'avais réussi à choper un oiseau qui nous rendait tous dingues.

J'ai calculé que, compte tenu des sept heures de décalage, il devait être minuit en Italie. C'était pile ou face, soit elle avait le message aujourd'hui, soit elle l'avait demain.

Ensuite, j'ai appelé l'hôtel. J'avais raison : pas de chance, plus une chambre libre.

J'ai raccroché et j'ai fermé les yeux. Quand je les ai rouverts, j'ai regardé de l'autre côté du hall et vu la fille, son manteau en mouton retourné étalé sur le siège derrière elle comme dans l'avion. Peut-être était-ce une manière de se protéger des germes et de la saleté qui traînaient dans l'aéroport. Elle écoutait son iPod, mais cette fois, les yeux ouverts. Et, sans vraiment réfléchir, j'ai laissé mon regard croiser le sien. Elle a eu un bref sourire – presque sec, je dirais –, puis elle a tourné les yeux vers la baie. Mon téléphone a vibré dans ma main.

– Salut, maman. Ou plutôt *ciao* !

– Salut, mon cœur, a-t-elle répondu.

Elle me manquait déjà.

– Je viens de vérifier mes messages une dernière fois avant de me coucher. Tout est arrangé, tu as une chambre qui t'attend. Il suffit que tu donnes ton nom. Elle est réglée. Va te faire enregistrer, commande quelque chose au *room service* et regarde un film marrant. Appelle-moi demain matin pour me dire ce qui se passe avec ton avion.

– Merci, maman, ai-je répondu – je n'avais pas envie de raccrocher tout de suite. Comment ça va, vous deux ?

– Tu nous manques, mais c'est magnifique ici, a-t-elle dit. On est impatients que tu viennes nous retrouver en mars. On n'arrête pas de parler des choses qu'on pourrait faire ensemble.

Sur le moment, j'aurais adoré les rejoindre immédiatement, oublier que je devais me rendre sur la côte Est et plutôt aller en Europe.

– C'est tentant, maman.

– Au revoir, mon cœur. Pense à m'appeler demain matin. Oh, j'allais oublier. Sid te fait dire : «Allez, les Bulldogs ! »

D'habitude, j'aurais répondu : «Allez, les Bulldogs» – on n'arrêtait pas de se renvoyer des «allez, les Bulldogs» depuis le mois d'octobre – mais je n'étais pas d'humeur.

31

– Dis-lui qu'il me manque, me suis-je contenté de répondre.

J'ai remis ma BD dans mon sac et j'ai enfilé mon manteau. J'aurais pu éviter de passer à côté de la fille, mais il aurait fallu que je me faufile entre deux rangées de sièges rapprochées – ça ne serait pas passé inaperçu. En plus, je n'avais rien à perdre, j'ai donc marché vers l'endroit où elle était et j'ai pris à gauche juste avant son siège. Elle avait l'air irritée.

– Tu vas où ? a-t-elle crié, à ma grande surprise.

Je me suis arrêté. Elle avait toujours ses écouteurs. Je ne savais pas si elle avait baissé le son ou si elle avait éteint son iPod, à moins que la musique ait continué de hurler dans ses oreilles.

– À l'hôtel de l'aéroport, ai-je répondu.

– Pas la peine, a-t-elle dit. J'ai appelé, il est complet. J'ai aussi appelé un taxi, mais il paraît que les rues sont impraticables. On est coincés ici.

– J'ai une chambre.

– Impossible, a-t-elle rétorqué. J'ai appelé avant même l'annonce concernant le vol de ce soir.

– J'ai une réservation.

– Impossible ! a-t-elle répété.

– L'agence de voyages de ma mère travaille avec cet hôtel, me suis-je entendu expliquer. Ma mère a appelé, il restait au moins une chambre parce qu'elle l'a réservée. La chambre m'attend. C'est là que je vais maintenant.

– Ouaouh !

J'ai vu son regard s'illuminer. Elle semblait plus amicale tout à coup.

– Tu crois que c'est une chambre à deux lits ? a-t-elle demandé.

– Peut-être.

Pour une raison que j'ignore je n'étais pas du tout surpris par sa question. J'avais l'impression tenace que le monde était chamboulé et que les règles habituelles ne s'appliquaient pas. Ça me plaisait.

– Tu peux venir voir si tu veux. Et si ce n'est pas le cas…

J'ai laissé ma phrase en suspens. Elle a froncé les sourcils et levé les yeux au ciel, mais elle a rassemblé ses affaires. L'espace d'une seconde, j'ai cru qu'elle allait me donner son manteau pour que je le porte, mais non. J'étais soulagé car, à vrai dire, si elle l'avait fait, je l'aurais pris.

CHAPITRE QUATRE

TIM
J'avais l'impression qu'aucune des règles normales ne s'appliquait

Au début, on n'a parlé ni l'un ni l'autre. J'aurais pu lui demander : « Tu habites où ? Où tu vas ? » Mais je n'avais pas envie de lui donner l'impression que j'allais parler toute la soirée. Plus tard, quand on s'est remémorés cet épisode, elle m'a avoué qu'elle aurait préféré continuer à écouter de la musique sur son iPod, mais avait trouvé trop grossier de le faire. Peut-être aurait-elle dû suivre son envie.

On était presque arrivés à l'hôtel et on ne s'était toujours rien dit.

— Au fait, je m'appelle Vanessa, a-t-elle annoncé en me tendant la main.

Ce moment figure parmi mes moments mémorables parce que, aussi étrange que ça puisse paraître, même quand les gens sont gentils avec moi, ils ne me touchent pas volontiers d'habitude – à moins de me connaître, bien sûr. Je l'ai regardée un instant avant de lui serrer la main. Puis, je lui ai souri.

— Je m'appelle Tim. Content de te connaître.

— Si on doit passer la nuit ensemble, on ferait mieux de se dire nos noms de famille aussi, a-t-elle ajouté.

Flirtait-elle avec moi ?

– D'accord, ai-je acquiescé en m'efforçant d'avoir l'air décontracté alors que j'avais le cœur qui battait à tout rompre – d'ailleurs, j'étais surpris qu'elle ne l'entende pas. Je m'appelle Tim Macbeth.

Je n'avais pas plutôt prononcé cette phrase que j'ai regretté aussitôt de ne pas avoir répondu quelque chose de plus cool, du style : « Moi, c'est Macbeth » ou simplement : « Macbeth. » Mais je ne pouvais pas faire marche arrière.

– Je m'appelle Vanessa Sheller, a-t-elle dit, en me faisant un sourire pas tout à fait franc, mais qui m'a plu quand même.

On a poussé deux paires de portes battantes, puis on est descendus par un Escalator à l'entrée de l'hôtel. J'adore les hôtels – bizarrement, ils m'apaisent et me rendent optimiste. Je crois que, en plus, ils me donnent l'impression d'échapper à quelque chose. Tu ne commencerais pas à discerner un thème ? Mais ce n'est pas ce que j'ai ressenti en pénétrant dans le hall de celui-ci. Ça sentait la chaleur, la transpiration de gens inquiets et aussi le chien mouillé. Le moindre coin de meuble était occupé – fauteuils, canapés et même les tables basses. Certains mangeaient, d'autres dormaient. Un groupe d'enfants faisait une ronde.

C'était la première fois que je m'enregistrais seul dans un hôtel. L'occasion ne s'était jamais présentée. Mais je ne voulais pas que Vanessa le sache. Et pour ajouter à mon anxiété, je craignais que les gens s'attroupent autour de moi en voyant qu'on me remettait une clé. J'ai cherché la réception des yeux et j'ai été soulagé de constater qu'elle se trouvait un peu à l'écart. En avançant vers la jeune fille épuisée qui officiait derrière le comptoir, j'ai senti tous les regards se tourner vers moi, mais à mesure que j'approchais, je me suis rendu compte que tous n'étaient pas tournés vers moi – une bonne partie l'étaient vers Vanessa.

– Désolée, nous n'avons plus de chambres, a dit la fille avant que j'aie le temps d'ouvrir la bouche.

– Je sais, ai-je répondu en m'arrêtant juste à temps avant d'ajouter que ma mère avait appelé. J'ai une réservation au nom de Macbeth.

J'ai attendu. Je ne m'étais peut-être jamais enregistré tout seul, mais j'avais accompagné ma mère ou Sid à de nombreuses reprises et je connaissais la procédure. La fille a pianoté, pianoté, sur son ordinateur d'un air sceptique.

– Ha ! a-t-elle fini par s'exclamer, les yeux agrandis par la surprise. Et c'est une belle chambre, la 956, avec deux grands lits.

– Merci, ai-je répondu en m'abstenant d'ajouter : « Je vous l'avais dit. »

Vanessa se tenait à côté de moi comme si c'était sa place légitime.

– Deux clés ? a demandé la fille.

– Oui, a répondu Vanessa avant moi.

On a attendu que la réceptionniste active les clés, puis les mette dans une petite enveloppe blanche et fasse glisser celle-ci sur le comptoir en marbre.

– Bon séjour, a-t-elle dit d'un ton mécanique.

J'avais de nouveau l'impression qu'aucune des règles normales ne s'appliquait. J'avais dix-sept ans ; je ne connaissais pas l'âge de Vanessa, mais ça devait être dans ces eaux-là.

Personne ne nous a demandé notre carte d'identité ni si on avait des bagages. On a juste tourné les talons en évitant de croiser le regard de la foule avide de chambre.

– « Je n'ai jamais vu de jour si sombre et si beau », a dit Vanessa devant l'ascenseur.

– Quoi ? ai-je demandé, pas certain d'avoir bien entendu.

– Allez, tu connais forcément la pièce, non ? a-t-elle demandé en souriant. *Macbeth* de Shakespeare ? Je l'ai étudiée le semestre dernier. Avec un nom comme le tien, tu ne peux pas être passé à côté ? J'ai toujours adoré cette citation parce qu'elle signifie une bonne et une mauvaise chose à la fois. Tu vois ce que je veux dire ? Le temps est épouvantable, mais on a une chambre. Quelque chose de mal et quelque chose de bien.

Bien sûr, j'avais lu *Macbeth*, mais je ne connaissais aucune tirade par cœur. N'empêche, j'avais le sentiment de lui devoir quelque chose.

– « Au plus clair des jours, au plus sombre des nuits, aucun mal ne sera permis. »

– Le serment de *Green Lantern* ?

Je l'avoue, j'étais impressionné.

– Comment tu le sais ? ai-je demandé, ma curiosité piquée au vif.

– J'ai des frères.

Puis elle a penché la tête de côté et m'a regardé droit dans les yeux.

– Ne me dis pas que c'est tout ce que tu en as retenu ?

– Si, ai-je répondu.

À ce stade, on était sortis de l'ascenseur et on longeait un couloir qui sentait la moquette neuve, en lisant les numéros sur les portes. On venait de trouver la chambre quand mon téléphone a sonné. Pendant que je le sortais de ma poche, Vanessa m'a pris la petite enveloppe blanche des mains, a ouvert la porte et s'est glissée devant moi pour entrer. Je suis resté dans le couloir pour répondre. C'était ma mère qui voulait savoir si tout s'était bien passé à l'hôtel. J'étais un peu agacé. Elle ne me manquait pas autant qu'une heure auparavant. Et d'ailleurs, ce n'était pas la pleine nuit en Italie ? Comme toujours, elle voulait des détails, sauf que moi, je voulais entrer dans la chambre. Elle s'est rendu compte que je la pressais, mais je m'en fichais.

Pourtant, dès que j'ai raccroché, elle m'a manqué. Partager une chambre avec elle et Sid, plutôt qu'avec une fille étrange – aussi mignonne soit-elle – me manquait. Je me suis attardé dans le couloir plus longtemps que nécessaire en me demandant comment j'allais survivre à cette nuit.

– Tim ? a appelé Vanessa de l'autre côté de la porte. Tu viens ?

Cette fois encore, Duncan attendit la suite, mais Tim avait cessé de parler. Il commençait à comprendre que rien ne le préviendrait de la fin d'une réflexion ou d'un CD. Juste quand il allait cliquer sur « Stop », Tim reprit la parole. Duncan se demanda si celui-ci s'était arrêté pour rassembler ses pensées ou s'il avait enregistré la suite à un autre moment, le blanc serait alors un accident. Il espérait ne rien avoir raté du CD précédent, mais sans doute pas ;

jusqu'ici l'histoire ne semblait pas comporter de trous. Il s'efforça d'imaginer Tim quelque part en train de parler dans un micro, mais n'y parvint pas. La seule image qui lui venait à l'esprit était celle de Tim la dernière fois qu'il l'avait vu. Ou, pire, la fois d'avant.

Duncan savait qu'il devait aller dîner. À l'heure qu'il était, tout le monde avait dû évoquer le trésor qu'il avait reçu. Il n'avait pas envie de tout louper. Mais Tim et Vanessa étaient dans la chambre d'hôtel. Seuls. Ce qui était surprenant et très difficile à concevoir. Il mourait d'envie de savoir ce qui s'était déroulé dans cette chambre. Il n'écouterait qu'un tout petit bout, décida-t-il. Dix minutes de plus, peut-être.

CHAPITRE CINQ

TIM
Si tu donnes un pancake à une fille…

Quelque chose a changé entre le moment où elle m'a appelé dans le couloir et celui où je suis entré dans la chambre. Elle s'était montrée plutôt sympa jusque-là. Ça faisait peut-être partie de son plan, mais j'en doute. Ou alors elle se sentait soudain aussi mal à l'aise que moi. Va savoir. On n'en a pas reparlé plus tard ; le sujet n'est pas revenu sur le tapis.

Vanessa avait déjà réquisitionné le lit le plus proche de la fenêtre, elle déroulait le câble de son iPod et enfilait ses écouteurs. Je me suis approché pour regarder par la baie. Voir atterrir les avions aurait été grandiose si la neige n'était pas tombée aussi dru et si des avions avaient atterri. Le vent s'était calmé. Un drapeau devant nous claquait mollement, mais la neige était épaisse – il devait déjà y en avoir quinze centimètres et elle redoublait.

– Tu as faim ? ai-je demandé en me tournant vers Vanessa.

Comment allais-je surmonter cette nuit dans une telle promiscuité ? Je ne pourrais jamais me détendre, sans parler de dormir. J'aurais dû rester dans le couloir.

Elle n'a pas répondu. Je lui ai tapoté le bout du pied et elle a sursauté. Elle a baissé le volume de son iPod de mauvaise grâce et m'a regardé d'un air impatient – j'avais la forte impression de la déranger.

— Tu as faim ? On peut commander quelque chose au *room service*.

— D'accord, a-t-elle répondu en éteignant son iPod, sans pour autant retirer ses écouteurs. Il y a une carte ?

J'en ai trouvé une dans le bureau et la lui ai tendue. Vanessa sentait le citron et la lessive. En réalité, je n'avais pas très faim, mais il fallait absolument que je m'occupe.

— Qu'est-ce que tu dirais d'un club sandwich avec des frites ? a-t-elle demandé.

— D'accord. Tu vois des steaks ou du filet mignon à la carte ? Ce serait super à commander.

Elle m'a regardé.

— D'ac.

J'ai décroché le téléphone et composé le numéro. Elle est retournée à sa musique.

— En fait, non, a-t-elle dit en retirant ses écouteurs avant que j'obtienne une réponse. J'ai une meilleure idée.

— Allô ? Ici, le *room service*, a dit quelqu'un dans mon oreille.

Je me suis senti comme un lapin pris dans les phares d'une voiture. Qu'est-ce que je devais faire ? Raccrocher ? M'en tenir à la commande initiale.

— Bonsoir, ici la chambre 956. Nous voudrions commander quelque chose à manger, s'il vous plaît, ai-je bafouillé. Ne quittez pas une seconde.

J'ai mis la main sur le gros combiné.

— C'est quoi, ton idée ?

– Et si on commandait un petit déjeuner en guise de dîner, j'adore ça, a-t-elle lancé. Des pancakes, du bacon, des saucisses – la totale. Et demande s'ils ont des petits pains à la cannelle.

J'ai souri intérieurement car sa proposition correspondait au délire qui prenait forme dans ma tête à la vitesse grand V : les règles normales ne s'appliquaient plus – prendre une chambre d'hôtel avec une jolie fille, le petit déjeuner au dîner. Comment l'expliquer autrement ?

Je me suis éclairci la voix et j'ai commandé tout ce qui était inscrit à la carte du petit déjeuner.

– Du café avec ça, monsieur ? a demandé la voix.

– Bien sûr, pourquoi pas, ai-je répondu.

– Vous serez servi dans une demi-heure, monsieur, a ajouté la voix.

– Entendu, merci.

J'ai mis la télé et j'ai attendu. Quand on a finalement frappé à la porte, j'ai fait un bond d'un mètre.

– C'est quoi ? a demandé Vanessa en me regardant.

– Le *room service*, ai-je répondu, honteux.

Une fois que tout a été installé dans la chambre, Vanessa s'est levée pour retirer les couvercles en argenterie qui protégeaient les plats. Il y avait une énorme pile de pancakes fumants, dégoulinants de beurre et saupoudrés de sucre glace, du bacon, des saucisses, un pain d'un viande d'une sorte indéterminée, une omelette, des minigaufres et une assiette de petits pains à la cannelle.

– Tu prends quoi ? a-t-elle demandé.

Je me suis avancé vers la table. Je sentais l'odeur de la

nourriture, mais c'est son parfum que je m'efforçais de discerner. J'ai fait celui qui s'intéressait aux plats, or j'avais l'impression que son bras dégageait de l'énergie, comme si elle avait été électrique. J'ai encaissé et me suis écarté.

— À toi de choisir, ai-je dit en m'efforçant de respirer normalement.

— Et si on partageait, a-t-elle proposé en me souriant.

Elle a pris le plat de pancakes et a coupé la pile en deux. Puis, de ses mains parfaites, elle a préparé deux assiettes exquises de petites portions de tous les plats. Quel effet ça faisait d'être effleuré par une main pareille ? En prenant l'assiette qu'elle me tendait, j'ai rougi, ce qui, sur mon visage, ressemblc à un feu de broussailles, tu t'en doutes.

— Miam ! s'est-elle écriée en s'asseyant au bord de son lit.

Elle mangeait de bon appétit, du sirop d'érable dégoulinait sur sa couverture et sur son T-shirt. J'étais épaté par son absence d'inhibition.

Je me suis installé devant le bureau. La nourriture était délicieuse et, une fois que j'ai commencé à manger, je n'ai plus pu m'arrêter.

— Alors, quels sont tes centres d'intérêt ? Tu as des passions ? a-t-elle demandé.

Je n'ai pas pu m'empêcher de rire. Elle s'essayait à la conversation de salon.

— J'aime lire, ai-je dit en me rendant compte sur-le-champ que c'était une réponse débile. Et j'aime courir, je fais du cross.

Je ne lui ai pas avoué que courir figurait parmi les moyens que je préférais pour m'échapper et être seul. En revanche, je lui ai dit que ça me rendait heureux.

– Moi aussi ! Je fais partie de l'équipe d'athlétisme du lycée, a-t-elle lancé en levant la tête.

Elle a refait tomber du sirop d'érable sur sa jambe et s'est aperçue que je l'avais remarqué. Elle a essuyé la goutte avec son doigt, puis l'a léchée.

– Excuse-moi, mais je mange comme un cochon. J'adore, a-t-elle dit. Au lycée, on le fait une fois par semaine – le petit déj au dîner. Gaufres, omelettes, tortillas, quiches, petits pains à la cannelle. Certains détestent, j'adore.

– Tu es dans quel… ? ai-je commencé, sidéré de ne pas savoir où elle allait, mais elle m'a interrompu.

– Devine ce que ça me donne envie de faire ? a-t-elle demandé avec l'air plus heureuse que jamais. Ça me donne envie de jouer dans la neige !

– Tu me fais marcher ? Je réserve la dernière chambre disponible dans un rayon de trente kilomètres et ta seule envie est d'aller dehors.

– En fait, oui, a-t-elle répondu en souriant. Mais je serai contente de rentrer.

– C'est un soulagement, ai-je lâché. J'ai cru un instant que j'avais fait tout ça pour rien. Et puis-je te rappeler qu'il fait un temps épouvantable ?

Elle s'est levée d'un bond pour regarder par la fenêtre.

– Ce n'est pas si terrible, a-t-elle déclaré. J'aperçois un parking qui a l'air vide. On pourrait y faire un bonhomme de neige !

Je l'ai rejointe pour vérifier. Nos mains pendaient l'une à côté de l'autre. À nouveau, cette énergie.

– On pourrait faire une statue de neige de l'homme qui a eu un malaise dans l'avion, ai-je proposé.

Elle m'a regardé comme si j'étais fou.

– Une sorte de bonhomme de neige vaudou, ai-je expliqué. Ça lui rendrait peut-être la santé.

On a ri comme des malades et c'était bon.

– Je me demande ce qui lui est arrivé, ai-je dit.

– Sans doute une rupture d'anévrisme, a-t-elle répondu d'une voix impassible.

– Je croyais qu'il s'était déshydraté, ai-je dit d'un ton sérieux.

Ce qui l'a fait de nouveau rire. Je n'avais pas eu l'intention de faire de l'humour, mais j'accueillais son rire quelle que soit la façon dont je l'obtenais. Je me suis remué les méninges pour trouver une autre réflexion drôle.

– Comment se fait-il que manger des pancakes te donne envie de jouer dans la neige ? ai-je demandé enfin, soucieux de briser au plus vite le silence.

– L'hiver, à la maison, ma mère prépare toujours des pancakes les matins où il neige – comme ceux qu'on a mangés, avec du bacon et du sirop d'érable –, après, avec mes frères, on passe le reste de la journée à jouer dans le jardin. Ce sont les jours de vacances que je préfère.

– Tu as combien de frères ? ai-je demandé pour gagner du temps.

Je n'étais pas certain d'avoir envie de sortir.

– Arrête de tergiverser, a-t-elle dit, devinant mes pensées. J'ai trois frères. Tu es prêt ?

– Prêt.

On a sorti nos affaires de nos sacs à dos. J'ai décidé de garder mon jean et de mettre mon jogging en rentrant. J'espérais qu'il n'était pas troué. Pourvu !

Vanessa était déjà en train de nouer une écharpe verte autour de son cou et elle enfilait son manteau. Voyant que je ne bougeais pas, elle s'est arrêtée.

– Je ne renoncerai pas, a-t-elle déclaré. Si tu ne viens pas, j'irai seule. Tu connais ce livre pour enfants qui s'appelle *Si tu donnes un biscuit à une souris ?* Dans notre cas, ce serait plutôt : *Si tu donnes un pancake à une fille le jour d'une tempête de neige…* rien ne peut m'arrêter.

Elle m'a jeté mon blouson. Je l'ai enfilé en la regardant enrouler son écharpe verte autour de son cou avec les nattes coincées à l'intérieur. J'ai ressenti l'irrépressible envie de me précipiter sur elle pour libérer ses nattes, mais je me suis abstenu.

On est restés les bras ballants une seconde puis, pile au même moment, on a marché vers la porte, manquant se cogner l'un dans l'autre comme dans un numéro comique, elle a ri. Je me suis écarté pour la laisser passer et je suis sorti après elle.

– Qu'est-ce que tu préfères : bonhomme de neige ou bataille de boules de neige ? a-t-elle demandé, une fois qu'on a été dans l'ascenseur.

J'avais presque oublié qu'on sortait, tant j'étais fasciné par elle.

– Si tu choisis la bataille de boules de neige, a-t-elle poursuivi, il faut qu'on se mette d'accord sur le temps alloué à chacun pour dresser un rempart et amasser des munitions.

D'après moi, sept ou huit minutes sont suffisantes ; mes frères en réclament dix, en général.

– Dis donc, tu ne plaisantes pas, me suis-je exclamé. Mais j'ai une meilleure idée.

– Laquelle ? a-t-elle demandé au moment où les portes de l'ascenseur s'ouvraient sur le hall bondé.

Le charme s'est rompu. Je suis sorti en silence après elle. Tous les visages étaient tournés vers nous et pas parce que j'étais bizarre ou que Vanessa était belle. Le regard des gens était calculateur, famélique.

– Pourquoi ai-je l'impression que quelqu'un va me sauter dessus pour m'arracher ma clé ? ai-je chuchoté à Vanessa tandis qu'on se précipitait vers la sortie.

Les portes ont coulissé et on a poussé un soupir de soulagement.

– Alors, c'est quoi ton idée ? a-t-elle répété.

– Que dirais-tu d'un igloo ? ai-je proposé.

Encore aujourd'hui, je ne sais pas d'où cette idée m'est venue. Enfant, je n'ai jamais eu le droit de construire d'igloo parce que ma mère trouvait ça dangereux (les tunnels de sable aussi, d'ailleurs). Je n'ai jamais compris. Il suffit de pousser pour sortir, non ? En plus, sur le moment, l'idée de me retrouver enfoui sous la neige avec Vanessa n'était pas pour me déplaire.

Elle a examiné la neige pour juger de son épaisseur, puis elle s'est penchée et en a ramassé une poignée, histoire d'apprécier sa consistance.

– C'est de la bonne neige compacte, a-t-elle conclu. Je n'ai jamais construit d'igloo. Tu t'y prends comment ?

Je n'en avais pas la moindre idée, mais il était hors de question de faire marche arrière.

— Permets que je t'initie à l'art d'ériger un igloo, Vanessa Sheller, ai-je déclaré, plein d'assurance. Faisons un gros tas de neige, vers cet endroit par exemple, et évidons-le. Ensuite, il suffira de tasser l'arrière pour que le tout tienne.

— Ça me semble parfait, a-t-elle dit, sans pour autant amorcer un geste pour construire l'igloo. C'est magnifique ici ! s'est-elle extasiée.

Je l'ai regardée lever la tête vers le ciel et attraper des flocons avec la langue. Mais, ce qui m'a le plus frappé, c'est la neige qui s'accumulait sur le revers de ses bottes. Je me demandais si celle-ci glissait vers ses chevilles et lui glaçait les pieds. Puis j'ai imaginé ses chaussettes. Dans la chambre, je n'y avais pas prêté attention et je le regrettais. Étaient-elles rayées ? Va savoir si elles n'étaient pas verte et jaune – son code couleur, semblait-il. Et ses doigts de pied – étaient-ils vernis ? Et soudain, dans ce parking, au milieu de toute cette neige, je me suis rendu compte que, pour une fois, je me fondais dans le décor au lieu de faire tache.

— Qu'est-ce que tu attends ? ai-je crié en commençant à envoyer de la neige avec le pied dans un coin du parking le long d'une des façades de l'hôtel.

Vanessa s'y est mise aussi, ramassant de pleines brassées de neige qu'elle ajoutait à mon tas. On a travaillé en tandem un bon moment et j'ai finalement renoncé à rester sec. Mon jean était trempé et mon blouson couvert de neige. Je n'avais pas mis de bonnet et j'avais les cheveux mouillés. Mais ça ne me déplaisait pas, dans la mesure où, mouillés et surtout de nuit, mes cheveux paraissaient châtains.

Une boule de neige m'a frappé de biais. J'ai levé les yeux et vu Vanessa me sourire.

– Très drôle, ai-je lancé en m'efforçant d'avoir l'air normal – je ne voulais pas laisser transparaître ma difficulté à respirer ni la conscience que j'avais de ne jamais devoir oublier ce sourire, la sensation de cette boule de neige. Tu n'as pas fini ta part de boulot, ai-je ajouté.

– Tu es vrai un tyran, a-t-elle lancé, mais avec gentillesse.

– C'est toi qui as voulu sortir jouer dans la neige, ai-je répondu.

Elle était partie de l'autre côté de l'igloo et ne pouvait pas me voir. J'en ai profité pour faire six boules de neige.

– Jouer est le mot qui convient, a-t-elle dit.

J'ai glissé les boules de neige dans mon blouson et je me suis avancé sur le devant du tas, avec l'air de venir constater l'avancement des travaux. Et je l'ai bombardée de boules de neige. À la sixième, elle riait si fort qu'elle s'est laissée tomber dans la neige. Ce rire… c'était comme une drogue. Plus j'en avais, plus j'en voulais.

À ce stade, notre tas avait des allures de minimontagne. Je me suis couché à plat ventre et j'ai commencé à creuser l'intérieur. J'avais les mains gelées, mais j'ai continué. En un rien de temps, j'avais dégagé une petite pièce. Je suis entré dedans à reculons.

– Hé! ai-je crié de l'intérieur. Ça marche!

Vanessa s'est approchée et a jeté un coup d'œil sceptique dans l'igloo. Puis elle s'est retournée et est entrée en se tortillant. L'espace était minuscule, Vanessa était pratiquement sur moi. Le côté gauche de son corps était collé à mon côté droit. Il se dégageait de ses cheveux humides un parfum de lavande ou de romarin que je n'avais pas remarqué jusque-là. J'ai fermé les yeux et respiré.

« Oserais-je l'embrasser ? »

Cinq heures plus tôt, c'était le dernier endroit au monde où j'aurais pensé me trouver – comme si, quand j'avais pénétré dans l'aéroport, quelqu'un m'avait annoncé que cinq heures plus tard, je me retrouverais sur une plage de sable rose des Bahamas, en train de me balancer dans un hamac, un verre de piña colada à la main, de cet ordre-là d'invraisemblance. J'ai posé la main sur sa moufle.

– Tu as chaud aux mains ? ai-je demandé.

– Oui, ce sont de super moufles, a-t-elle répondu avec un regard pour ses mains et sans doute pour ma main nue. En fait, elles appartiennent à mon frère Joey. Je les ai mises dans mon sac au dernier moment – il va être furax.

– Tu peux en retirer une ? me suis-je entendu dire. J'ai la main gelée.

– Oh, bien sûr, a-t-elle répondu en retirant une de ses moufles. Tiens, enfile-la, a-t-elle ajouté en me la tendant, mais j'ai secoué la tête.

– Non, je voulais mettre ma main froide contre ta main chaude pour me réchauffer, ai-je expliqué en souriant. N'est-ce pas ce qu'on fait d'habitude lorsqu'on est gelés, se mettre peau contre peau ?

Elle a levé les yeux au ciel, laissant cependant échapper l'ombre d'un sourire. Elle m'a tendu sa main et je l'ai prise.

Les moufles étaient à coup sûr fantastiques car je n'ai jamais senti de main aussi chaude. On est restés un moment dans cette position ; deux minutes, peut-être trois. Lorsque j'ai commencé à lui serrer la main un peu plus fort, elle s'est dégagée et elle est sortie de l'igloo. Je me suis attardé une seconde de plus, puis je l'ai suivie dehors.

– On ferait mieux de rentrer, a-t-elle dit. Merci quand même d'avoir accepté de jouer avec moi. Je me suis bien amusée.

– On est obligés ? ai-je demandé.

Elle a marqué un temps.

– Je te rappelle qu'au début, c'est toi qui ne voulais pas sortir, a-t-elle fait remarquer gentiment. Mais je suis prête à rentrer. J'ai les pieds gelés.

Je ne voulais pas qu'elle ait froid aux pieds.

– Dans ce cas, allons-y, ai-je dit. Pour info, d'habitude, je n'aime pas reconnaître devant des gens que je connais depuis moins d'une demi-journée que j'ai tort, tu avais raison. C'était vraiment marrant.

En revanche, je ne lui ai pas révélé que je craignais, à l'avenir, de ne jamais plus me marrer autant de toute ma vie.

CHAPITRE SIX

DUNCAN
*Ça s'était passé à l'époque
et on était maintenant*

Duncan porta un regard circulaire à sa toute petite chambre et reçut un choc en constatant qu'il commençait déjà à faire nuit. Il vérifia l'heure à sa montre, il était un peu plus de dix-huit heures. Cela faisait déjà une demi-heure que ses camarades étaient à table. Il aurait voulu se donner des coups de pied pour s'être laissé embarquer dans l'histoire de l'albinos. Il avait envie de tirer un trait sur les événements, ne plus penser aux terminales de l'an dernier. Il s'était fait la promesse de ne pas laisser ce qui s'était passé compromettre son année. La sienne serait meilleure. Voire géniale. Il le fallait. Il repensa aux paroles de Tim : Irving avait représenté sa dernière chance de s'éclater au lycée. Duncan n'avait aucune intention de se comparer à Tim, mais il se rendait compte que, pour lui aussi, c'était sa dernière chance de réussir son lycée. Il ne laisserait rien contrecarrer ce projet.

Néanmoins, il ne pouvait s'en empêcher ; ce qui le frappait, c'était qu'à peine quelques minutes avant d'entrer dans sa chambre, il ruminait son inquiétude à propos de cette idiotie de disserte sur la tragédie et voilà que celle-ci se trouvait maintenant liée au trésor que Tim lui avait légué. C'était étrange et on ne peut plus fascinant. À croire que l'albinos lisait dans ses pensées. Il s'autorisa à repenser encore une minute à la dernière fois où il l'avait vu, puis s'efforça de chasser l'image. Il l'avait toujours trouvé étrange et, cerise sur le gâteau, il se rappelait très bien avoir entendu une rumeur selon laquelle il se serait passé quelque chose entre lui et la ravissante Vanessa, des ragots qui n'avaient jamais été confirmés mais qui avaient suscité beaucoup d'interrogations après les événements. En revanche, quelque chose échappait à sa mémoire, à propos d'un flirt ou d'une amourette. Non, ce n'était pas ça, mais des bruits circulaient sur un genre de compétition qui aurait opposé Tim au copain de Vanessa, Patrick, un des garçons qui comptaient le plus d'amis à Irving. C'est lui qui avait laissé le bourbon à Tad. Le fait que Tad ait hérité de la chambre de Patrick était une autre coïncidence. Quoi qu'il en soit, il s'en fichait, il n'avait pas envie de savoir. Ça s'était passé à l'époque et on était maintenant.

Duncan arrêta le CD, retira ses écouteurs, vérifia son allure dans le miroir au-dessus de la tablette et ouvrit la porte. Dehors, c'était toujours la folie. Il avait l'impression de sortir d'une boîte insonorisée, tant l'histoire de Tim l'avait captivé. Il devait s'en libérer. Dans le couloir, néanmoins, il continua de penser à lui et Vanessa dans la neige et aussi à Daisy Pickett, la seule élève à part lui à avoir déjeuné à la cantine le dernier jour de classe au printemps dernier. Ils étaient restés à parler et à rire pendant des heures et, vers la fin de l'après-midi, ils s'étaient même massé le dos mutuellement tandis que le personnel de cuisine commençait à se préparer pour le dîner.

Il avait cru être à un tournant, au moment de ses années lycée où il aurait enfin tout ce qu'il désirait, d'autant plus qu'il avait été si près de tout perdre. Après cet après-midi incroyable avec Daisy, il avait envisagé de lui proposer une balade ou un petit déjeuner avec lui hors du pensionnat le lendemain matin. Au second semestre, les premières étaient autorisés à faire ce genre de choses à condition d'en demander la permission et il avait toujours rêvé d'en profiter. Mais il s'était mis à cogiter : comment se faisait-il que Daisy soit soudain si sympa avec lui ? Avait-elle pitié de lui ? Ou était-ce son nouveau statut qui le rendait plus séduisant à ses yeux ? Ou pire, était-elle curieuse et tentait-elle un rapprochement avec lui pour lui tirer les vers du nez ?

Quand il l'avait croisée la fois d'après ce fameux week-end, les choses avaient changé – il ne s'expliquait pas de quelle façon ni pourquoi – et le mardi, tout le monde était parti, Daisy était retournée dans le Connecticut et lui dans le Michigan, et voilà.

Duncan jeta un coup d'œil en passant par la porte ouverte de la chambre de Tad et fut soulagé de constater qu'il était toujours là.

– Salut ! dit-il.

– Où tu étais passé, mec ? demanda Tad. J'ai frappé à ta porte mais pas de réponse.

– Ah, bon ? répondit-il, embarrassé. J'étais là.

– Tu m'as l'air dans la lune, dit Tad en lui donnant une tape dans le dos.

Duncan devait faire un effort pour se détendre. Pour rien au monde, il ne voulait que les gens s'inquiètent pour lui.

– Non, tout va bien! lança-t-il sur un ton qu'il espérait désinvolte. Mais j'ai faim. Tu as mangé?

– Non, je crois que c'est petit déj au dîner. Je déteste ça. Qui peut avoir envie de manger des pancakes le soir? Je suis passé plus tôt pour savoir si tu voulais qu'on se commande des pizzas chez Sal. J'ai rêvé de la poivron-oignon tout l'été, dit Tad en s'asseyant sur son lit fait avec soin, son téléphone portable à la main.

Encore une autre coïncidence démente : petit déjeuner au dîner. C'était la dernière chose dont Duncan avait envie. Il avait l'impression de l'avoir déjà vécu. Sauf qu'il voulait voir Daisy et le réfectoire était sûrement le meilleur endroit pour tomber sur elle.

– Si je commence à commander des pizzas le premier soir, je vais avoir des ennuis, répondit Duncan. Et puis, je voudrais voir tout le monde.

– Tu sais quoi? Tu as raison, renchérit Tad en rangeant son téléphone dans la poche de son jean. Ce ne serait pas très amical de notre part, ajouta-t-il en se levant.

Il posa la main sur l'épaule de Duncan et le poussa vers la sortie.

– J'organise une partie de poker dans ma chambre après dîner. J'écarterai le lit du mur pour faire une table. Tu es partant? Et n'oublie pas que j'ai du bourbon.

– Volontiers.

Ils descendirent l'escalier, traversèrent une pièce ronde percée de vitraux et pénétrèrent dans le réfectoire animé.

Ils s'arrêtèrent une seconde sur le seuil. Après tout un été à prendre leur repas au calme dans la cuisine familiale, c'était un choc. Ils prirent une profonde inspiration et s'avancèrent dans la salle où régnait une folle agitation. L'année précédente, Duncan procédait toujours de la même façon : il regardait d'abord l'entrée du jour, puis si elle ne lui plaisait pas, il passait au comptoir des soupes et salades et, en dernier ressort, il se faisait un sandwich au beurre de cacahuète et à la confiture. Il se trouve que la nourriture était excellente à Irving. L'établissement mettait un point d'honneur à s'approvisionner de préférence en produits locaux et, comme il était situé à proximité de New York et de la vallée de l'Hudson, le choix ne manquait pas. Un soir par semaine, les élèves avaient droit à des pâtes fraîches en provenance de l'avenue italienne du Bronx. Un autre soir, c'étaient des côtelettes d'agneau d'une ferme voisine. La salade était censée être du coin. Tad avait raison : c'était petit déjeuner au dîner, dont Duncan ne raffolait pas non plus. Il y avait des pancakes au menu – nature ou aux myrtilles – comme Tad l'avait prévu. Ils étaient servis avec du sirop d'érable ; une ardoise indiquait que celui-ci provenait d'une ferme de Poughkeepsie.

Duncan marcha vers le comptoir des soupes et salades en consultant d'un air absent les choix proposés, parmi lesquels du velouté de tomate et de la soupe de maïs, quand il aperçut Daisy de l'autre côté de la salle. Il fut surpris de sa propre réaction physique, il perdit soudain l'appétit et ressentit un besoin impérieux de s'asseoir car ses jambes menaçaient de se dérober sous lui. En même temps, il ne pouvait détacher ses yeux d'elle. Elle faisait la queue pour les pancakes en

T-shirt bulldog mauve et bas de jogging gris moulant qui soulignait ses formes. Auparavant, Duncan n'aurait jamais qualifié un jogging d'élégant. Quant au T-shirt, il l'avait déjà vu l'an dernier. C'était celui de l'école – un bulldog sur le devant sans légende. Chaque année, une nouvelle couleur était à la mode et tout le monde la portait. L'an dernier, c'était le mauve et tous les élèves avaient un T-shirt mauve – garçons et filles. Il se demanda quelle serait la couleur de l'année.

Il bifurqua vers la queue pour les pancakes. Ce soir, il pouvait manger des pancakes. Ce n'était pas si dramatique que ça. Il les prendrait nature et les arroserait de sirop d'érable de Poughkeepsie. Il parlerait à Daisy. Il avait réfléchi à la façon dont il s'y prendrait : il lui dirait bonjour et lui demanderait comment s'était passé son été, puis ils discuteraient des T-shirts et de la couleur qui aurait la faveur des élèves cette année. Pourquoi pas orange, pour changer, proposerait-il. Il se fichait de la couleur des T-shirts, mais elle sûrement pas. Cependant, il ne ferait rien de tout ça. Elle était avec ses copines – Violet, Sammie et Justine – toutes en T-shirt mauve et pantalon de pyjama, une tradition d'Irving accordée aux terminales les soirs où le petit déjeuner était servi au dîner. Il regarda autour de lui. La plupart des filles de terminale étaient en pyjama, mais pas les garçons. Il vit Raymond Twinkle à l'autre bout de la salle et rit. Raymond portait un pyjama en pilou écossais rouge. Mais tous les autres étaient en jean ou pantalon de toile.

– Tu n'as pas faim ? demanda Tad en surgissant derrière lui.

Son plateau croulait sous la nourriture : pancakes, bacon, soupe, salade et petits pains à la cannelle du comptoir des desserts.

– Je croyais que tu détestais le petit déj au dîner, dit Duncan en indiquant le plateau de Tad.

– Un mec doit se nourrir, répondit-il. Pourquoi tu restes planté là ? Prends quelque chose !

– Je n'arrive pas à me décider. Je te retrouve à la table.

Duncan se dépêcha de se servir un bol de soupe de maïs et prit quelques crackers au passage. Lorsqu'il regarda de nouveau en direction de la queue pour les pancakes, Daisy n'y était plus. Il se dirigea vers la table où Tad était assis et reconnut les garçons qui l'entouraient. Quelques-uns lui firent un signe de la main et lui sourirent. Mais ses pensées étaient ailleurs, avec Vanessa et Tim. À quoi avait ressemblé le premier soir de Tim au réfectoire ? Il ne se mêlait à aucun groupe, Duncan en était certain ; en général, il était seul à une des petites tables rondes du coin près des grandes fenêtres. Bizarre, Duncan avait été présent tout le temps, mais n'avait pas franchement prêté attention à lui. Du moins jusqu'à la fin.

En s'asseyant, il eut la très nette impression d'interrompre une conversation. Il aurait juré avoir entendu Tad faire taire Jake. Il s'intima l'ordre de ne pas céder à la paranoïa et s'astreignit à ce que la conversation autour de la table reste légère. Pour ce faire, il entama le récit de ce qui était maintenant – avec le recul – une histoire drôle à propos d'une partie de pêche avec ses parents dans le nord du Michigan au début du mois d'août. Rester concentré lui demandait un effort considérable et en arrivant à l'épisode que sa famille appelait dorénavant « la randonnée sans fin », poursuivre lui était presque intolérable. D'une certaine manière, même si ça n'avait pas été le cas sur le moment, l'épisode lui rappelait cette horrible nuit de février.

— Mon père marchait à cent mètres devant nous, dit-il — tous les yeux étaient tournés vers lui, il ne pouvait plus faire marche arrière. Ma mère avait plus ou moins abandonné. Elle était assise sur un rocher, les yeux fermés. Ça faisait des heures qu'on marchait, tout le monde se renvoyait la faute pour ne pas avoir bien lu la carte. Les cannes étaient lourdes. On n'avait rien emporté à manger. Et puis, mon père a disparu derrière un tournant. Et quand il est revenu, il était mort de rire. Il nous a hurlé de le rejoindre. Là, au pied de la colline où il se trouvait, s'étendait un gigantesque centre commercial avec supermarché et fast-food ! Et dire qu'on se croyait perdus en pleine nature !

— Qu'est-ce que vous avez fait ? demanda Tad.

— On est allés manger des hamburgers, répondit Duncan, et tout le monde éclata de rire.

Mais il avait l'impression d'être creux. Les excursions en pleine nature n'avaient pas toujours une fin heureuse. Chacun autour de la table en était conscient, mais seul Duncan en avait été témoin ; les autres en avaient seulement entendu parler. Duncan avait vu le moment où les choses avaient mal tourné. Il avait vu le sang sur la neige. Il secoua la tête pour reléguer l'image dans les recoins inaccessibles de son esprit. Il s'était employé sans relâche à cet exercice au cours des derniers mois.

Quand tout le monde se leva avec le projet de se retrouver dans la chambre de Tad le plus discrètement possible dix minutes plus tard, Duncan savait déjà qu'il ne se joindrait pas au groupe. Il fallait qu'il apprenne ce qui s'était passé dans cette chambre d'hôtel de Chicago sous la neige huit mois plus tôt. Il avait besoin de savoir ce qui avait présidé à cette effroyable nuit.

CHAPITRE SEPT

TIM
C'est quoi le truc avec ton T-shirt bulldog?

De l'ordre au chaos et du chaos à l'ordre. M. Simon en a-t-il déjà parlé? En littérature, c'est le mouvement de toute tragédie – aller de l'ordre vers le chaos et puis, une fois que le héros est face à son destin, parfois à sa mort, l'ordre est rétabli. Garde ce qui suit à l'esprit en écoutant mon histoire : premièrement, y a-t-il vraiment eu ordre? Le chaos s'en est-il suivi? L'ordre a-t-il été rétabli? J'ai mon opinion.

Vanessa et moi sommes retournés dans le hall de l'hôtel. On le faisait très bien maintenant, yeux baissés, pieds en mouvement, mains dans les poches serrées sur la clé de la chambre, directement dans l'ascenseur vide. On était trempés et frigorifiés, Vanessa boitait car elle avait mal aux pieds et j'avais la nette impression qu'on était assez seuls. Ce n'était pas désagréable – je n'avais pas peur. Je me sentais libre, en fait. Personne pour nous surveiller, personne pour nous taper sur les nerfs non plus.

– La prochaine fois que je rentre à la maison, je construis un igloo avec mes frères, a-t-elle décrété.

Elle avait les joues rouge vif – elles me faisaient penser à des pommes d'amour.

– C'est drôle qu'on n'en ait jamais fait, a-t-elle ajouté.

– Désormais, tu es une experte. Mais je doute que tu en construises d'aussi parfaits que le nôtre. Au fait, tu veux qu'on commande du chocolat chaud ?

– Avec plaisir. J'ai trop mal aux pieds.

On était arrivés à notre chambre, j'ai sorti ma clé. J'avais la main décolorée par le froid, j'ai tiré ma manche pour la cacher. J'ai glissé la carte magnétique dans la fente, mais la porte ne s'est pas ouverte. J'ai recommencé en tremblant. Vanessa a gentiment posé sa main chaude avec toutes ses belles couleurs sur la mienne et l'a écartée. Elle avait sa carte dans la main ; je ne m'étais pas aperçu qu'elle l'avait sortie. Elle a glissé adroitement celle-ci dans la fente et la lumière rouge est passée au vert. Puis, elle m'a laissé tourner la poignée afin que je sois celui qui ouvrait officiellement la porte.

– Après vous, mademoiselle.

Vanessa a commencé à retirer ses vêtements mouillés sans plus tarder. J'ai pris le téléphone et appelé le *room service*. J'ai entendu sonner dans le vide. J'ai fait le numéro de la réception.

– Ici la chambre 956, ai-je dit, plein d'assurance, il me semble. Est-il possible d'avoir une boisson chaude à cette heure-ci ?

– La femme de chambre peut vous apporter du café ou du thé, a répondu l'homme avec entrain. Le restaurant est fermé et le *room service* ne reprend pas avant cinq heures.

– Et du chocolat chaud ? ai-je demandé.

– Je pense que oui, a dit l'homme. J'appelle la femme de chambre.

– Génial. Merci.

Vanessa a disparu dans la salle de bains, vêtue d'un débardeur et de son jean mouillé.

– Attends, ai-je crié avant de le regretter aussitôt.

Qu'allait-elle s'imaginer ? Que je voulais venir avec elle ? Elle a passé la tête par la porte, les sourcils levés.

– Je voulais juste te dire de ne pas prendre de douche brûlante avec les pieds glacés, ça fait mal. Il faut d'abord les réchauffer. Les tremper dans l'eau chaude, d'accord ? Même pas chaude, tempérée plutôt.

– Tempérée ? a-t-elle demandé, un sourire se dessinant sur son visage.

– Oui, tempérée. Tiède.

– Je connais le sens de «tempérée», a-t-elle ajouté, toujours souriante.

– Très bien, ai-je dit en espérant ne pas m'être ridiculisé. Et là…

– Tu n'es pas du tout comme je l'imaginais, a-t-elle déclaré, avant de refermer la porte de la salle de bains.

Je ne lui ai jamais demandé ce qu'elle entendait par là. Étais-je pire ou meilleur qu'elle ne l'avait envisagé ? Mais, en fait, je n'avais pas besoin de lui poser la question. J'avais vu l'expression sur son visage quand elle avait prononcé ces paroles. J'avais entendu le ton sur lequel elle les avait prononcées. Dommage que tu ne l'aies pas entendu aussi.

L'eau a coulé dans la baignoire, puis il n'y a plus eu de bruit, elle se trempait sans doute les pieds et enfin, j'ai entendu la douche. Une drôle de sensation m'a parcouru le ventre, une sensation que je me suis efforcé d'ignorer.

J'étais toujours mouillé, mais je ne savais pas quoi faire. Je n'osais pas commencer à me changer. Et si elle sortait de la douche ? J'ai finalement entendu le couinement du mitigeur et en même temps, quelqu'un a frappé à la porte. Je suis passé devant la salle de bains où elle était en train de se sécher à quelques centimètres de moi, et j'ai ouvert la porte de la chambre. Une femme âgée m'a tendu un plateau et elle est repartie. J'ai tout de suite su que c'était du café – à l'odeur. Je voulais que Vanessa ait du chocolat chaud ; je voulais que tous ses vœux soient exaucés. Je me suis rappelé les deux tablettes de chocolat que j'avais dans mon sac, je suis allé les chercher et je les ai cassées en morceaux dans les tasses fumantes.

Quand Vanessa est sortie de la salle de bains, je lui ai donné sa tasse. Elle l'a prise, l'a reniflée et a souri. Elle avait les cheveux humides et peignés. Elle était en T-shirt lavande et bas de pyjama à fleurs. Le dessin sur son T-shirt me rappelait quelque chose, mais je ne voyais pas quoi. Un bulldog – où l'avais-je déjà vu ? Et tout à coup, ça m'est revenu. Le bulldog était la mascotte d'Irving.

D'autres lycées pouvaient très bien avoir la même. Le bulldog est assez répandu comme image, non ? Il était sans doute la mascotte d'un paquet de bahuts de la côte Est. À moins que Vanessa ait eu une amie à Irving. C'était même probable. Le T-shirt était sympa. Si je devais rendre visite à un copain dans un lycée où on vendait ce genre de T-shirts, j'en achèterais un en souvenir. Je ne sais pas combien de temps je suis resté planté là à tenter de trouver des justifications à la coïncidence du bulldog.

— Quelque chose ne va pas ? m'a demandé Vanessa, hésitante à la porte de la salle de bains.

— Non, ai-je répondu, mon esprit me soufflant de lui poser la question directement – je dramatisais trop. En fait, j'ai un aveu à te faire. Ceci n'est pas un chocolat chaud. C'est du café avec une tablette de chocolat fondue dedans.

— Un moka ! Génial ! s'est-elle exclamée en buvant une gorgée.

Elle a posé la tasse à côté de son lit, a fouillé dans son sac et en a sorti un tout petit singe en peluche. Puis elle s'est assise en tailleur, la tête reposant sur l'oreiller qu'elle avait adossé à la tête de lit.

— Il est mignon, ton doudou, ai-je dit.

Ma cousine avait un petit éléphant gris qu'elle trimbalait partout et qui, pour tout le monde, était son doudou.

— Merci, a répondu Vanessa d'une voix endormie. Je me demande à quelle heure on devrait retourner à l'aéroport demain et appeler la compagnie. Tu te réveilles tôt ?

— En général, oui.

— Ne pars pas sans moi.

— Sûrement pas, crois-moi, ai-je dit en souriant intérieurement.

C'était la phrase la plus drôle que j'aie entendue de la soirée.

— Merci, a-t-elle répondu en bâillant. Je suis crevée.

Elle avait l'air près de s'endormir. Je n'en revenais pas qu'elle soit à l'aise à ce point. C'était un soulagement. Ça n'allait pas être aussi difficile que prévu. Dès qu'elle serait endormie, je me doucherais, puis je lirais. Je prendrais mon temps avant de dormir. Ce serait presque comme si j'étais seul, me suis-je dit.

— Hé! ai-je appelé tout bas, au cas où elle dormirait déjà – je n'avais aucune intention de la réveiller, je pouvais lui poser la question le lendemain matin.

— Quoi? a-t-elle demandé, les yeux clos.

Elle avait l'air si détendue avec son petit singe serré dans ses bras. J'ai ressenti le besoin pressant de lui demander de s'allonger pour que je puisse la border.

— C'est quoi le truc avec ton T-shirt bulldog? ai-je demandé.

— Oh… c'est le T-shirt de mon lycée. C'est là que je vais. J'entre en terminale, a-t-elle répondu, les yeux toujours fermés. Je redoute et, en même temps, je meurs d'envie d'y être. On s'est disputés très fort avec mon copain. J'ai envie que tout se passe bien entre nous à mon retour. Les choses se sont compliquées. Il n'était plus tout à fait lui-même les derniers temps. Il est déjà sur place. Il est arrivé aujourd'hui. On devait passer la soirée ensemble. Je lui ai envoyé un texto pour lui parler de la tempête et du reste, mais il ne m'a pas répondu. Pff! Je n'ai même pas envie d'y penser. Je lui ai rapporté un cadeau, a-t-elle ajouté après une hésitation.

Elle s'est penchée et a fouillé dans son sac. Puis, fièrement, sans doute à contrecœur, elle m'a montré un bracelet, le genre en fil tressé.

— Il est joli, ai-je dit, alors que dans ma tête, une tout autre conversation se déroulait.

Évidemment qu'elle avait un copain. Les filles comme elle avaient toujours un copain. Un copain qui n'était jamais un type comme moi.

— Tu vas dans quel lycée ? ai-je coassé.

— Irving, a-t-elle répondu d'un ton désinvolte en buvant une autre gorgée.

Ainsi nous serions amenés à nous revoir. Et j'avais dit et fait toutes ces choses ridicules ; je me suis senti bête. Et elle avait un copain. Qu'est-ce que ça pouvait faire ? Ce n'était pas comme si j'allais devenir le sien. Soudain, l'odeur du café au chocolat a commencé à me parvenir.

— Et toi ? Tu vas où ? a-t-elle demandé.

Elle a éteint la lumière de son côté, laissant la mienne allumée, elle s'est mise au lit, a tiré la couverture sous son menton et fermé les yeux.

Voyant que je ne répondais pas, elle les a rouverts.

— Tu vas à ton lycée ? a-t-elle demandé encore.

— Pour le moment, juste à New York. J'ai quelques trucs à régler, ai-je répondu.

Je ne pouvais pas lui dire.

— Où ça à New York ?

Son téléphone a émis un bip pour la prévenir de l'arrivée d'un texto. Elle l'a consulté et poussé un grognement. Ce n'était sans doute pas le texto espéré.

— Donne-moi ton téléphone, m'a-t-elle dit.

— Pour quoi faire ?

— Je vais te donner mon numéro, a-t-elle répondu en se redressant un peu.

Je me suis levé lentement, je suis allé chercher mon sac, j'ai trouvé mon téléphone et je le lui ai tendu. Elle a pianoté dessus, puis elle me l'a rendu. J'ai vu qu'elle écrivait son prénom en majuscules – VANESSA – dans la liste de mes contacts, comme si elle comptait beaucoup. J'ai envisagé d'effacer son numéro. Je devinais qu'une fois au pensionnat, elle n'aurait plus envie de figurer parmi mes contacts. Comment expliquerait-elle qu'on était amis ? Mais je l'ai gardé. Je me suis retourné pour ranger mon téléphone dans mon sac et, quand je lui ai à nouveau fait face, elle avait les yeux fermés. Hallucinant !

Je me suis levé, j'ai pris quelques vêtements secs et je suis allé dans la salle de bains. Il y avait encore de la buée due à sa récente douche et j'ai senti l'odeur du savon et du shampooing qu'elle avait utilisés. Quelques minutes plus tôt, je me serais réjoui de pénétrer dans la douche dont elle venait de sortir et de me servir du savon qui avait touché sa peau. Mais je me suis interdit d'y penser. J'ai tiré le verrou, retiré mes vêtements mouillés et je suis entré dans la douche. En fait, je ne l'ai même pas fait couler. Je suis ressorti et j'ai enfilé mes vêtements secs. J'ai pris une serviette sur la pile avec laquelle j'ai essuyé la baignoire, puis j'ai grimpé dedans et j'y suis resté toute la nuit.

CHAPITRE HUIT

TIM
Je crois que je vais prendre
le hamburger au fromage,
un Coca et les frites à l'huile de truffe

J'ai d'abord senti que j'avais le dos raide. Puis j'ai entendu les coups. *Toc toc toc*, tout doucement, *toc toc toc*, tout douce-ment. Je n'avais aucune idée de l'endroit où j'étais – il faisait noir comme dans un four, à part un tout petit rai de lumière qui filtrait sous la porte contre laquelle les coups étaient frappés. Étais-je dans le placard où je m'étais enfermé pour ne pas me faire voir des nouveaux propriétaires de la maison ? Quelqu'un m'avait-il assommé quand j'étais allé aux toilettes dans l'avion ? Les toilettes… Bien sûr, j'étais dans la salle de bains de l'hôtel et la personne qui tapait à la porte était Vanessa. Cette fille incroyable qui avait été sympa avec moi pendant cinq minutes, qui avait un copain et allait devoir me croiser tous les jours car, le hasard faisant bien les choses, j'allais être son camarade de classe.

Je me suis levé trop vite et j'ai dû me rasseoir sur le bord de la baignoire. *Toc toc toc*, tout doucement, *toc toc toc*.

– Une seconde, ai-je crié.

– D'accord, a-t-elle répondu à travers la porte.

J'étais stupéfait de la familiarité de sa voix – à croire que je la connaissais depuis plus longtemps qu'une journée. À ce propos, la veille à la même heure, je ne l'avais pas rencontrée, j'ignorais son existence.

– J'avais peur que tu ne sois pas là. Ou que tu te sois évanoui, a-t-elle poursuivi.

Je me suis relevé et j'ai allumé la lumière, j'ai aussitôt été aveuglé. Une fois mes yeux habitués à la clarté, je suis sorti de la baignoire et je me suis regardé dans la glace. À la lumière impitoyable, j'étais surprenant, même pour moi. Et pour ne rien arranger, mes vêtements étaient tout froissés et, comme je m'étais endormi avec les cheveux encore mouillés de neige, j'étais hirsute. Quant à mon haleine. Beurk.

Toc toc toc, tout doucement.

– J'arrive, ai-je répondu en espérant avoir une alternative, une trappe par laquelle m'échapper – voire une fenêtre.

Mais au neuvième étage, une fenêtre ne m'aurait été d'aucune utilité de toute façon.

– Il est tard, a crié Vanessa à travers la porte. Il est presque neuf heures. J'ai appelé la compagnie, on devrait pouvoir décoller aujourd'hui. Viens voir. Il ne neige plus. C'est beau dehors.

J'avais une folle envie de faire pipi, mais je ne voyais pas comment procéder avec elle derrière la porte, l'oreille tendue. J'ai pris une douche brûlante. J'ai fait ce que j'avais à faire à toute allure, je me suis rincé et j'ai renfilé mes vêtements froissés. Je me suis gargarisé avec la petite bouteille posée sur le lavabo. Elle était entamée, il manquait un quart de liquide bleu. Vanessa avait dû s'en servir. L'idée m'a plu.

Il ne restait plus que le problème des cheveux. Je me suis coiffé avec les doigts – pas trop mal – j'ai pris une profonde inspiration et j'ai ouvert la porte.

Vanessa était juste derrière, toujours en T-shirt bulldog et bas de pyjama. Elle avait les cheveux en bataille, mais c'était bien, c'était beau.

– Tu faisais quoi ? a-t-elle demandé.

– À ton avis ? Je prenais une douche.

– Non, avant ça. Tu as dormi dans la salle de bains ?

– Euh… oui, ai-je dit, honteux. C'était plus simple.

– Tu n'étais pas obligé.

On s'est tus, puis elle m'a montré la fenêtre.

– On voit encore notre igloo, mais il a neigé dessus. Tu veux qu'on commande un petit déj ou tu préfères qu'on trouve quelque chose à manger à l'aéroport ? J'ai besoin d'un remontant, même si j'ai dormi comme un bébé.

La lumière était aveuglante, j'aurais dû mettre mes lunettes de soleil. Je suis certain que tu ne les as jamais vues, pour la bonne raison que j'ai passé le semestre entier à éviter de les mettre. Sauf que je suis censé les porter pour protéger mes yeux du soleil. Un autre avantage d'être albinos. Inutile de te dire que je ne les ai pas mises.

Pourquoi continuait-elle à être sympa avec moi ? Il faut dire que pour elle, on allait passer la matinée ensemble, prendre l'avion et partir chacun de notre côté, une fois arrivés à New York. Elle ne se doutait pas une seconde qu'elle allait se retrouver coincée avec moi, devoir me croiser, me faire face et, pire que tout, faire face à la fureur de ses copines qui ne comprendraient jamais au grand jamais qu'elle veuille être amie avec un monstre tel que moi, j'en étais sûr. Crois-moi, je le savais. Ça m'était arrivé plus souvent que je voulais bien l'avouer.

Alors voilà ce que j'ai fait : j'ai décidé de ne rien lui dire. J'ai décidé de profiter du petit laps de temps qui nous restait à être ensemble. Je suis sorti de la salle de bains et je suis allé directement à la fenêtre. Il m'a fallu une minute pleine avant de pouvoir regarder dehors. Je faisais semblant, je lui tournais la tête et j'avais les yeux fermés. Je les ouvrais quelques secondes, puis je les refermais et je les rouvrais. À chaque fois, c'était un peu plus facile. J'entendais dans ma tête le médecin insister sur l'importance de porter mes lunettes de soleil au risque de m'abîmer les yeux de façon irrémédiable. Mais j'entendais aussi la voix de Vanessa, plus forte que celle du médecin, sa voix qui me disait de regarder l'igloo qu'on avait construit la veille au soir. Je la revoyais entrant à reculons et nous deux assis l'un contre l'autre. Ce n'était pas tant que je n'avais jamais été aussi près d'une jolie fille ; ce qui était vrai, mais je n'avais jamais été aussi près d'aucune fille non albinos. Ma mère me tordrait le cou si j'insinuais que les albinos ne sont pas beaux. Et pour ne rien te cacher – j'ignore d'ailleurs pourquoi j'éprouve le besoin de l'avouer – il n'y a eu qu'une seule fille albinos. Ce n'était pas comme si j'en connaissais des tonnes.

Une fois mes yeux accoutumés, je me suis tourné vers elle et il m'a semblé qu'elle me regardait d'un air bizarre. Je n'avais sans doute pas été aussi discret que je le croyais. Mais elle n'a pas fait de réflexion.

– Qu'est-ce que tu en penses ? a-t-elle demandé.

— C'est un chef-d'œuvre! ai-je répondu en m'efforçant de paraître le plus à l'aise possible en jetant un regard au parking où on avait joué la veille. On est des experts en construction d'igloo. Tu connais le dicton : *Ceux qui construisent des igloos ensemble...*

— Non, je parlais du petit déjeuner.

— Oh! me suis-je exclamé, me sentant ridicule. Je n'ai pas d'idée, pourquoi ne pas aller à l'aéroport manger quelque chose? ai-je répondu, redoutant de divulguer mon secret si on restait sur place — et j'étais résolu à ne surtout pas gâcher ce moment. Je ne suis pas contre une petite balade, ai-je répondu.

— D'accord. Étant donné que j'ai pris une douche hier soir, je crois que je vais m'en passer. Laisse-moi quelques minutes pour m'habiller.

Elle est partie vers la salle de bains, puis s'est ravisée. Elle est venue se planter devant moi.

— C'est quoi le dicton à propos de ceux qui construisent des igloos ensemble?

Elle se tenait presque sur la pointe des pieds. Elle flirtait avec moi, c'était indéniable. J'ai adoré. J'ai repoussé tous les trucs négatifs dans un coin de ma tête. Je n'allais pas laisser passer ce moment. Puis elle m'a tourné le dos et a disparu dans la salle de bains. J'ai entendu l'eau couler, puis elle s'est brossé les dents et après ce qui m'a paru à peine quelques secondes, elle est sortie aussi fraîche que la veille. Elle avait mis un jean et un pull-over bleu vif. Ses nattes étaient attachées par des élastiques bleu vif également. Elle n'était plus la fille en vert et jaune. Elle changeait de couleur tous les jours. Ça me plaisait.

– Voilà, je suis prête, a-t-elle dit en vérifiant une dernière fois n'avoir rien oublié sur son lit, avant de charger son sac sur son épaule.

– Tu as des écouteurs bleus pour ton iPod ? ai-je demandé, incapable de résister.

– Oui, a-t-elle répondu en souriant. Toi aussi, tu vas te moquer de moi ?

– Qui se moque de toi ? ai-je demandé, totalement incrédule.

Elle n'était pas le genre de fille dont on se moquait.

– Mes copains, a-t-elle répondu.

– Oh.

– Les tiens aussi ?

– Non, bien sûr que non. En fait, un peu.

– Tu peux y aller, ça ne m'ennuie pas. En fait, ça a commencé par un pari : une copine du lycée m'a mise au défi de porter des couleurs coordonnées pendant une semaine, et j'ai trouvé ça marrant. Du coup, c'est devenu mon truc.

J'ai regardé ses pieds. Ouais, chaussettes bleues.

– Tu fais ça très bien, ai-je dit.

Elle m'a tapé sur le bras, puis m'a gentiment serré le poignet. On est restés comme ça un instant. C'est moi qui me suis dégagé le premier, j'ai pris mes affaires et les ai fourrées dans mon sac.

– O.K. Je suis prêt, ai-je dit.

J'ai jeté un dernier regard à la chambre. Quelque chose sur le sol a attiré mon attention ; je suis allé voir de plus près. C'était son petit singe. Je me suis baissé pour le ramasser. Il était doux et très vieux ; une des pattes était tout usée.

— Tu as oublié ton petit bonhomme, ai-je dit en le lui tendant.

Elle l'a pris en souriant. Puis l'a serré sur son cœur et l'a glissé dans son sac.

— Merci, a-t-elle dit. On a frisé la catastrophe.

Il me semble avoir entendu le *ding* de son téléphone avant elle. On était déjà sortis de la chambre. La porte s'était refermée derrière nous. Vanessa a sorti son téléphone de sa poche, pianoté sur les touches et fait défiler le texto, sans doute envoyé par le petit copain dont elle m'avait parlé la veille.

— Qu'est-ce qu'il dit ? ai-je demandé.

Je n'avais rien à perdre. De toute façon, elle allait me haïr d'ici quelques heures.

Elle m'a regardé d'un air surpris. Puis elle a baissé les yeux en tapant ses pieds l'un contre l'autre.

— Que je lui manque. Qu'il est impatient de me voir.

— Super, ai-je dit en m'efforçant de ne pas être ironique. Vous vous êtes réconciliés. Au fait, tu veux manger quoi ?

— Comme on a pris le petit déj au dîner, on pourrait déjeuner au petit déj. Je suis capable de manger un hamburger ou des pâtes. Qu'est-ce que tu en dis ?

— C'est une idée géniale.

Je me faisais la réflexion qu'on poursuivait la tradition des règles qui ne s'appliquaient pas, mais je ne voulais pas le lui dire.

Elle a souri, on a marché dans le couloir bras dessus bras dessous comme dans *Le Magicien d'Oz*. Je m'en suis voulu d'aimer autant qu'elle me prenne par le bras parce que je savais que c'était éphémère.

L'ascenseur est arrivé, on est montés. Vanessa a laissé tomber son énorme sac par terre. J'ai regardé les étages défiler. Neuf – puis huit – puis sept. Elle avait les yeux tournés vers moi, presque implorants. Il me restait quoi ? Une heure, une heure et demie maximum avant que tout cela disparaisse. J'ai laissé tomber mon sac à côté du sien. Je me suis avancé vers elle et je l'ai embrassée. Elle avait la bouche généreuse et, à ma grande surprise, qui ne se dérobait pas. L'espace de quelques secondes, j'étais dans le vrai. Puis l'ascenseur s'est arrêté, les portes se sont ouvertes. On s'est dépêchés de reprendre nos sacs puis, avant de sortir retrouver la vraie vie, Vanessa s'est tournée vers moi. Pris de claustrophobie, j'ai ressenti le besoin urgent de sortir, les portes pouvaient se refermer à tout instant. Mais non. Je me suis forcé à rester.

– Tu as de très beaux yeux, a-t-elle dit.

Et puis voilà. Elle est sortie, je l'ai suivie.

Dans le hall, les choses étaient revenues à la normale. Ici et là, quelques canapés et fauteuils étaient occupés par une poignée de gens, mais la foule aux abois avait disparu.

– Je peux participer à la chambre ? a demandé Vanessa tandis qu'on retournait à l'aéroport, dans nos pas de la veille. Tu m'as sauvé la vie hier soir.

– Tout le plaisir est pour moi, ai-je dit avec quelques difficultés – mes lèvres étaient-elles vraiment entrées en contact avec les siennes ? C'est ma mère qui a payé. Ne t'en fais pas.

J'aurais dû appeler ma mère. J'étais même surpris qu'elle ne l'ait pas fait pour prendre de mes nouvelles. Mais je n'avais aucune envie de lui mentir ni de lui raconter que j'avais passé la nuit dans la chambre d'hôtel qu'elle m'avait réservée avec une fille que je venais de rencontrer.

L'aéroport semblait plus noir de monde que la veille. On a trouvé un restaurant et on s'est installés.

– C'est moi qui paye, a dit Vanessa en souriant. Je te dois bien ça. D'autant plus que tu as retrouvé mon singe. Ou plutôt mon doudou. On est les seuls clients, a-t-elle ajouté en regardant autour d'elle. Tu crois que ce n'est pas bon ?

– Si c'est moitié moins bon que les pancakes d'hier soir, je m'en contenterai, ai-je répondu, surpris de constater que j'avais faim. Mais c'est très cher. Tu veux revenir sur ta proposition ou aller dans un autre restaurant ?

– Non, j'aime bien cet endroit. J'ai une carte de crédit pour les cas d'urgence. Je dirais que ceci est un cas d'urgence. Commande ce que tu veux. Je crois que je vais prendre le hamburger au fromage, un Coca et les frites à l'huile de truffe. Et toi ?

J'étais distrait. J'avais envie de lui dire la vérité à propos d'Irving – à ce stade j'avais vraiment l'impression de lui mentir –, mais je faisais preuve d'un égoïsme rare. Après cet aveu, notre connivence que je n'aurais pas hésité à qualifier de miraculeuse sur le moment se serait évaporée, j'en étais persuadé. Vanessa m'a touché la main pour attirer mon attention. L'énergie que j'avais ressentie la veille avait décuplé. Elle m'aurait posé un défibrillateur sur la main que l'effet aurait été le même.

Le serveur est arrivé sur ces entrefaites pour prendre la commande. Il sentait la cigarette.

– Qu'est-ce qui vous ferait plaisir, les jeunes ? a-t-il demandé.

Il avait les dents jaunes.

– Je vais prendre le hamburger au fromage à point et les frites à l'huile de truffe. Non, plutôt des frites normales, merci, a dit Vanessa. La truffe au petit déj, c'est un peu trop. Et un Coca.

– Et vous ?

– Je prendrai un steak, bien cuit, ai-je répondu.

Le serveur a hoché la tête et on s'est retrouvés à nouveau seuls.

Je ne voulais pas perdre de temps. Je me suis levé et je me suis glissé à côté d'elle sur la banquette. Elle s'est poussée pour me faire de la place. Et c'est ainsi qu'on a déjeuné au petit déjeuner. Ce fut le meilleur steak de toute mon existence.

– J'ai une idée, a-t-elle lancé après qu'on a partagé une énorme part de gâteau au chocolat. J'ai des points en trop et je suppose que les avions seront bourrés – j'en suis sûre –, tu veux que je demande si tu peux avoir le siège à côté du mien en première ?

J'ai soudain regretté d'avoir autant mangé. Le steak pesait sur mon estomac et le gâteau, n'en parlons pas. Je n'avais pas envisagé la montée dans l'avion ni imaginé où on serait assis et, plus important, ce qu'on ferait une fois arrivés à destination. Je commençais à penser, à espérer, que la foule jouerait en ma faveur, qu'on serait obligés de se séparer.

– Non, je ne peux pas accepter. Garde tes points, ai-je répondu.

Elle a hésité, s'est penchée vers moi une seconde, mais je me suis levé et suis allé m'asseoir sur la banquette vide de l'autre côté de la table.

– Tu es sûr ? a-t-elle demandé.

– Certain.

Mon humeur changeait. Je commençais à me sentir piégé. C'était sans doute préférable, ai-je pensé. Il fallait que ça s'arrête à un moment donné.

Elle a fait signe au serveur d'apporter l'addition. Celui-ci est revenu en un clin d'œil. Le téléphone de Vanessa a sonné, elle n'a pas bougé. Il s'est tu. Elle a sorti ce qui devait être sa carte de crédit pour les cas d'urgence et l'a tendue au serveur avec l'addition. Son téléphone a émis un *ding* et elle s'est précipitée.

– Messagerie vocale, a-t-elle indiqué en entrant son code.

J'ai vu son visage changer au fur et à mesure qu'elle écoutait.

– Patrick, a-t-elle annoncé tout bas, les yeux sur son téléphone. Le type dont je t'ai parlé. C'est ce que je redoutais.

– Quoi ? ai-je demandé.

– Il a bu. Je l'entends à sa voix, a-t-elle expliqué. Mince, il est dix heures du matin ! Je sais que les cours n'ont pas encore repris, mais il va avoir des ennuis. C'est évident.

– Ça lui arrive souvent ? ai-je demandé.

L'image bucolique que je me faisais d'Irving était en train de se fissurer.

– Non. C'est vrai que les jeunes boivent. Surtout en début de semestre, ils rapportent de l'alcool en douce de chez eux. Mais ce n'est pas dans les habitudes de Patrick. Il n'est plus le même depuis que sa mère est morte l'an dernier.

– Oh.

On s'est tus quelques instants.

– Tu vas le rappeler ?

– Peut-être, a-t-elle répondu en se levant. Mais allons d'abord nous renseigner sur le vol.

– Merci beaucoup, ai-je dit en indiquant la table.

– De rien.

On est retournés dans l'aéroport bondé et on a regagné la porte d'accès principale au terminal. Il y avait une file, plutôt courte, réservée aux premières classes, et une autre file, très longue, pour tous les autres passagers. Vanessa est restée faire la queue avec moi, mais je commençais à me comporter de façon étrange, c'est un fait. J'étais nerveux, j'aurais donné n'importe quoi pour pouvoir me planquer quelque part. Je ne souriais pas, je ne hochais pas la tête, je faisais les cent pas dans le petit espace que j'avais. Au bout de quelques minutes, mon téléphone a sonné. C'était ma mère. J'aurais pu ne pas répondre. J'aurais pu la rappeler plus tard ou même assez vite. Mais non.

– Allô, maman, ai-je dit.

J'ai vu que Vanessa me regardait. J'ai fait celui qui ne s'en apercevait pas.

– Timmy ! s'est exclamée ma mère. Comment tu as passé la nuit ?

C'était une question piège.

– Je suis à l'aéroport. Je m'apprête à enregistrer, je peux te rappeler… ?

Vanessa me faisait des signes. Elle voulait sans doute que

je remercie ma mère. Mais cela aurait soulevé bien d'autres questions auxquelles je ne pouvais pas répondre.

Au bout d'une seconde ou deux, Vanessa a jeté l'éponge. Je me rappelle encore son expression, à la fois troublée et triste, avec une pointe de colère en plus. Elle a ramassé son sac, l'a jeté sur son épaule et a quitté la file interminable pour rejoindre celle des premières. Elle était agitée : elle n'arrêtait pas de taper du pied et de pousser d'énormes soupirs. J'étais sûr qu'elle n'avait pas l'habitude d'être traitée de cette façon. Une minute après, elle est revenue. J'avais toujours le téléphone à l'oreille, même si je ne parlais pas. Elle s'est penchée vers moi.

– Merci pour ces dix-huit dernières heures, a-t-elle dit.

À ce moment-là, j'aurais pu lui avouer, j'aurais dû. Mais je ne l'ai pas fait. Après quoi, elle m'a tourné le dos et s'est éloignée. Elle ne reviendrait pas, je le savais.

– Tim, tu es toujours là ? a demandé ma mère.

– Oui.

– Tu veux me rappeler ? Je voulais simplement m'assurer que tout allait bien.

– D'accord, je te rappelle quand j'en sais plus. Au revoir, maman.

Dix-huit heures. Dix-huit heures. C'était presque une journée entière. Mais au-delà de ce constat – et c'est une question que je continue à me poser – quand et pourquoi avait-elle pris la peine de compter les heures qu'on avait passées ensemble ?

CHAPITRE NEUF

TIM
Elle avait juste écrit : « Bien »

Les notes familières d'une guitare résonnèrent dans les oreilles de Duncan et il fut brutalement ramené à la réalité. Qu'est-ce que c'était ? Pas… John Denver, par hasard ? Sur ce, il entendit les premières paroles de *Leaving on a Jet Plane*. C'était quoi, ce délire ? Tim était cinglé. Duncan détestait cette chanson. Il n'allait pas perdre son temps à l'écouter quand il pouvait aller jouer aux cartes avec les autres. Mais avant qu'il ait le temps de couper le son, Tim était de retour. Et il riait.

J'ai pensé qu'une petite pause comique nous ferait du bien à tous les deux. Ma mère adore cette chanson. Elle est fan de musique cucu. Moi ? Pas trop. Toi ? Je suppose que pas trop non plus. Ne m'en veux pas. Ça ne se reproduira plus, même si je te promets de te laisser mes morceaux préférés en souvenir. Mais ce sera pour plus tard.

Pour finir, on n'était pas sur le même vol avec Vanessa, bien que j'aie mis un certain temps à le comprendre. Elle est passée au comptoir d'enregistrement des premières, puis elle a pris un petit Escalator et elle a disparu. Le temps que mon tour arrive dans ma file, il s'était écoulé pas loin de deux heures. Le premier vol pour New York était surbooké, je ne partais pas avant seize heures. En marchant vers le hall d'embarquement, j'espérais la retrouver. Je n'étais pas certain de ce que je lui dirais, mais j'espérais. Le hall était bondé et quand j'ai vu qu'elle n'était nulle part, je me suis assis face à une baie et j'ai sorti la BD que j'étais en train de lire. C'est alors que j'ai commencé à me convaincre du bien-fondé d'avoir écourté notre temps ensemble.

Je ne voulais pas appeler ma mère. J'aurais dû, elle allait m'en vouloir à mort, mais je ne pouvais pas faire semblant d'être le même que la veille. Si quelqu'un devait s'en apercevoir, c'était bien elle. En revanche, j'ai appelé M. Bowersox. Il était mon seul contact au pensionnat – mon seul contact dans tout l'État de New York – et il devait se demander où j'étais passé.

Mon beau-père, Sid, et lui avaient fait leurs études secondaires ensemble à Irving, puis ils étaient allés dans la même université. Malgré les années, ils étaient restés proches. Si M. Bowersox n'était pas devenu directeur d'Irving, je raconterais sans doute une tout autre histoire, mais il l'était devenu et donc, me voilà. J'avais son numéro de portable. Je n'étais pas sûr qu'appeler un directeur de lycée sur son portable soit correct, mais à ce stade, je m'en fichais presque.

Il a répondu à la première sonnerie.

– Monsieur Bowersox ? C'est Tim Macbeth, le beau-fils de Sid à l'…, ai-je commencé.

– Oui, bien sûr. Je suis si content d'avoir de vos nouvelles, a-t-il dit.

Il était adorable et manifestement ravi d'avoir de mes nouvelles, j'en aurais pleuré.

– Comment s'est passé votre voyage, jeune Tim ? a-t-il demandé quand mon silence s'est éternisé.

On a parlé du temps, des retards d'avion et du lycée. Il m'a annoncé que les cours ne commenceraient pas à l'heure dite. Tu t'en souviens forcément. Je l'ai prévenu que je comptais prendre un taxi à l'aéroport, mais il a insisté pour venir me chercher.

En raccrochant, je me suis rendu compte à quel point j'étais soulagé d'avoir quelqu'un qui m'attende à l'arrivée. D'un autre côté, je commençais à sentir vaciller mes résolutions concernant Vanessa. Où était-elle, au fait ?

L'hôtesse venait d'annoncer qu'on allait embarquer dans quarante minutes, et je ne la voyais toujours pas. Plus le temps passait et plus j'envisageais de demander de l'aide à quelqu'un pour la retrouver ou de fouiller moi-même les autres halls. J'ignorais s'il était possible d'entrer dans le salon réservé aux premières sans billet de première, mais j'étais décidé à essayer. Puis je me suis dit que j'étais stupide. Elle m'avait sans doute déjà oublié en montant l'Escalator. Elle avait dû passer les dernières heures à envoyer des textos à son copain, à compter les heures qui la séparaient de lui.

Quand l'hôtesse a annoncé qu'elle allait procéder au pré-embarquement, j'ai eu la confirmation que Vanessa avait pris un autre vol. J'ai cru recevoir un coup dans le bide. Pourquoi n'avais-je pas accepté de voyager avec elle en première classe, comme elle me l'avait proposé ? Elle me manquait et je me suis demandé à quoi ressemblerait notre prochaine entrevue. Soudain, j'aurais donné n'importe quoi pour être assis à côté d'elle dans l'avion.

J'ai pris mon téléphone et j'ai fait défiler la liste de mes contacts : maman ; Sid ; Steve, mon seul ami dans mon ancien quartier ; divers autres numéros, puis VANESSA. Sans trop réfléchir, j'ai pianoté sur le clavier pour obtenir une zone de dialogue vierge et j'ai écrit le plus long texto de toute ma vie. Le voici :

G UN AUTRE AVEU À TE FAIRE. JE NE VOULAIS PAS TE LE DIRE PARCE QUE JE NE SAVAIS PAS COMMENT TU RÉAGIRAIS. ALORS VOILÀ. TU AS LE DROIT DE SAVOIR AFIN DE NE PAS ÊTRE SUR-PRISE. MOI AUSSI, JE VAIS À IRVING. JE SUIS EN TERMINALE. TU N'AS PAS FINI DE ME VOIR.

Et j'ai appuyé sur « envoyer. »

À la porte de l'avion, il se déroulait un petit incident. Un enfant s'accrochait au montant, il refusait de monter dans l'avion, il suppliait qu'on ne l'oblige pas. Sa mère le tirait de toutes ses forces. En débouchant sur les lieux, j'ai compris de quoi il retournait, j'ai baissé les yeux et j'ai continué à marcher. Je ne les ai pas fixés – la mère n'avait pas besoin de regards insistants en plus. Les gens s'agglutinaient à la porte pour observer la scène. J'ai eu l'impression qu'ils atten-daient de voir si l'enfant accepterait de monter à bord avant eux – comme si ce dernier savait quelque chose que tout le monde ignorait. Il y avait largement la place de passer à côté d'eux, alors j'ai continué d'avancer. En entrant dans la cabine des premières classes, oui, j'ai dévisagé chaque passager assis sur son gros siège élégant. Et j'ai eu la confirmation que Vanessa n'était pas sur le vol avec moi. Tous les sièges étaient occupés mais aucun par Vanessa. Elle était partie depuis longtemps.

Au moment de m'asseoir, mon téléphone a fait entendre un *bip*. Je ne recevais pas beaucoup de textos, j'ai tâtonné un peu avant de faire apparaître le mot sur l'écran, clair comme de l'eau de roche.

« Bien », avait-elle juste écrit.

J'ai renversé la tête en arrière sur le dossier de mon siège avec l'impression d'avoir été drogué. Et tout à coup, le commandant de bord a annoncé qu'on amorçait notre descente vers l'aéroport LaGuardia de New York. Il faisait enfin beau, avec du vent, et on allait atterrir pile à l'heure.

– Pile à l'heure, c'est sûr, a dit l'homme assis à côté de moi. À la bonne heure, c'est à voir, mais pas le bon jour.

CHAPITRE DIX

DUNCAN
« Les peines du jeune Tim »

Quelqu'un frappa doucement à la porte, Duncan se réveilla en sursaut, les écouteurs incrustés dans la joue. Il s'en débarrassa, s'extirpa du lit, tout ébouriffé, dans ses vêtements de la veille, et ouvrit la porte. Avant de voir qui c'était, il sentit l'odeur de cannelle.

– Coucou, Duncan, dit M. Simon. Je fais ma tournée, première matinée de cours, etc. Je voulais commencer par vous pour vous apporter ce roulé à la cannelle. J'ai essayé une nouvelle recette que je voulais vous faire partager. Je suis ravi de constater que vous êtes habillé. Ce n'est jamais facile de reprendre le train-train. À tout à l'heure en cours, dans une demi-heure. Au fait, vous aimez le café ? Je viens d'en acheter en provenance du Guatemala. Je le mouds et le prépare moi-même. Tenez.

Il tendit une tasse de café brûlant à Duncan, sourit, tourna les talons et repartit dans le couloir. Puis il se ravisa et revint sur ses pas.

– Le dernier occupant de cette chambre s'appelait Macbeth.

Duncan retint sa respiration. M. Simon devinait-il ce

qu'il était en train de vivre ? Savait-il que Tim lui avait laissé les enregistrements ? M. Simon s'était-il introduit dans la chambre pour les écouter ? Non, Duncan ne pouvait l'imaginer. Il resta planté devant lui, sans voix.

– Historiquement, vous n'êtes pas les meilleurs amis du monde, poursuivit M. Simon. Il paraît qu'il veut vous tuer.

Face au silence de Duncan, M. Simon poussa un faible soupir.

– Pardon, je n'ai pas pu m'en empêcher, dit-il. C'était un trait d'humour shakespearien. Mais, vu les circonstances, ce n'était pas du meilleur goût. Je vous prie de m'excuser.

M. Simon s'inclina avec un pauvre sourire. Duncan le suivit des yeux tandis qu'il parvenait au bout du couloir et descendait l'escalier. Pourquoi lui avait-il offert le roulé à la cannelle et le café ? Puis ça lui revint. Tim l'avait prévenu : M. Simon lui apporterait des gâteries pour compenser le fait qu'il avait la mauvaise chambre.

Duncan referma la porte et s'assit devant le bureau. Il sirota son café et mangea le roulé. Les deux étaient délicieux. D'habitude, il ne buvait pas de café le matin – c'était une habitude d'adulte – et pourtant il adorait ça. Il n'allait pas tarder à devenir comme son père : boire du café à intervalles réguliers pour échapper au mal de tête ; commencer ses vacances en déclarant que, sous aucun prétexte, il ne boirait de café Starbucks de la semaine, que du café local puis, après quelques tasses de café insipide, procéder à un détour de plusieurs kilomètres pour suivre les panneaux Starbucks, tandis que Duncan et sa sœur râlaient à l'arrière. Cette idée lui plaisait aussi. Elle lui rappelait le récent voyage familial dans le nord du Michigan. Sa famille lui manquait, surtout depuis qu'il avait écouté le récit du périple interminable de Tim pour arriver à Irving.

Après avoir bu la moitié du café, il commença à ressentir les effets de la caféine, il reposa la tasse sur le bureau, sortit un T-shirt propre de sa valise, le troqua contre celui de la veille, mais garda le jean dans lequel il avait dormi. Il devait absolument défaire sa valise et ranger sa chambre – le fait qu'elle soit si petite exigeait que chaque chose soit à sa place, mais dès qu'il voulait s'y atteler, il était à nouveau happé par les CD, la voix de Tim et son histoire.

Il prit le gobelet dans lequel il mettait son savon et sa brosse à dents et sortit faire sa toilette. En entrant dans la salle de bains pleine à craquer – claire mais un peu défraîchie : carreaux blancs, trois lavabos et quatre toilettes fermées par une porte battante en bois, peinte en blanc –, il eut la même impression que la première fois où il avait pénétré dans le réfectoire après tout un été à la maison : il était dur de s'y faire.

Il attendit patiemment de pouvoir accéder à un lavabo et, quand son tour arriva, il se rendit compte qu'il avait oublié sa serviette dans sa chambre. Il envisagea de courir la récupérer, mais il aurait fallu refaire la queue. Il s'essuya le visage avec du papier toilette qui resta collé à sa peau parce qu'il était trop fin.

Il y avait deux façons de passer du couloir des garçons à celui des filles. La première : prendre le sas secret situé derrière les chambres, juste au-delà des dernières portes, un sas qui conduisait à une sortie de secours qui ouvrait sur un escalier extérieur à l'arrière du dortoir des terminales. L'autre permettait à tout le monde de prendre l'escalier principal qui descendait au rez-de-chaussée. La chambre de Duncan était la dernière du couloir, par conséquent le sas, à l'arrière du dortoir, se trouvait juste après la porte de sa chambre. Il s'apprêtait à rentrer chez lui quand, en jetant un coup d'œil vers la droite, il aperçut Daisy dans le sas. Elle n'aurait pas dû se trouver là. Contrairement au sas de devant, dans lequel on pouvait tomber sur quelqu'un à tout moment, celui-ci n'était pratiquement jamais emprunté, sauf pour les exercices d'alerte incendie et les cas d'urgence. Autrement, l'accès en était strictement interdit. Sur la porte de l'escalier extérieur, un panneau indiquait que celle-ci devait rester fermée, au risque de déclencher une alarme. Mais Daisy avait la main dehors, comme pour prendre la température de l'air, et aucune alarme ne retentissait.

Duncan n'était pas sûr que Daisy l'ait vu. Le silence régnait, elle avait forcément entendu ses pas ou le cliquetis de son gobelet, mais il se dépêcha d'entrer dans sa chambre que, par chance, il avait laissée grande ouverte. Il la referma et se pencha pour prendre ses cahiers de cours quand on frappa un coup léger à la porte. Duncan prit la peine de jeter un rapide coup d'œil au miroir pour constater qu'il avait des bouts de papier toilette collés sur le menton et sous l'œil gauche. Il les gratta furieusement du bout de l'ongle. Ils avaient séché et il se fit des marques rouge vif à force de frotter. On frappa à nouveau.

Il ouvrit. Incroyable ! C'était Daisy. Toutes sortes de pensées l'assaillirent : il risquait d'écoper d'une retenue, voire pire ; il regrettait de ne pas avoir gardé un morceau du roulé à la cannelle, de s'être gratté le visage, mais, beaucoup mieux que l'affaire des bouts de papier toilette, il trouvait Daisy ravissante.

– Tu ne devrais pas être là, dit-il.

– Je peux entrer ?

– Je ne sais pas.

Il n'était pas du genre à enfreindre les règlements.

– Tu sais quoi ? Tu as raison, dit-elle. Je n'aurais pas dû frapper à ta porte.

Elle lui tourna le dos et s'éloigna rapidement vers le couloir des filles en passant par le sas.

– Daisy ! chuchota-t-il très fort.

À quoi pensait-il ? Il voulait lui parler. Et voilà qu'il se faisait plus remarquer qu'en la laissant entrer dans sa chambre à l'abri des regards derrière la porte fermée. Daisy ne marqua même pas un temps d'arrêt : elle continua son chemin et disparut. Il se serait donné des claques. Pourquoi avait-il fait ça ? Pourquoi était-elle venue ? Il vit M. Simon sortir dans le couloir pour rejoindre sa salle de classe. Pourquoi n'avait-il pas réfléchi une seconde plus tôt ? Et pourquoi avait-il si peur de s'attirer des ennuis ?

Il n'avait pas le cran de traverser le sas pour aller du côté de chez Daisy. La présence d'une fille chez les garçons n'apparaissait pas aussi répréhensible que celle d'un garçon chez les filles. Par ailleurs, comment avait-elle su que c'était sa chambre ?

Il jeta un coup d'œil à sa montre. Il n'en revenait pas d'avoir pris le risque d'être en retard et, grâce à M. Simon qui le croyait par ailleurs prêt à aller en cours, il n'avait pas eu à s'arrêter au réfectoire, il n'avait donc aucune excuse.

Il était près de laisser tomber, de rester dans sa chambre écouter le nouvel épisode de ce qu'il appelait désormais «Les peines du jeune Tim». Il mourait d'envie de savoir comment M. Bowersox avait traité Tim. M. Bowersox était plutôt distant et ne semblait pas concerné par les élèves. Il était charmant, gratifiait toujours d'un sourire ou d'un signe de main ceux qu'il croisait, mais il n'avait jamais l'air de s'intéresser à quiconque. Proposer à un étudiant d'aller le chercher à l'aéroport ne correspondait pas du tout au personnage. Et, bien sûr, Duncan ne doutait pas qu'à un moment ou un autre, Tim et Vanessa se retrouveraient. Il avait envie de savoir quand et comment. Mais il n'avait pas le temps. M. Simon allait aborder le sujet de la disserte sur la tragédie aujourd'hui – il le faisait toujours le premier jour, même si les élèves n'avaient pas grand-chose à produire avant le second semestre. Et parfois, il lâchait un détail important au moment où la cloche sonnait – la dissertation doit faire quinze pages exactement ; ou, je veux que vous numérotiez les pages en bas à droite ; ou, si vous soulignez le titre de votre dissertation en vert fluo, je vous accorde dix points supplémentaires –, précisant aux élèves présents qu'ils ne bénéficieraient pas de cet avantage s'ils divulguaient ce secret aux retardataires. Il lui arrivait même de fermer quelques minutes la porte à clé au moment où la cloche sonnait, excluant brièvement les traînards, tandis qu'il finissait de livrer une info capitale aux élèves arrivés à l'heure.

Duncan prit ses cahiers et se mit à courir en guettant

Daisy en chemin. Il ignorait qui serait dans son cours – un cours qui était dans tous les esprits tout au long du lycée : anglais terminale. Les terminales étaient environ quarante-cinq. Duncan se doutait que les élèves seraient répartis en trois groupes, puisqu'il n'y avait jamais plus de quinze élèves par classe – un des titres de gloire de l'établissement. Mais il se trompait peut-être car il ignorait combien d'élèves étaient revenus après l'été ; par conséquent, il se pouvait qu'ils soient plus ou moins nombreux. En revanche, ce dont il était sûr, c'est qu'il y aurait au moins deux groupes ; du coup, Daisy pouvait ou non être dans sa classe. La probabilité était de cinquante/cinquante ou plutôt, il avait trente-trois pour cent de chance de l'avoir avec lui. Ouaouh ! Décidément, il pré-férait les chiffres aux mots. Il se demandait pourquoi on ne faisait pas plus cas de son cours de maths – calcul diffé-rentiel et intégral et non maths terminale. Il connaissait la réponse bien sûr, qu'elle lui plaise ou non. Tout le monde n'avait pas le même niveau de maths, mais toutes les termi-nales, sans distinction, suivaient le même cours d'anglais. Ce qui impliquait cette année de lire *Moby Dick* et de parti-ciper au projet *Moby Dick*, que tout le monde adorait car il était moins contraignant que la dissertation sur la tragédie. L'expression était libre, à condition d'aborder le thème de la baleine. Certains élèves avaient fait des gâteaux, d'autres avaient peint des tableaux, monté des pièces, écrit et chanté des morceaux de rap. Duncan n'avait pas la moindre idée de ce qu'il ferait. Ça le stressait. Après *Moby Dick*, ce serait le tour de Shakespeare et de la lecture de plusieurs pièces en terminant par *Hamlet*. Chaque élève était tenu de réciter la célèbre tirade « Être ou ne pas être » devant la classe entière, au grand dam de tous. Et ensuite, bien sûr, la disserte sur la tragédie.

Duncan dévala l'escalier puis, tournant le dos au réfectoire, il emprunta le couloir étroit sur lequel donnaient les bureaux des profs et celui de la conseillère d'orientation – qui tenterait bien maladroitement d'aider Duncan à choisir une filière pour les quatre années à venir. Il tourna à gauche devant la salle où tout le monde venait rédiger son devoir hebdomadaire et passer de nombreuses soirées à réviser ses cours. Puis il enfila le long couloir principal, un peu trop vide à son goût. En temps normal, nombre d'élèves étaient assis par terre un peu partout devant les classes. Il ne restait que quelques lambins. C'était dingue, il allait être en retard.

Il passa devant le secrétariat à toutes jambes, puis ralentit et reprit son souffle à l'approche de sa salle de classe. Il vit la porte se refermer. M. Simon l'avait sans doute poussée, mais Duncan réussit à glisser le bras dans l'entrebâillement et l'ouvrit en grand. M. Simon lui sourit, s'inclina et le laissa passer, puis il repoussa la porte avec force et la ferma à clé.

– C'est gentil de votre part de vous joindre à nous, monsieur Meade, dit-il.

Duncan parcourut rapidement la salle des yeux, une grande salle avec des bureaux disposés en arc de cercle face au tableau noir. La première chose qu'il remarqua, c'est que Daisy n'était pas là. La deuxième, c'est qu'il manquait au moins quatre ou cinq personnes – tout dépendait du nombre d'élèves qui suivraient effectivement le cours –, car plusieurs bureaux étaient vides. M. Simon attendit que Duncan ait choisi le sien. Il se décida pour celui qui se trouvait à l'extrême droite à côté de celui de Tad. Il laissa tomber ses livres sur la table et sourit à son ami, qui lui sourit à son tour avant de lui indiquer la porte d'un signe de tête. Derrière la vitre, trois visages anxieux regardaient à l'intérieur avec de grands yeux. C'étaient les retardataires. Ils avaient déjà perdu quelque chose, même si tout le monde ignorait encore quoi. Quelque chose que les retardataires ne sauraient jamais. M. Simon avait la réputation de ne rien oublier. Il remarquait qui était présent et qui ne l'était pas, aucun doute là-dessus.

— Maintenant que tout le monde est installé, commença le professeur d'une voix calme, le dos tourné à la porte et aux visages paniqués avec leurs yeux implorants, je souhaite inviter les bulldogs que vous êtes à l'expérience scolaire la plus excitante, la plus exaltante, la plus magique que vous serez jamais amenés à vivre. Bienvenue en anglais terminale.

Il s'interrompit pour donner plus d'emphase à ses paroles quand des coups frénétiques furent frappés à la porte. M. Simon ne tressaillit même pas. Duncan leva les yeux et découvrit le visage de Daisy collé à la vitre. Elle avait dû écarter les autres. Duncan souhaitait plus que tout se lever pour lui ouvrir. Pourquoi fallait-il que M. Simon soit si inflexible ? N'aurait-il pu remettre cette folie au deuxième jour de classe ?

— Ne vous inquiétez pas, je ne compte pas laisser ces lambins irrespectueux dans le couloir pour toujours. Mais je peux vous assurer ceci… et je vous conseille de le noter : si vous parvenez à introduire le mot «portée» – et j'espère que vous commencez à réfléchir au sens et à l'importance de ce mot – sept fois dans votre dissertation, à bon escient évidemment, j'ajouterai dix points à votre note. Ce qui signifie, jeunes gens, que, si vous obtenez un A à votre dissertation, vous cumulerez des points supplémentaires. Mais vous connaissez la règle : si l'un d'entre vous révèle ce secret à un de ceux-là, dit-il en se tournant vers la porte pour la première fois, vous perdrez vos points supplémentaires. Compris ?

M. Simon se dirigea nonchalamment vers la porte, tourna lentement le verrou et ouvrit. Les visages n'étaient plus paniqués, mais vaincus, conscients d'avoir raté quelque chose d'important, quelque chose qu'ils ne rattraperaient jamais. Daisy entra en premier.

– J'ai une excuse, si vous permettez que je vous la donne, dit-elle gentiment à M. Simon en choisissant un bureau à l'opposé de celui de Duncan.

– Je regrette, mademoiselle Pickett, mais vous connaissez le règlement, répondit-il gentiment aussi.

Les autres s'assirent et, finalement, la salle fut pleine – quinze élèves en tout.

– Commençons, annonça M. Simon en se lançant dans *Moby Dick* sans plus attendre.

En d'autres temps, Duncan aurait été ravi d'être dans le secret. Utiliser le mot « portée » sept fois et obtenir dix points supplémentaires. Ce qui pouvait faire la différence entre un D et un C, ou un C et un B. Il aurait d'autres occasions d'augmenter sa note au cours du semestre, mais pas de façon aussi spectaculaire que celle-ci. À mesure que le temps s'écoulait au compte-gouttes, Duncan se sentait de plus en plus mal. Quelle était l'excuse de Daisy ? Et l'avait-il retardée de quelque manière ? S'il l'avait laissée entrer dans sa chambre, cela aurait-il changé les choses ? Il tenta de croiser son regard à maintes reprises, mais elle s'y refusa. Elle était à fond dans la discussion, prenait des notes, répondait aux questions, proposait des idées. Il n'échappa pas à Duncan qu'elle avait déjà lu *Moby Dick* et, pourtant, c'était elle qui cherchait à rattraper son retard. Ce n'était pas juste.

– Lisez au moins les deux premiers chapitres pour la prochaine fois, annonça enfin M. Simon.

Puis il marqua une pause. Tous les élèves attendirent au bord de leur chaise.

– À présent, allez répandre beauté et lumière, dit-il, sa phrase habituelle pour clore son cours, sauf que c'était la première fois qu'il la prononçait devant eux.

Certains élèves sourirent, quelques-uns se renversèrent sur leur chaise, savourant le moment. Puis tout le monde se leva. Daisy était le plus près de la porte, Duncan fut surpris de la voir foncer. Il aurait pensé qu'elle tenterait une nouvelle fois de fournir son excuse. Il ramassa ses livres et sortit sur ses pas. Il avait une heure libre et espérait que ce serait le cas pour elle aussi. Ils pourraient faire une balade ou autre chose. Mais au moment de la rattraper, il fit demi-tour et reprit le chemin de sa chambre. Qu'avait-il à lui dire, de toute façon ? En plus, Tim venait d'atterrir à New York. Il devait connaître la suite.

CHAPITRE ONZE

TIM
Pluie, neige, boules de neige

Eh oui, comme je te le dis, M. Bowersox est venu me chercher à l'aéroport. Il m'attendait à l'arrivée des bagages avec un écriteau sur lequel était écrit MACBETH, comme s'il pouvait se tromper d'albinos. J'avais toujours mon téléphone à la main dans l'espoir de communiquer avec Vanessa. Depuis quelques heures déjà, un seul mot tournait en boucle dans ma tête, un mot très simple, dont pourtant j'ignorais le sens : « Bien ».

Finalement, j'étais content qu'il ait un écriteau, ça m'a permis de le repérer avant qu'il ne me voie. Tu es sans doute trop habitué à lui pour y penser, mais pour moi, il avait l'allure parfaite du directeur d'école : jovial, une couronne de cheveux autour d'une tonsure qui brillait et une écharpe écossaise rouge autour du cou.

— Monsieur Bowersox ? ai-je demandé avec un peu trop d'impatience, avant même d'avoir descendu l'Escalator.

J'étais si heureux de le voir. Trouver un taxi et me rendre à Irving par mes propres moyens m'aurait fait craquer, c'était certain.

— Tim ! s'est-il exclamé en me tendant sa grosse main.

Je l'ai serrée avec enthousiasme.

– Bienvenue à New York, bienvenue dans l'État de New York, bienvenue dans votre nouveau chez-vous, dit-il en souriant de toutes ses dents. Nous sommes ravis de vous avoir à Irving ce semestre.

– Merci, ai-je répondu, me sentant détendu pour la première fois depuis ce qui me semblait des lustres.

C'était curieux, je ressentais un soulagement inouï à être en présence d'un adulte. Je commençais même à m'avachir.

– On y va ? a-t-il demandé en pliant son écriteau avec soin avant de le glisser dans la poche de sa veste. Vous avez des valises ?

– Juste ce sac, ai-je répondu en indiquant mon sac à dos. Le reste de mes affaires a déjà été expédié.

M. Bowersox a sorti une casquette du même écossais que son écharpe de son autre poche et l'a enfilée en me mettant en garde contre le froid. Je ne pouvais m'empêcher de penser qu'il aurait dû essayer de rester dans un igloo. On n'a pas échangé un mot en montant en voiture ni en sortant de LaGuardia par le nœud de rampes alambiqué de l'aéroport. Puis on s'est engagés sur la quatre-voies.

– Et si nous nous arrêtions en route pour dîner ? Que diriez-vous d'un restaurant italien en ville ? a proposé M. Bowersox. Ou dans le Westchester ? Il paraît que celui de Yonkers sert des gnocchi inoubliables.

– C'est une bonne idée, ai-je dit, ne sachant ni ce qu'était Yonkers ni où c'était.

Il m'a posé des questions sur mon ancien lycée. Je lui ai parlé des profs que j'avais eus au premier semestre de ma terminale, du seul qui me manquerait vraiment. Tous les mois, ce prof choisissait un thème autour duquel il déterminait nos exercices. Il était professeur d'anglais, mais n'était pas obnubilé par sa matière – il pouvait introduire de la cuisine et parfois de la science ou de l'histoire dans son cours. Mais j'ai rassuré M. Bowersox, j'étais ravi de passer à quelque chose de nouveau.

Ça faisait peut-être trente ou quarante minutes que je n'avais pas pensé à Vanessa, mais après avoir dit que j'étais ravi de passer à quelque chose de nouveau, j'ai dû m'arrêter de parler quelques minutes tant j'avais l'impression de manquer de souffle. Je suppose que je n'étais pas aussi ravi que je le prétendais. J'étais passé à quelque chose de nouveau durant une demi-journée et une demi-nuit – ou sans doute à peine quarante-cinq secondes dans l'ascenseur de l'hôtel. J'aurais voulu revenir au moment où j'ignorais comment c'était. Ou bien au moment où j'ignorais ce qui me manquait à présent – plutôt ça.

M. Bowersox s'intéressait vraiment à moi, il m'interrogeait sur mes thèmes favoris, il écoutait attentivement mes réponses. Je me rappelle lui avoir parlé des dieux grecs qu'on avait étudiés, du module consacré aux viennoiscries qui nous avait occupés tout un mois. C'est à ce moment-là qu'il a évoqué M. Simon.

– Dans ce cas, vous allez beaucoup aimer votre professeur d'anglais, a expliqué M. Bowersox. C'est aussi l'adulte responsable de votre dortoir, vous apprendrez à bien le connaître. Il s'appelle Clark Simon. Il ne procède pas par thème – bien qu'il puisse opposer que le projet *Moby Dick* relève du thème; il introduit également de la cuisine, de la science et de l'histoire dans ses cours –, il est pour l'immersion totale dans le sujet du moment. Vous verrez, il lui arrive de venir prendre son petit déjeuner, habillé en personnage de Shakespeare; un autre jour, de manger uniquement les aliments que le capitaine Achab aurait mangés sur le *Pequod*, néanmoins je ne sais ce que cela pouvait être. Il est possible que ces jours-là, il ait un peu faim.

J'ai hoché la tête, m'obligeant à me concentrer et non à me demander où était Vanessa au même moment ou pire, à quoi ressemblerait notre prochaine rencontre.

– Quel est le sujet en cours ? je me rappelle avoir demandé.

– Vous avez raté la partie consacrée à *Moby Dick* et l'introduction à Shakespeare. Vos camarades ont lu *Le Roi Lear* et *Macbeth* avant les vacances. Je pense qu'ils en sont aux tragédies grecques afin de se préparer à la dissertation sur la tragédie.

– Quelle dissertation ?

– Vous le saurez bien assez tôt, a répondu M. Bowersox.

(Au fait, j'espère que tu t'éclates en écoutant ce passage. J'ai beaucoup bossé pour restituer le ton de M. Bowersox. Je crois que j'ai fait du bon boulot. Ferme les yeux et écoute. Tu ne crois pas l'entendre ?)

– Cet exposé est censé être l'aboutissement de vos études secondaires : votre appréhension de la lecture, votre maîtrise de l'écriture, votre faculté à analyser un texte, à formuler vos idées et à les communiquer, a-t-il poursuivi. C'est très amusant, vraiment. J'ai étudié votre dossier, vous ne devriez pas avoir de peine à rattraper votre retard. Mais ne parlons plus de cela pour l'instant. Vous avez faim ?

J'avais faim. De quand datait mon dernier vrai repas ? Le steak du matin ? Si je mangeais, je me sentirais peut-être mieux.

On a roulé en silence un long moment. À l'occasion, M. Bowersox me montrait une curiosité – tel pont ou tel immeuble gigantesque dans le lointain. La route m'était étrangère, mais si je fermais à demi les yeux, je pouvais presque me croire à Chicago et faire semblant d'être en train de rentrer à la maison. On a finalement passé un bon dîner dans un petit restaurant italien dans cet endroit que M. Bowersox persistait à appeler Yonkers. Quel drôle de nom pour une ville. J'ai commandé des spaghetti aux boulettes de viande, inquiet de m'en mettre partout. M. Bowersox a pris un gratin de penne et a passé la plus grande partie du dîner avec des fils de fromage fondu qui lui pendaient sur le menton. Dommage que je n'aie pas pris de photo. Une photo aurait été géniale pour le faire chanter.

Après ça, tout s'est accéléré et, tout à coup, on était de nouveau dans la voiture et le prochain arrêt était Irving. J'ai envisagé de courir, de prendre le trottoir à toutes jambes et de planter là M. Bowersox. Je me demande quelle aurait été sa réaction. M'aurait-il couru après ? Aurait-il appelé la police ? Aurait-il traîné dans Yonkers jusqu'à ce qu'il me retrouve ? Je savais que c'était n'importe quoi. Je courrais jusqu'au coin de la rue et je me retrouvais seul dans une drôle de ville dont le nom rimait avec «perverse». Irving était la meilleure option.

On a roulé encore vingt-cinq minutes avant que M. Bowersox mette son clignotant et qu'on sorte de la quatre-voies. Il y a eu un drôle de méli-mélo à la sortie. M. Bowersox sortait, mais une voiture a surgi derrière lui qui entrait. J'ai cru qu'on allait la prendre de plein fouet, mais non. Puis on s'est retrouvés dans des petites rues qui grimpaient au sommet d'une colline.

Un grand panneau indiquait : PENSIONNAT IRVING. J'ai entraperçu un terrain d'athlétisme sur ma gauche et ce qui devait être un gymnase. Au sortir d'une route en zigzag sont apparus les bâtiments que j'avais vus tant de fois sur le site Internet d'Irving. M. Bowersox m'a montré sa maison et, enfin, le dortoir des terminales.

Il s'est engagé sur un chemin qui décrivait un petit cercle et s'est arrêté devant un porche en pierre, puis il s'est tu pour me laisser apprécier.

— Entre ici pour être et te faire un ami, a-t-il déclamé.

— Pardon ?

— Entre ici pour être et te faire un ami, a-t-il répété en indiquant l'inscription gravée dans la pierre au-dessus de la porte. C'est une des règles de conduite d'Irving. Je ne voulais pas que vous la ratiez.

Je ne cessais de supputer à quelle distance Vanessa se trouvait. Six cents mètres, trois kilomètres, six kilomètres ? Sûrement pas autant. En principe, elle était arrivée, elle était forcément quelque part.

Le silence régnait. J'ai entendu un bruissement dans les arbres et je me suis demandé ce qui se passerait si je criais son nom. Je m'imaginais marteler sa porte de mes poings en hurlant : « Vanessa ! »

J'ai suivi M. Bowersox à l'intérieur du bâtiment. J'ai remarqué les lambris en bois et l'escalier monumental couvert d'un épais tapis. Je suis monté à la suite de M. Bowersox. En haut des marches, il a tourné à gauche et m'a indiqué à droite, l'aile des filles.

— Vous ne tarderez pas à avoir le règlement du pensionnat, m'a-t-il dit. Mais vous vous doutez que cette partie du bâtiment vous est strictement interdite.

J'ai à nouveau ressenti cette envie irrépressible de faire quelque chose d'inattendu. Je rêvais de courir dans le couloir des filles en appelant Vanessa. Mais une fois encore, je me suis abstenu. Chambre après chambre, j'ai marché derrière M. Bowersox. Le silence régnait partout et, dans toutes les chambres, sauf une, la lumière était éteinte ; j'ai jeté un coup d'œil sous chaque porte en passant. Tout au bout du couloir, j'ai vu une porte ouverte et la lumière allumée.

— Vous voici chez vous, jeune homme, a annoncé M. Bowersox en s'arrêtant pour me laisser passer.

Je suis entré dans la chambre. Celle où tu te tiens sans doute en ce moment. La chambre était microscopique mais charmante avec sa petite fenêtre ronde. Était-elle claire dans la journée ? On connaît la réponse tous les deux. À ma grande surprise, le lit était fait et mes bagages soigneusement empilés dans un coin. Sur le bureau m'attendaient une assiette de biscuits et un verre de lait rafraîchi dans un bol de glaçons.

— J'espère qu'elle est à votre goût, a dit M. Bowersox en

entrant, on aurait dit un géant dans cette toute petite pièce. Je ne viens pas ici autant que je le devrais. Ça fait plaisir à voir.

– Merci, ai-je répondu. C'est ravissant.

– Dormez bien.

Je n'avais pas envie qu'il s'en aille, pas envie d'être seul. Il m'a répété que les horaires normaux des cours ne s'appliquaient pas encore, mais que des activités seraient proposées le lendemain. Il m'a promis de venir me voir au petit déjeuner. Je lui ai serré la main et je l'ai à nouveau remercié. Et là, il m'a dit :

– Je suis heureux de vous avoir ici, mon garçon. Je me réjouis d'avance d'un semestre formidable.

Crois-tu qu'il pensait la même chose deux mois plus tard ?

Je l'ai regardé s'éloigner dans le couloir. À un moment donné, il s'est penché pour regarder sous une porte. Il a tapé un coup léger.

– Extinction des feux, a-t-il dit, puis il a disparu.

J'ai refermé lentement ma porte. Pour la première fois depuis des heures – des jours même – j'allais me retrouver complètement seul. Ma lumière était toujours allumée, mais ça ne posait sans doute pas de problème dans la mesure où M. Bowersox n'en avait pas parlé. Je me suis assis sur le lit en laissant mon regard errer dans la chambre. J'ai envisagé de défaire mes valises mais il était très tard et je craignais de ne pas avoir de quoi m'occuper le lendemain. Au moins, je pourrais utiliser le prétexte d'avoir à ranger mes affaires pour rester dans ma chambre ; d'un autre côté, je me demandais à qui je pourrais avoir à fournir cette excuse.

Mes yeux s'arrêtèrent sur quelque chose de vert qui traî-
nait par terre. Un vert étrange, entre le jaune et le vert kiwi.
«Vert-jaune», ai-je pensé. C'était exactement le même vert
que portait Vanessa la veille. On aurait dit une ligne de
confettis qui partait de sous mon lit pour aller à mon placard. La ligne s'enfonçait tout au fond d'un coin poussiéreux
au pied du lit. Quelque chose se trouvait là. J'ai glissé le
bras peu à peu jusqu'à ce que je touche ce qui m'a semblé
être une boule de papier. J'ai d'abord cru que le précédent
locataire l'avait oubliée. Mais pour être tout à fait franc, je
savais que le vert ne pouvait être à ce point une coïncidence.
J'avais le cœur qui battait à tout rompre en ressortant de sous
le lit. Je me suis assis par terre avec la boule de papier dans
la main. Je l'ai dépliée lentement et j'ai vu quelque chose
écrit dessus. J'ai aplati la feuille sans la fixer vraiment, puis
j'ai regardé.

En haut de la page, «Pluie, neige, boules de neige» était
écrit au marqueur vert. Était-ce un poème sur la nature ? J'ai
retourné la feuille et voici ce que j'ai lu :

> *Cher Tim,*
> *À Irving, la tradition veut que celui qui occupait ta*
> *chambre l'année d'avant te laisse ce qu'on appelle ici un*
> *«trésor». On le découvre le jour où on emménage et je*
> *peux te dire qu'il y a eu des trucs dingues. Cette année,*
> *ma copine Madison a trouvé un rôti et elle a persuadé*
> *le personnel de cuisine de le cuire. Pas mal. Mon autre*
> *copine, Julia, a eu une bouteille de vin parce que les*
> *parents de la fille précédente étaient vignerons. Je suis*

sûre que tu te demandes ce que j'ai eu. Eh bien, j'ai eu un kit pour faire un bonhomme de neige. Suzanne, la fille qui occupait ma chambre avant moi, savait que j'aimais beaucoup jouer dans la neige. Le kit comprend une carotte en plastique pour le nez, un chapeau haut de forme noir et un foulard rouge.

Je ne voulais pas que tu arrives ici et que tu rates la tradition. Jette un coup d'œil dans ton placard pour voir.

Vanessa

J'ai fait attention à ne pas bousculer les confettis verts qui serpentaient jusqu'au placard. Je voulais qu'ils restent tels qu'elle les avait éparpillés. J'adorais l'idée d'avoir près de moi quelque chose qu'elle avait touché. J'ai ouvert la miniporte en bois du placard et j'ai découvert d'un côté, une petite barre sur laquelle accrocher mes vêtements et, de l'autre, des étagères. Pour commencer, je n'ai rien vu, mais en me penchant, j'ai aperçu une glacière de taille modeste et un sac en plastique sous l'étagère du bas. J'ai retiré le sac en premier. À l'intérieur, il y avait la carotte en plastique, le chapeau haut de forme et un foulard, sauf que celui-ci n'était pas rouge mais vert. J'ai sorti la glacière et je l'ai ouverte. À l'intérieur, il y avait trois boules de neige parfaites.

CHAPITRE DOUZE

TIM
Dix-huit heures

L'enchaînement des CD n'allait pas assez vite au goût de Duncan. Les choses suivaient un cours bien différent de celui qu'il avait imaginé. Il était touché par la gentillesse de Vanessa, mais ne pouvait s'empêcher de s'interroger sur ce qui la motivait. Il avait envie de faire pipi, il allait être en retard au prochain cours et pourtant, il avait l'impression de ne pouvoir échapper à l'envie d'écouter, de ne pouvoir y résister. Alors il se dépêcha d'éjecter le dernier CD, qu'il fit tomber par terre, il le ramassa, puis glissa le suivant dans l'ordinateur. Il s'assit au bord du lit, le dos bien droit, pour ne pas avoir la tentation de s'éterniser, ferma les yeux et la voix de Tim remplit la chambre.

Quand je me suis réveillé, le lit était trempé et je ne comprenais pas pourquoi. Puis je me suis rappelé les boules de neige et me suis maudit de m'être endormi avec une des trois dans la main. Avant d'avoir le temps de réparer les dégâts et de trouver une autre paire de draps, j'ai entendu quelqu'un frapper.

— Vous devez être Tim, a dit la personne sur le pas de la porte.

Au début, j'ai cru qu'il s'agissait d'un élève, il semblait si jeune et puis, il portait ces lunettes super sympa à monture noire.

– Je m'appelle M. Simon, a-t-il dit alors.

– Bonjour.

Il avait apporté une assiette de muffins, sans doute aux mûres, et un verre de jus d'orange. Il m'a tendu les deux, son regard s'attardant sur les biscuits que je n'avais pas mangés la veille. Zut! C'est lui qui avait dû me les laisser.

– Merci beaucoup, ai-je dit, surpris de constater que j'avais faim. Est-ce habituel? C'est une sorte de *room service*?

– J'aimerais pouvoir vous répondre oui, mais non. La plupart du temps, il vous faudra descendre au réfectoire. Mais j'aime faire de la pâtisserie et je vis seul. Et comme vous êtes l'heureux destinataire de cette chambre, je partagerai mes sucreries avec vous chaque fois que je pourrai. J'ai pensé que votre première matinée ici était un moment qui en valait un autre pour commencer. Comment s'est passé votre voyage?

«Compliqué, j'avais envie de répondre, et je crois que je suis tombé amoureux en route.»

– C'était long, ai-je finalement répondu.

– La salle de bains se trouve dans cette direction, mais vous vous en doutiez, et le réfectoire au bas de l'escalier à l'autre bout du couloir, a-t-il expliqué. Aujourd'hui, l'emploi du temps normal ne s'applique pas, mais je vous conseille de descendre prendre votre petit déjeuner dès que vous aurez fait votre toilette, car des activités à ne pas rater ont été mises en place. Une randonnée est prévue et peut-être même un jeu de capture du drapeau.

– Ça promet, ai-je dit.

J'avais envie de lui demander s'il connaissait Vanessa – et Patrick, d'ailleurs. Mais je n'ai pas osé.

– Cette chambre a-t-elle quelque chose de particulier ? ai-je ajouté.

– Parce que je vous ai dit que je vous apporterais mes chefs-d'œuvre pâtissiers ? m'a demandé M. Simon.

Je commençais déjà à l'aimer.

– Oui, elle a quelque chose de particulier, a-t-il poursuivi. Cette chambre, mon jeune ami, est celle où un professeur d'anglais a vu le jour ! C'était la mienne du temps où j'étais à Irving. Elle m'allait à merveille. Le truc, a-t-il expliqué en se penchant vers moi et en baissant la voix, c'est qu'on ne voit pas ni de l'extérieur ni sous la porte que la lumière est allumée, si bien qu'il est possible de lire tard dans la nuit sans se faire prendre. Ce que j'ai fait – beaucoup de Shakespeare et d'Hemingway. J'espère que vous l'apprécierez autant que moi. À tout à l'heure au réfectoire. Bienvenue à Irving.

– Ravi d'être ici, ai-je dit, surpris de sourire.

Le muffin était chaud et sentait délicieusement bon. Je me suis assis au bord du lit et je l'ai mangé jusqu'à la dernière miette. Puis j'ai fait ce que je redoutais : ouvrir la glacière pour vérifier où en étaient les boules de neige. J'avais envisagé de me faufiler dans le réfectoire pour essayer de trouver un congélateur, mais à quoi bon ? Quelqu'un aurait fini par les trouver et les aurait jetées, de toute façon. En retirant le couvercle, j'ai vu que la première avait complètement fondu et que la deuxième était plus petite qu'une balle de golf. J'ai refermé le couvercle et je suis allé à la salle de bains. Ne t'inquiète pas, je ne vais pas te raconter toutes mes expéditions à la salle de bains, mais celle-ci a une sacrée importance, alors fais-moi plaisir.

Je n'ai rencontré personne en chemin, le couloir était silencieux. Sans doute les élèves dormaient-ils parce que les cours étaient annulés. J'étais content. Je n'avais pas envie d'affronter quelqu'un tout de suite, je serais bientôt aussi voyant qu'un ours polaire au milieu d'une tripotée de grizzlis. Que leur avait-on dit à mon sujet ? Savaient-ils que j'étais albinos ? Je n'avais pas envie de m'en préoccuper. J'ai décidé sur-le-champ de sécher la rando.

J'ai été soulagé de constater que la salle de bains était vide aussi. Je m'apprêtais à retourner dans ma chambre quand la porte s'est ouverte à la volée. J'étais face à la glace, dos au garçon qui est entré, mais j'ai vu qu'il était grand avec des cheveux châtains coupés court et des yeux d'un bleu intense. En fait, il avait les yeux tellement bleus qu'on aurait dit des éclairs. Il portait un pyjama vert et fredonnait dans sa barbe. Il m'a regardé et je me suis crispé ; je l'ai senti. Il y a eu un long silence pendant lequel il m'a détaillé de la tête aux pieds sans que je puisse m'y opposer. J'allais me retourner pour me présenter. Il avait dû se demander ce que cet inconnu, par ailleurs beaucoup trop blanc, faisait dans la salle de bains. Mais avant que je puisse dire mon nom, il s'est planté devant moi, me dominant de toute sa hauteur.

— Il paraît que tu as passé la nuit dans une chambre d'hôtel avec ma copine, a-t-il grogné.

C'était de loin le pire cas de figure. «Pourvu que quelqu'un entre, me suis-je répété à l'envi. Pourvu que quelqu'un entre.»

Il s'est rapproché, son nez près de toucher le mien.

– Si tu n'avais pas déjà une tronche aussi bizarre, je te ferais ta fête, a-t-il dit. Je te casserais le nez ou je te ferais un œil au beurre noir. Personne – et je dis bien personne, à part moi – ne se retrouve seul dans une chambre avec ma nana. Compris?

– Ne t'inquiète pas, ai-je répondu d'un ton peut-être trop ironique. Elle ne permettra pas que ça se reproduise.

– Que se reproduise quoi?

J'avais peur, je le reconnais. Je n'avais pas eu l'intention de l'emmener sur ce terrain-là, mais une fois embourbé, essayer de se dégager ne fait qu'empirer les choses. Dans ma tête, j'entendais la voix de Vanessa me dire : « Merci pour les dix-huit dernières heures. » Dix-huit. Dix-huit. J'espérais que Patrick ne lise pas dans mes pensées. L'espace d'un instant, je me suis évadé en cherchant quel super héros avait la capacité de lire dans les pensées. Pour que tu saches, il s'agit du professeur X dans *X-Men*, mais j'étais tellement crevé que je ne me le suis rappelé qu'une fois de retour dans ma chambre.

– Rien, ai-je fini par expliquer. Elle ne voudra jamais plus passer une nuit à l'hôtel; avec moi, je veux dire…

Ma réponse n'a pas eu l'air de le réconforter. J'ai songé à lui dire que la chambre avait deux lits et que je n'avais même pas dormi dedans, mais je bafouillais et je n'aurais fait qu'aggraver mon cas.

— Pourquoi ça ? a-t-il demandé.

Il aurait pu se pencher davantage et me mordre le nez s'il en avait eu envie. Tu parles d'un truc qui craint : devoir faire de nouvelles connaissances avec ma dégaine habituelle, plus une grosse morsure purulente. Mais il ne m'a pas mordu et j'aurais dû me rendre compte que, de toute façon, personne n'avait envie de me toucher. Au même moment, la porte s'est ouverte et un garçon petit et roux est entré. Il était en caleçon à carreaux rouges et torse nu, malgré le panneau qui rappelait à chacun de ne pas se rendre à la salle de bains en sous-vêtements. Il a souri à Patrick, puis ses yeux se sont posés sur moi.

— Salut, a dit le jeune dont le regard allait de Patrick à moi et retour.

— Salut, a répondu Patrick.

Je crois que j'ai réussi à ébaucher un pâle sourire. On est restés quelques secondes plantés là et je me suis demandé si le nouveau avait oublié pourquoi il était venu. Puis il a hoché la tête et il est entré dans les toilettes.

— Je plaisante, tu as compris ça, non ? a soudain demandé Patrick en me donnant une tape dans le dos. Je te fais marcher. Hé, Peter, présente-toi à notre nouvel ami.

— Je m'appelle Peter, a répondu Peter des toilettes.

On l'a entendu dérouler le papier.

— Je m'appelle Tim.

— Je n'avais pas l'intention de te flanquer la trouille. Je t'ai fait peur ? a demandé Patrick.

Je me rappelle avoir pensé qu'il était dingue, il était incohérent.

Avant que j'aie le temps de dire quoi que ce soit, il a repris la parole :

— Tu viens dans ma chambre un peu plus tard ? a-t-il demandé.

J'ai regardé mes pieds. Je supposais qu'il parlait à Peter.

— Hé, toi, a-t-il dit avec un hochement de tête dans ma direction. On organise le grand Jeu du semestre, tu devrais participer. Ce serait un bon moyen de rencontrer des gens. Qu'est-ce que tu en dis ?

Je ne comprenais pas de quoi il parlait. Quel grand Jeu ? Mais je n'avais aucune intention de rester dans les parages pour lui demander des explications. J'avais la tête qui tournait et l'odeur devenait pestilentielle dans la salle de bains. Il fallait que je sorte de la pièce.

— Un petit strip-poker serait le bienvenu ce soir ! a lancé Peter, le puant, des toilettes.

— Pas question, a rétorqué Patrick. Je n'ai pas besoin de jouer à un jeu pour m'envoyer en l'air. J'ai d'autres idées. Comment s'appelle déjà ce jeu où il faut éliminer un joueur sans que les autres s'en aperçoivent et…

— Le jeu des assassins, ai-je dit sans réfléchir.

Un sourire s'est dessiné sur le visage de Patrick.

— Alors, à tout à l'heure dans ma chambre après dîner, a-t-il dit.

CHAPITRE TREIZE

DUNCAN
Chaque porte était peinte
d'une couleur différente

Duncan éteignit le CD. Il devait se forcer pour revenir à l'année en cours et cesser de revivre celle qui s'était écoulée.

Arrivé au bas de l'escalier, il comprit aussitôt qu'il se passait quelque chose. Tout le monde parlait d'un incident qui avait eu lieu dans l'aile des filles. Personne ne savait vraiment de quoi il retournait, mais c'était grave. Duncan eut un mal fou à se concentrer durant ses premiers cours de l'année. En maths, sa matière préférée, il échoua à fanfaronner comme il le faisait d'habitude. Il aimait montrer aux autres dès le début qu'il était fort, mais à vrai dire, ses camarades le savaient. Ils étaient en classe avec lui depuis des années.

Entre le cours de maths et le cours de sciences – qui nécessitait de prendre un premier couloir, puis un plus petit qui menait dehors et enfin un chemin bordé d'arbres qui conduisait au bâtiment des sciences –, Duncan garda l'oreille tendue. Il entendit les mots «malade», «feu», «souris» et «ambulance», sans savoir si ceux-ci avaient un rapport avec l'incident survenu dans l'aile des filles. Il garda aussi les yeux ouverts à la recherche de Daisy – elle était forcément

quelque part. Mais il ne la vit nulle part. Il regrettait de
ne pas lui avoir parlé la veille au dîner pour lui demander
son emploi du temps. Et plus encore, il regrettait de ne
pas l'avoir laissée entrer dans sa chambre le matin même.
Il aurait donné n'importe quoi pour revenir à ce moment
et prendre l'autre décision. Il ne cessait de se seriner qu'il
lui présenterait ses excuses la prochaine fois qu'il la verrait.
Mais la matinée se déroula sans le moindre signe de vie de
Daisy. Juste avant le déjeuner, il croisa Abigail, une fille qui
connaissait Daisy mais n'était pas à fond dans les intrigues
de couloir comme l'étaient la plupart de ses copines, il lui
demanda si elle l'avait vue. Elle répondit que non et qu'elle
n'avait toujours pas compris ce qui s'était passé dans le couloir des filles. En gros, elle n'était d'aucune aide. Il envisagea
d'interroger d'autres filles mais n'avait pas envie qu'on col-
porte des ragots sur son compte, qu'on se demande pourquoi
il s'intéressait soudain à elle.

Quand il ne la vit pas au réfectoire – c'était le plat préféré de Duncan : hamburger de bœuf bio de la vallée de
l'Hudson –, il commença à s'inquiéter. Il enveloppa son hamburger dans une serviette et sortit. Il avait prévu de retourner
dans sa chambre écouter la suite de l'histoire de Tim, il
avait presque une heure avant son prochain cours. Mais, une
fois en haut de l'escalier, il fit quelque chose d'intrépide : il
obliqua vers le couloir des filles. Il n'en revenait pas de son
audace. Il s'efforça d'avoir l'air autorisé, ce qui était ridicule,
mais le rasséréna. Il passa le coin, prêt à toute éventualité,
et pila net. Le couloir était vide, mais la différence entre ce
dernier et celui des garçons était stupéfiante.

La moquette était d'un bleu vif mais élégant ; les murs étaient jaunes à motifs de grappes et de fleurs. Il y avait un banc sous une fenêtre dont l'autre couloir était privé, un banc avec un coussin en tissu écossais et quelques livres posés dessus. Chaque porte était peinte d'une couleur différente – vert menthe, orange, lavande. Les couleurs lui faisaient penser aux illustrations du Dr Seuss et, bien qu'il les ait trouvées plus jolies que le marron et le gris ternes de son couloir, il n'aurait sans doute pas aimé résider là.

Rien n'indiquait qu'un drame s'était déroulé dans cette aile le matin même. Il scruta la moquette à la recherche de taches de sang et les murs à la recherche d'impacts de balles en se trouvant grotesque. La plupart des filles étaient en train de déjeuner, mais un des privilèges des terminales était de pouvoir retourner dans leur chambre à tout moment pour peu qu'ils en aient besoin ou envie, à condition de ne pas rater un cours ou une activité importante. Par conséquent, si on voulait prendre ses repas dans sa chambre, ça ne posait pas de problème. Toujours est-il qu'il n'y avait pas âme qui vive.

Duncan parcourut lentement le couloir et réalisa soudain qu'il ne savait pas quelle chambre était celle de Daisy. Les portes étaient décorées de photos, d'autocollants et parfois de gros nœuds mais le nom de l'occupante n'y figurait pas. Il se demanda comment les filles devinaient quelle chambre leur était attribuée. Du côté des garçons, beaucoup de noms étaient encore affichés sur les portes. C'est alors que Justine, l'amie de Daisy, sortit de sa chambre. Sa porte était mauve, pas lavande mais mauve soutenu. Justine était estomaquée,

Duncan redoutait qu'elle se mette à crier. Elle ouvrit la bouche mais la referma aussitôt sans prononcer un mot. Ils restèrent plantés l'un en face de l'autre.

— Bonjour, je cherche Daisy, dit-il finalement d'une voix trop stridente.

— Je m'en doute.

Duncan réprima un sourire. Si Justine se doutait qu'il était à la recherche de Daisy, alors il n'était pas dingue de penser qu'elle et lui étaient sur la même longueur d'onde. D'autres gens s'en apercevaient forcément.

— Elle n'est pas là, répondit Justine.

— Elle déjeune ? Je ne l'ai pas vue au réfectoire.

— Non, elle est à l'hôpital.

Duncan recula.

— Quoi ? Elle est – il ne savait pas quoi dire – malade ?

— Peut-être que oui, peut-être que non, dit Justine en tournant les talons.

Il n'avait jamais vraiment aimé Justine.

— Non, attends ! s'écria-t-il en la retenant par le poignet.

Elle fit volte-face mais se dégagea.

— S'il te plaît, j'ai besoin de savoir, insista-t-il.

— Et pourquoi ? Ça fait des mois que tu ne lui as pas parlé.

Justine avait raison. Il ne lui avait pas parlé depuis des mois, si ce n'était le matin même, quelques mots avant de pratiquement lui claquer la porte au nez.

Ils se dévisagèrent quelques secondes.

— C'est quoi le plat aujourd'hui ? demanda-t-elle comme s'ils ne venaient pas d'évoquer une amie hospitalisée.

Duncan se rappela son hamburger et lui indiqua la serviette dans sa main.

– Je n'y ai pas touché, dit-il. Ketchup, moutarde et cornichon.

– Juste comme j'aime.

Duncan remarqua qu'elle avait les yeux rouges, à croire qu'elle avait pleuré. Elle avait les cheveux teints en châtain, soigneusement relevés en queue-de-cheval, et portait un chemisier à carreaux et un jean délavé. Elle était jolie, mais pas autant que Daisy.

– Tu me le proposais ? demanda-t-elle.

– Oui, bien sûr, lui répondit-il en le lui tendant. Excuse-moi.

– Merci, dit-elle en prenant le hamburger, qu'elle renifla. Je meurs de faim.

– Dis-moi au moins si Daisy est malade ? Ou blessée ? la supplia Duncan.

– Je vais lui parler tout à l'heure. Tu veux que je lui transmette un message de ta part ?

Il réfléchit. Il avait tant de choses à lui dire. Qu'il regrettait d'avoir laissé passer tout ce temps sans lui donner de nouvelles. Qu'il regrettait de ne pas l'avoir aidée ce matin quand elle était venue frapper à sa porte et espérait que sa visite n'avait rien à voir avec l'hôpital. Qu'il n'avait jamais ressenti la même chose pour aucune autre fille. Que, souvent au cours de l'été, allongé sur son lit, il s'était demandé ce qu'elle faisait, si elle pensait à lui.

– Dis-lui que j'espère qu'elle va bien, répondit-il.

Il n'attendit pas que Justine ajoute un commentaire, il

fit demi-tour et retourna au bout du couloir en direction du petit sas qui faisait la jonction entre les deux ailes. Il crut l'entendre ricaner derrière lui tandis qu'il courait vers sa chambre. Dans le couloir des garçons, il eut peur un instant de tomber sur M. Simon. Mais il rentra dans sa chambre sans encombre, referma sa porte et s'assit sur le lit pour reprendre son souffle. Il mit une minute à se rendre compte qu'il ne mangerait rien d'ici le dîner et qu'il ne savait toujours pas quelle était la chambre de Daisy. C'est alors qu'il se rappela le compartiment secret dont Tim lui avait parlé dans sa lettre.

Duncan alla chercher la lettre dans le tiroir du bureau et suivit les instructions de Tim pour libérer le compartiment. Il l'ouvrit lentement, s'attendant à le trouver vide. Quand il avait lu la lettre la première fois – des semaines auparavant, lui semblait-il –, il avait imaginé que le compartiment secret constituait un avantage pour compenser le fait d'avoir cette chambre, une chambre que Duncan commençait à apprécier, il devait se l'avouer.

Or celui-ci n'était pas vide. Il le comprit sur-le-champ. Il s'agenouilla pour mieux voir. L'ouverture était minuscule, quinze centimètres sur vingt environ. En revanche, à sa grande surprise, la cavité était profonde, soixante centimètres sur soixante, voire plus. Duncan sortit les objets un à un et les posa sur le sol : un paquet de feuilles quadrillées pliées en deux, noircies de l'écriture de Tim, dont il n'entreprit pas la lecture tout de suite ; un foulard vert ; de drôles de lunettes de soleil qui enveloppaient la tête. Duncan les enfila et les retira aussitôt, elles lui filaient la chair de poule. Il les posa par terre à côté des objets qu'il avait commencé à empiler. Il sortit ensuite un petit livre de poche – *Hamlet*. Un Post-it sur lequel était écrit : « Lis ça – et ne rate pas l'essentiel » était collé sur la couverture. Duncan était convaincu désormais que ce mot lui était adressé, que toutes ces affaires lui étaient destinées.

Enfin, au fond du compartiment, il trouva un porte-clés avec trois clés. Duncan fut obligé de tendre le bras jusqu'au mur pour l'attraper et avec une certaine difficulté. Le porte-clés était sans doute un souvenir de Chicago – il représentait une photo d'un lac agité par un vent violent, avec cette légende : LA VILLE SOUS LE VENT. Les trois clés étaient différentes : la première était argentée avec une découpe compliquée sur la partie qui entrait dans la serrure, la deuxième ressemblait à un passe-partout ; la troisième était une petite clé en cuivre qui verdissait sur les bords.

Duncan passa la main à l'intérieur du compartiment, sur toutes les surfaces, afin de s'assurer qu'il n'avait rien oublié. Il devinait l'origine du foulard, mais pour le reste, il voulait savoir. Les objets n'avaient sans doute pas tous été laissés par Tim. Certains avaient peut-être appartenu à celui qui avait précédé Tim, à moins qu'il se soit agi d'une autre tradition d'Irving, bien que Duncan n'en ait jamais entendu parler. Il ramassa le paquet de feuilles pliées, dans l'espoir d'y découvrir un indice. C'étaient des notes sur la tragédie, sans doute celles relatives à la dissertation de Tim ; une liste de mots suivis de leur définition. Les mots étaient lisibles, mais les définitions avaient été effacées, puis réécrites tant de fois qu'elles étaient devenues indéchiffrables. Duncan lut les mots : « monomanie, catharsis, ironie, erreur de jugement, tare rédhibitoire, pitié, peur ». Duncan lut les pages les unes après les autres en quête du brouillon de la dissertation de Tim, mais en vain.

Il jeta un coup d'œil en direction de son bureau et des CD qui y étaient empilés. Il n'avait pas mangé, pas résolu le mystère de l'incident survenu dans l'aile des filles, Daisy était à l'hôpital pour une raison inconnue, mais il n'avait qu'une envie : écouter la voix de Tim raconter méthodiquement son histoire. Il avait tant de choses à comprendre, à faire ici, dans sa propre réalité, mais il était plus facile de cliquer sur « Play », de s'étendre sur les draps en pilou rouges qui, la semaine précédente, étaient sur le lit de sa chambre chez lui, et d'écouter.

CHAPITRE QUATORZE

TIM
Elle m'a vu et a agité la main

Je préfère te dire que ma rencontre avec Patrick dans la salle de bains a suffi à me guérir de l'envie d'y retourner. J'ai même fait des repérages dans les autres cabinets de toilette – celui qui jouxte le réfectoire et celui de la bibliothèque – mais, comme tu le sais, tous ont un problème. Le plus important étant qu'aucun n'a de douche.

Les choses semblaient déjà pencher vers l'insupportable. J'étais nouveau dans un pensionnat où je voulais à tout prix éviter deux élèves – et quand je dis éviter, c'est éviter –, ne jamais tomber sur eux ni les revoir. Peut-être n'était-ce pas tout à fait vrai en ce qui concerne les deux. Mais ce Patrick était dingue. Pourquoi avait-il d'abord voulu me casser la figure avant de m'inviter à participer à leur fameux Jeu ? Je ne lui faisais aucune confiance et pourtant je ne voyais pas comment lui échapper.

J'en étais là de mes réflexions quand j'ai entendu un froissement. Quelqu'un glissait quelque chose sous ma porte. J'ai soudain eu envie de me cacher dans mon placard minuscule ou de tirer la couverture au-dessus de ma tête et de faire semblant d'être absent, mais encore sous l'effet de ma poussée d'adrénaline, j'ai ouvert la porte en grand sans réfléchir. Un garçon que je ne connaissais pas se tenait sur le seuil.

— Salut, a-t-il dit en se relevant, la feuille de papier à la main. Tu t'appelles Tim, c'est ça ?

J'ai acquiescé.

— Je m'appelle Kyle, a-t-il ajouté en me tendant la feuille de papier. Vanessa m'a demandé de te remettre ça.

— C'est quoi ? ai-je demandé, supposant que le mot concernait la rando ou le jeu de capture du drapeau.

— Je n'en sais rien, a-t-il répondu en haussant les épaules. Désolé. Content de te connaître.

— Attends ! Tu es un copain de Vanessa ?

J'ai pensé que je devais profiter de l'occasion pour savoir qui était ami avec qui.

— Non, pas du tout. Elle attendait en haut de l'escalier. J'étais sans doute le premier garçon qu'elle a vu.

J'avais envie de le bombarder de questions, mais je n'ai pas osé. Et puis, j'étais impatient de lire le mot.

— Merci, ai-je dit.

Il m'a fait un signe de la main et s'est éloigné dans le couloir.

J'ai fermé ma porte et suis resté assis sur le lit une minute, le mot sur mes genoux. La feuille était fermée par un bout de Scotch, que j'ai déchiré, puis j'ai déplié la feuille, le cœur cognant à me faire mal. J'avais aussi des difficultés à respirer.

« Cher Tim. » J'ai adoré : Cher Tim !

Cher Tim,

Tu as aimé le trésor que je t'ai laissé ? Je veux juste me débarrasser du sujet, ensuite, on n'en reparlera plus. Tu aurais dû me le dire. Tu aurais pu et tout se serait bien passé. Au moins, ça explique ton étrange réaction à l'aéroport. Je pensais que tu serais sur le même vol que moi et j'ai vraiment regretté que tu ne le sois pas. J'espère que ton voyage s'est bien passé. Le mien a été solitaire. Bref, je me demandais si tu accepterais de courir avec moi aujourd'hui à midi. C'est l'heure du repas, mais c'est le seul moment où je peux disparaître quelque temps. Je crois me souvenir que tu aimes courir et même que ça te rend heureux. J'oublie de te prévenir que le règlement du pensionnat interdit de courir seul dans les bois, par conséquent, on est censés y aller en binôme. Je te retrouverai devant le bâtiment des sciences : pour y aller, tu sors par la porte qui se trouve derrière le secrétariat et tu suis le chemin, tu ne peux pas le rater. N'oublie pas tes chaussures de jogging.

Tendrement,
Vanessa

« Tendrement, Vanessa. » Ça aussi, j'ai adoré. Midi était encore loin. Comment passer la matinée jusque-là ? Mais pire que tout, comment me rendre au rendez-vous ? Entre le soleil d'hiver et le blanc éblouissant de la neige, la lumière était aveuglante. J'ai envisagé de mettre mes lunettes. Mais en me regardant dans le miroir miteux, les lunettes sur le nez, j'ai su qu'il n'en était pas question. Je les détestais. Et d'après Vanessa, j'avais de beaux yeux ; je n'allais pas les dissimuler derrière ces trucs immondes. Je les ai remises dans mon sac.

Je porte mes lunettes quand je cours seul – elles me facilitent la tâche pour me cacher. Une fois, l'an passé, certain de tomber sur une fille du lycée, j'ai décidé de ne pas les porter. Pour une fois, ce n'était pas la fin du monde. J'ai quitté la maison en catimini parce que ma mère n'était pas folle de ce genre de raisonnement. Pour finir, ce fut un désastre. J'avais mal aux yeux et je devais m'arrêter très souvent pour les fermer et faire cesser la douleur. Et, juste quand j'arrivais en vue de la maison de la fille, que j'apercevais dans son jardin, ma mère s'est garée à côté de moi et m'a tendu mes lunettes par la vitre ouverte. Je les ai enfilées et j'ai fait demi-tour, heureux de pouvoir dissimuler mon visage rouge de honte. Je suis rentré à la maison sans me retourner. N'empêche, je suis certain que la fille m'a vu.

Je me suis préparé et j'ai attendu. Quand le moment du rendez-vous est arrivé, j'ai quitté ma chambre et suivi les instructions de Vanessa pour aller au bâtiment des sciences. Elle n'était pas encore arrivée, et pourtant j'avais trois minutes de retard. J'ai ouvert la porte du bâtiment et j'ai attendu à l'intérieur. Je l'ai vue enfin venir à ma rencontre par le chemin que je venais d'emprunter. Elle portait un bas de jogging noir et un sweat-shirt gris. Elle avait attaché ses cheveux blonds en queue-de-cheval et enfilé une casquette bulldog par-dessus. J'ai été surpris que sa tenue ne soit pas plus colorée. Plus elle approchait, plus je mourais d'envie de filer par la porte de derrière, mais je me suis forcé à rester où j'étais. Je ne l'avais pas revue depuis qu'elle m'avait quitté à l'aéroport. Ça ne faisait pas si longtemps, quand on y pense, sauf que j'avais l'impression que des semaines – voire des mois – s'étaient écoulées. Elle m'a vu et a agité la main. Je lui ai fait signe aussi.

J'ai attendu à l'intérieur, pensant qu'elle allait venir me chercher. Mais elle m'a vaguement indiqué les bois et a continué à marcher dans cette direction, sans s'arrêter. Je suis sorti et j'ai couru pour la rattraper. Elle n'a pas ralenti.

– Quelque chose ne va pas ? ai-je demandé.

– Quoi ? Pourquoi ? s'est-elle étonnée, en continuant de marcher.

– Parce que tu ne portes pas de couleur, ai-je répondu avec un sourire.

– Non, ça va, a-t-elle dit sans sourire.

– Tant mieux.

Je pensais qu'elle allait me regarder.

Ainsi, j'avais raison depuis le début, elle ne voulait pas être vue en ma compagnie, et pourtant, je ne pouvais pas la quitter des yeux. Elle n'était pas maquillée, elle avait les joues rouges et le teint lumineux.

– Où tu cours dans le coin ? ai-je demandé.

– Il y a un sentier qui traverse les bois jusqu'en haut de la colline que tu vois et qui redescend sur l'autre flanc. Après, tu tombes sur une route et tu peux revenir par l'autre côté, en traversant le terrain de foot pour arriver par l'entrée principale du pensionnat. Ça fait huit kilomètres environ.

Huit kilomètres, c'était dans mes cordes.

– Tu es prêt ? a-t-elle demandé, comme si elle me faisait une faveur.

— Bien sûr.

À l'entrée du sentier, elle s'est élancée. Au bout de quelques foulées, je me suis rendu compte que je n'avais pas pris le temps de m'étirer. Peut-être l'avait-elle fait avant de me retrouver, je n'en savais rien. Je n'avais pas couru depuis des semaines et j'étais beaucoup resté assis.

— Hé, Vanessa ! ai-je crié.

Elle s'est retournée, l'air franchement ennuyé.

— C'est toi qui m'as demandé de venir, ai-je dit. Pourquoi tu fais comme si ce n'était pas le cas ?

Son expression a changé.

— Ça t'ennuie si je m'étire ? ai-je demandé. Je ne savais pas que tu étais aussi pressée.

— Excuse-moi. Il y a un endroit où tu peux le faire au début du sentier. Suis-moi.

Je me suis enfoncé à sa suite dans les bois jusqu'à une clairière plantée d'un bouquet d'arbres et où des rondins étaient empilés à différentes hauteurs, c'était idéal pour s'étirer. J'ai fait mes exercices habituels, mais j'avais déjà mal aux yeux. J'ai dû les protéger de la lumière et j'espérais qu'il ferait plus sombre à mesure qu'on progresserait dans les bois.

— Je me suis déjà étirée, a-t-elle expliqué plus gentiment cette fois.

— Je suis prêt, ai-je annoncé.

Elle a tourné le regard en direction du lycée derrière moi, puis à nouveau vers moi.

— Allons-y ! a-t-elle lancé.

Je lui ai emboîté le pas. Le sentier était trop étroit pour qu'on puisse courir de front, je courais derrière elle. Ça m'était égal ; j'entendais sa respiration régulière et je sentais l'odeur de son savon ou de son shampooing – un parfum frais aux effluves de citron. Un peu plus loin, le sentier s'est élargi et j'ai accéléré pour me mettre à sa hauteur, soulagé de constater que je n'avais pas perdu la forme au cours des dernières semaines. J'étais certain de pouvoir tenir l'allure et, jusque-là, ma respiration était régulière aussi.

— Dis donc, il est sympa, ton copain ! ai-je lancé.

— Ouais, il m'a dit qu'il t'avait vu, a-t-elle répondu, les yeux fixés sur le sentier qui serpentait devant elle.

Une chance, la forêt était dense et les nuages plus épais, je n'avais pas mal aux yeux. Je me rappelle m'être dit que j'avais fait le bon choix concernant mes lunettes.

— Il est charmant.

— Tu t'attendais à quoi ? Il est un peu possessif.

— Un peu ? me suis-je étonné.

Elle m'a regardé du coin de l'œil, puis elle est revenue au sentier, sans un mot.

— Pourquoi tu ne lui as pas demandé de courir avec toi ?

— Patrick a l'esprit de compétition. Ce qu'il aime, c'est voir qui court le plus vite. Ça ne m'amuse pas.

— Qui te dit que je ne suis pas comme lui ?

— Mon intuition, a-t-elle répondu en se tournant vers moi avec un sourire.

— Et tes copines ? Pourquoi tu ne leur as pas demandé ?

— D'habitude, je cours avec Celia, une fille de mon dortoir, mais elle ne se sentait pas bien ce matin. J'avais besoin de prendre l'air et comme je te l'ai expliqué, il est interdit de courir seul dans les bois.

— Pourquoi?

— Il y a des années, une fille s'est cassé la cheville et elle n'a pas pu rentrer. Elle a passé la nuit dans les bois, sans qu'on sache où elle était. Une battue a été organisée, mais tout le monde l'a manquée. Finalement, le lendemain à l'heure du dîner, elle est sortie des bois en rampant. Elle était traumatisée, elle a quitté le lycée et n'est plus jamais revenue. Il paraît que sa famille a intenté un procès à Irving en réclamant un paquet de fric. Bref, c'est peut-être une histoire inventée, sauf que le prof de gym la raconte à chaque rentrée. D'après la légende, la fille aurait jeté un sort à Irving et, tous les ans, un ou une élève de terminale quitte le pensionnat pour une raison imprévue – drogue, échec, maladie, etc. J'ai vérifié dans les archives du journal d'Irving et ça se confirme tous les ans, aussi loin que j'ai pu remonter. C'est bizarre, non?

— Très.

Pour être honnête, ça me flanquait la trouille. On s'est tus et j'ai commencé à me demander si on avait déjà parcouru une grande distance. Je ne m'étais pas rendu compte que, juste derrière le pensionnat, la nature s'étendait à perte de vue.

— C'est la colline sur laquelle on fait de la luge, a-t-elle dit. Les jours où il neige beaucoup, on vient ici. Tu vois, il n'y a pas d'arbres. Ça fait comme un grand toboggan. On dévale la pente à toute allure. On ne l'a pas encore fait cette année, mais l'an dernier, deux fois.

— C'est autorisé? ai-je demandé.

— Pas vraiment, mais c'est ce qui est bon, a-t-elle répondu en souriant.

On a couru jusqu'à un petit champ et le soleil est apparu. J'ai eu l'impression d'avoir été frappé au visage avec de la lave en fusion. J'ai mis mes mains sur mes yeux sans réfléchir et je me suis penché en avant, j'ai perdu l'équilibre, je suis tombé. Pas plutôt remis debout, j'ai tourné le dos au soleil, j'ai ouvert lentement les yeux. J'ai dû m'y reprendre à plusieurs reprises, mais j'y suis parvenu.

– Ça va ? a demandé Vanessa en posant sa main chaude sur mon épaule.

Je n'ai plus senti que sa main, mais la douleur dans mes yeux est revenue sournoisement.

– Qu'est-ce qui t'arrive ? a-t-elle demandé à nouveau.

– Oh… euh… j'ai des migraines. J'ai comme l'impression que je vais en avoir une, me suis-je empressé de répondre – je ne voulais pas lui parler de mes yeux. Ça m'arrive souvent. Je crois que je vais devoir rebrousser chemin.

– En fait, la route est tout près. C'est plus court de continuer, a-t-elle expliqué en fouillant dans ses poches. Je n'ai pas mon portable. Zut ! Je l'ai mis à charger sur mon bureau. Tu as le tien ?

– Non.

Ça ne m'était même pas venu à l'idée de le prendre.

– Désolé, je ne suis peut-être pas super costaud, mais au moins, je suis charmant.

Elle a souri et s'est rapprochée. J'ai regardé vers les bois derrière nous. Le temps était plus clair que tout à l'heure, mais je devais reprendre le chemin par lequel on était venus, il ferait plus sombre que dans le champ et sur la route. J'ai aperçu un rocher, je me suis traîné jusqu'à celui-ci, je

me suis assis dessus et j'ai mis mes mains sur mes yeux.
Vanessa m'a rejoint.

— Tu crois que tu vas pouvoir rentrer ? a-t-elle demandé
d'un ton inquiet.

— Oui, bien sûr, donne-moi une seconde.

Quel idiot j'étais ! Pourquoi je ne pouvais pas être
normal ?

Elle s'est assise à côté de moi sur le rocher et a commencé à me frotter le dos. La douleur refluait lentement,
mais je n'osais pas rouvrir les yeux.

— Je t'ai menti, a-t-elle annoncé.

Sans réfléchir, je me suis tourné vers elle, vers le soleil.
J'ai poussé un gémissement et j'ai remis mes mains sur
mes yeux.

— Ah, bon ? ai-je demandé d'une voix étouffée, sans oser
bouger.

Comment j'allais pouvoir revenir au dortoir ? Je vivrais
peut-être le calvaire de la fille – celle à cause de laquelle
il ne fallait pas s'aventurer seul dans les bois –, je mettrais
vingt heures pour rentrer en rampant, je serais traumatisé,
ma vie serait fichue. Et si cette année, c'était moi la victime
de la malédiction ?

— Je confirme qu'on n'a pas le droit de courir seul dans
les bois, mais pas non plus avec un garçon, a-t-elle expliqué.
L'équipe d'athlétisme court en groupe et le prof organise
parfois une rando le matin, mais ça – ce qu'on est en train
de faire –, c'est interdit.

— Hein ! me suis-je exclamé, sentant mon ventre palpiter.

J'aurais dû être en colère – elle m'avait menti et, en

théorie, j'encourais de gros ennuis, mais en réalité, ça me plaisait… ça me plaisait beaucoup.

— Et pardon pour tout à l'heure quand on s'est retrouvés, a-t-elle ajouté. J'avais peur de me faire prendre, j'étais nerveuse.

J'avais envie de la remercier de m'avoir menti, de lui avouer que moi aussi, j'étais nerveux, pas tant parce que j'avais peur de me faire prendre, mais parce que j'étais avec elle. Mais quelque chose m'a retenu.

— Merci pour le mot, ai-je dit. Mais pourquoi tu n'as pas attendu de me croiser au réfectoire ou à la bibliothèque ?

— Patrick, a-t-elle dit pour toute réponse.

Bien sûr, il ne s'agissait pas seulement de Patrick, mais de tout le monde – toutes ses copines. Elle ne voulait pas que celles-ci la surprennent en train de me parler. Soudain, j'ai compris que Kyle ne devait pas compter beaucoup aux yeux des autres sinon elle ne lui aurait jamais demandé de m'apporter le mot. Il n'était sûrement pas le premier garçon qu'elle avait vu, mais plutôt le premier garçon qu'elle avait vu et qui comptait pour du beurre.

— J'ai cru qu'une fois de retour à Irving, je ne penserais plus à toi, a-t-elle dit. Et pourtant, j'ai beaucoup pensé à toi. Je me suis inquiétée.

— Je me débrouille très bien tout seul, me suis-je empressé de répondre.

— Je n'avais pas peur qu'il t'arrive quelque chose. Je me demandais pourquoi tu ne m'avais pas dit que tu venais à Irving. Je pensais qu'en retrouvant Patrick, tout reviendrait à la normale, mais… jusqu'ici, non.

J'ai senti une douleur aiguë, j'ai mis mes mains sur mes yeux en appuyant de toutes mes forces sur mes orbites pour faire cesser le supplice. J'étais heureux de ne pas pouvoir la regarder.

— Alors, qu'est-ce qu'on fait ?

— Je ne sais pas, ai-je marmonné. On essaye d'oublier l'aéroport. Enfin, l'ascenseur.

Elle a éclaté de rire et son rire a libéré quelque chose dans ma tête.

— Non, je ne parlais pas de ça ! Qu'est-ce qu'on fait pour rentrer ?

Je n'osais toujours pas lever les yeux, mais j'aurais parié qu'elle souriait toujours. Je l'entendais dans sa voix.

— Je ne sais pas. Je commence à me sentir mieux.

— Depuis quand tu as ça ?

Je ne voyais pas de quoi elle parlait, puis je me suis rappelé : les migraines.

— Quelques années, ai-je répondu.

— Ça doit être dur. Je suis désolée pour toi.

— Merci.

— Tu veux que je t'aide ? a-t-elle proposé.

— J'ai juste besoin d'une minute ou deux.

Je me sentais mieux, mais je savais que la douleur reviendrait dès que j'ouvrirais les yeux. « Je le mérite, je me répétais. C'est toi qui t'infliges ça. »

— Je regrette que Patrick ait été aussi odieux avec toi ce matin. Parfois, c'est un vrai con, a lâché Vanessa, me prenant par surprise. Je lui ai dit qu'on s'était rencontrés à l'aéroport parce que j'ai cru que c'était ce que j'avais de mieux à faire et que ça me libérerait. Mais il a été tellement agressif ces derniers temps, je ne peux pas le supporter. Il paraît qu'il s'est amusé avec toi.

— Hum, ai-je bafouillé, ne voulant pas interrompre le fil de ses pensées.

— L'an dernier, c'était génial. Il était adorable, amoureux. J'étais fière qu'il veuille sortir avec moi. On passait le plus de temps possible ensemble. Puis sa mère est morte. Une vraie catastrophe. Je l'ai accompagné chez lui, puis je suis revenue. Il a pris quelques semaines de congé, puis il est rentré aussi. Au début, j'ai cru qu'il allait être triste, c'est tout. Mais il était différent. En colère. Il a commencé à parler d'aller à l'université avec moi. Le problème, c'est que ses notes ne sont pas aussi bonnes que les miennes. Ce qui signifie que, soit je tente une fac moins performante, ce qui ne me plaît pas trop, soit on trouve une super université qui propose des cursus pour tous les deux, un cursus d'excellence pour moi et un normal pour lui.

— Tu as trouvé ? ai-je demandé pour l'inciter à continuer à parler.

— Quelques-unes, mais j'ai l'impression de me restreindre. Tu sais, je craquais sur lui depuis la troisième, mais il n'avait pas l'air intéressé – par moi, je veux dire. Il était super inté-ressé par les filles qui voulaient bien se plier à tous ses caprices. Alors, quand il m'a annoncé qu'il voulait sortir avec moi, je n'en revenais pas. J'étais aux anges. Je t'ai dit qu'il est du Vermont ? Son père y vit toujours. Si bien que les uni-versités dans lesquelles on a déposé nos candidatures sont toutes à huit heures de route du Vermont. Je lui ai laissé

croire que c'était ce que je désirais. C'était vrai au moment
où on a commencé à remplir les dossiers, mais aujourd'hui,
j'ai l'impression… j'ai l'impression d'étouffer. Je raconte n'importe quoi. J'arrête. De toute façon, tu t'en fiches sûrement.
Excuse-moi.

J'ai profité de ce qu'elle parlait pour retirer mes mains et
j'ai ouvert les yeux. Ça allait, c'était supportable. N'empêche,
j'étais impatient de rentrer dans ma chambre et d'être dans
le noir. J'ai décidé de dormir le reste de la journée.

– Non, ça m'intéresse, ai-je dit.

Elle s'est tournée vers moi et, voyant que j'avais les yeux
ouverts, elle m'a fait un sourire éblouissant. Je lui ai souri aussi.

– Sûrement pas, je radote. Tu en sauras davantage plus
tard. Et toi ? Tu es content d'être à Irving ?

C'était une question difficile. Désormais, Irving se résumait à Vanessa – et quand je dis Vanessa, je le dis en lettres
majuscules, comme elle l'a entré dans la liste des contacts
de mon portable. Séduire Vanessa et éviter Patrick. Quoi
qu'il en soit, je ne m'attendais pas à être au cœur de quelque
chose aussi vite, ni même jamais.

– Oui, je suis content d'être ici. Tout plutôt que mon
ancien lycée.

– Au fait, pourquoi tu es venu ici ? Pourquoi maintenant ?
Pourquoi Irving ?

Je voulais qu'elle sache tout, du fond du cœur. Mais
j'avais tant de choses à dire et, franchement, aucune envie
d'énoncer une évidence, à savoir que je faisais tache.

– Mon beau-père était à Irving. Il y a passé les meilleures
années de sa vie – jusqu'à ce qu'il rencontre ma mère, bien

sûr. Et puis M. Bowersox et lui sont très amis. Il a pensé qu'un petit semestre ici valait mieux que rien. Et enfin, ma mère et lui déménageaient, ça tombait à pic.

Je me suis tu. J'aurais parié qu'elle attendait que je lui fasse d'autres confidences. Voyant que je n'ajoutais rien, elle m'a demandé si on pouvait rentrer.

– Tu veux bien qu'on marche ? ai-je proposé, songeant que ce serait plus long et que j'aurais ainsi plus de temps avec elle.

Je tirerais au moins un avantage de la situation. L'image de Vanessa dans le hall de l'hôtel citant *Macbeth* – quelque chose de mal et quelque chose de bien – a surgi dans ma tête.

– Pas de problème, a-t-elle répondu.

Elle s'est levée et a frotté son jogging. Puis elle m'a tendu la main pour m'aider à me relever. On a fait le chemin du retour en silence.

Arrivée en vue du bâtiment des sciences, Vanessa s'est raidie.

– Pars devant, m'a-t-elle dit sur le même ton qu'au début de la promenade. Je peux couper par là et arriver derrière le réfectoire. Ça va aller ?

– Oui, ai-je répondu un peu froidement.

Comment pouvait-elle changer d'humeur à ce point ? J'ai eu l'impression qu'elle me congédiait. Après tout ce qu'elle m'avait dit, ce qu'elle m'avait confié, j'éprouvais le besoin urgent de l'attirer contre moi – pas forcément pour l'embrasser, mais pour avoir un contact physique avec elle. Sauf que tu commences à comprendre que ce n'est pas mon style. Alors, je me suis abstenu.

– O.K., a-t-elle dit en tournant les talons, puis elle s'est ravisée et m'a fait de nouveau face. Tu répondras quoi si quelqu'un te demande où tu étais ?

– Je dirai que je suis allé me promener dans les bois, ai-je répliqué en la regardant droit dans les yeux. Seul.

– Mais c'est interdit par le règlement, je te l'ai dit…

– Personne ne m'a donné le règlement pour l'instant, l'ai-je interrompue. Je peux jouer les idiots.

J'ai omis de lui dire que tout le monde aurait sans doute pitié de l'albinos qui avait mal aux yeux et la migraine, que je m'en sortirais comme ça – c'était souvent le cas.

C'est alors qu'elle m'a pris par le bras et j'ai pensé qu'elle allait me révéler quelque chose d'important.

– Tu devrais faire quelque chose de dingue avant d'avoir le règlement.

« Quelque chose de dingue ! »

Elle m'a lâché le bras, a contourné avec grâce un bosquet et elle est partie dans une autre direction. En la regardant s'éloigner, je me suis demandé ce qu'elle entendait par « faire quelque chose de dingue ». Avec elle ? Une fois qu'elle a disparu, j'ai suivi le même chemin qu'à l'aller et je suis retourné dans ma chambre. Personne ne m'a arrêté pour me demander où j'étais passé ou pourquoi j'étais en retard. Je n'avais pas cours ce jour-là – les horaires normaux ne s'appliquaient toujours pas –, je me suis couché immédiatement et j'ai dormi tout l'après-midi. De temps à autre, une douleur fulgurante à l'œil me réveillait et me tirait chaque fois d'un rêve trop beau pour être vrai.

CHAPITRE QUINZE

DUNCAN
Ce serait peut-être son tour…
s'il cessait de tout foirer

Allongé sur son lit, Duncan, comme Tim, se demandait ce que Vanessa avait voulu dire par «faire quelque chose de dingue». Il connaissait trop bien le sentier dans les bois et n'avait aucune envie d'y repenser, même s'il ne pouvait s'en empêcher. Il était tombé tellement de neige. Il faisait partie de la poignée de premières qui avaient été autorisés à venir. L'alcool coulait à flots. Duncan savait qu'il ne devait pas boire ; il faisait nuit noire et le sol était glissant. Il était trouillard et conscient de l'être, mais ne voulait pas que les autres s'en aperçoivent. Il avait accepté un gobelet de scotch plein à ras bord, ou de bourbon, et il avait fait mine d'avaler une gorgée. Quand personne ne le regardait, il en versait dans la neige, qu'il recouvrait aussitôt, inquiet d'être démasqué par l'odeur puissante.

Tout le monde se préparait à faire de la luge. Il avait peur. Au bas de la pente, il y avait des arbres, même si certains prétendaient le contraire, il le voyait. Les autres n'arrêtaient pas de répéter que la chose se pratiquait à Irving depuis des années. Et il n'était jamais rien arrivé à personne.

Quand son téléphone sonna, Duncan eut l'horrible impression de se réveiller d'un cauchemar. Il avait fait des efforts considérables pour chasser cette terrible soirée de ses pensées – il s'en voulait à mort de l'avoir laissée revenir le hanter. Il trouva son téléphone. Il ne reconnut pas le numéro mais s'en fichait. Il aurait donné n'importe quoi pour passer à autre chose.

– Allô ?

Il avait la voix du type dans le cirage. Il jeta un coup d'œil à son réveil – seize heures quarante-cinq. La honte !

– C'est Daisy à l'appareil.

Il se redressa si brusquement qu'il en fut étourdi et se rallongea.

– Salut, Daisy ! Tu es où ?

– Justine m'a dit que tu me cherchais.

– Oui. J'étais inquiet.

– Ne t'inquiète pas trop, je vais bien.

Il entendait dans le fond les bips d'une machine et une annonce dans un haut-parleur. Il imagina Daisy sur un lit d'hôpital avec une perf dans le bras comme la fois où il s'était fait opérer des amygdales.

– Tu es à l'hôpital ? demanda-t-il.

Il n'en revenait pas de lui parler, qu'elle l'ait appelé.

– Je suis à l'hôpital, répondit-elle sans émotion, mais pas hospitalisée.

– Tant mieux ! s'écria-t-il avec plus de véhémence que nécessaire. Je suis soulagé.

Ils se turent.

– Pourquoi tu es à l'hôpital ? demanda-t-il. Tu as besoin d'aide ?

– La journée a été longue.

– Tu veux bien me raconter ? Excuse-moi de ne pas t'avoir laissée entrer ce matin. C'est à cause de ça que tu es à l'hôpital ?

Elle hésita.

– Ça aurait peut-être changé les choses, répondit-elle un peu froidement.

Il le méritait, il le savait. Mais elle l'avait appelé ! Peut-être pouvait-il lui être d'une quelconque utilité.

– À la seconde où tu es partie, j'ai essayé de te retenir, dit-il, sans se soucier de paraître idiot ou accro. Je voudrais pouvoir revenir en arrière.

– Je suis venue ce matin pour te demander de l'aide. Amanda, tu la connais, non ? Elle a la chambre à côté de la mienne. C'est la fille réservée avec la mèche de cheveux bleue.

Daisy attendit que Duncan confirme qu'il la connaissait, mais aucune image de cette fille ne lui revenait. Amanda, les cheveux bleus – il ne voyait pas.

– Bien sûr, dit-il. Je crois savoir qui c'est.

– Ce matin, elle était malade, mais elle refusait d'aller à l'infirmerie et elle était paniquée à l'idée que quelqu'un découvre son état, même Mme Reilly, la responsable de notre dortoir. J'ai eu beau lui dire qu'elle en avait vu d'autres – alcool, drogue, etc. – et qu'elle était toujours d'un bon secours, Amanda prétendait qu'après s'être montrée aimable, Mme Reilly se mettait en colère et l'élève avait des ennuis.

En plus, les cours commençaient et elle n'arrêtait pas de répéter qu'elle ne voulait pas causer de problème en début de semestre. Je la perdais à toute vitesse, elle avait la bouche pâteuse. J'ai tapé à toutes les portes, mais les autres étaient au petit déjeuner ou sous la douche. Je me suis précipitée chez toi, mais voyant que tu ne me laissais pas entrer, je n'ai pas voulu courir le risque de tomber sur M. Simon, j'ai filé.

— Reviens une seconde en arrière, intervint Duncan. Pourquoi tu étais à la sortie de secours avant de venir me trouver ?

— Alors tu m'as vue ? J'en étais sûre.

— Pardon.

— Je voulais vérifier s'il faisait froid dehors. C'était le cas et c'est pour cette raison que j'ai frappé à ta porte. J'ai pensé qu'à nous deux, on parviendrait à traîner Amanda jusqu'à la porte, un peu d'air frais ne lui aurait pas fait de mal. Mais c'était une idée folle, elle ne nous aurait jamais laissés faire.

— Et après ? la pressa Duncan.

— Je suis retournée à mon dortoir.

— Je ne comprends pas. Je t'ai vue en cours.

— Je sais. Quand je suis revenue, elle s'était couchée et elle dormait. J'ai pensé qu'elle allait mieux. J'ai remonté la couverture sur elle, j'ai posé un verre d'eau à côté de son lit et je suis allée en cours. Ce qui explique mon retard.

— Je me sens coupable de t'avoir mise en retard.

— Ça c'est sûr. Bref, après le cours d'anglais, des filles se sont étonnées de ne pas avoir de ses nouvelles ni de réponse quand elles frappaient à sa porte. J'ai expliqué qu'elle était malade et qu'elle dormait. Mais j'ai commencé à m'inquiéter. Je suis entrée dans sa chambre – ce qui est interdit sans permission. Elle s'était évanouie. J'ai essayé de la réveiller par tous les moyens, mais en vain. J'ai cru qu'elle était dans le coma, j'ai fini par aller trouver Mme Reilly, qui a appelé une ambulance. Je me sentais mal de l'avoir laissée. Alors je l'ai accompagnée, et j'y suis encore.

— Elle va bien ?

— Elle a pris des comprimés d'anxiolytique qu'elle a piqués dans l'armoire à pharmacie de sa mère. Elle était stressée par le début des cours, elle a dû en avaler une demi-douzaine. On lui a fait un lavage d'estomac, elle a l'air d'aller bien. Elle passe la nuit ici.

Ils se turent à nouveau. Duncan songea à Vanessa et à Tim sur le rocher.

— Pourquoi tu m'as appelé, alors ? demanda-t-il.

Bien malgré lui, la question paraissait prétentieuse.

— Je peux faire quelque chose pour toi ? J'aimerais vraiment, corrigea-t-il.

— Je t'ai appelé parce que Justine m'a dit que tu faisais pitié. La journée a été difficile, j'avais envie de parler à quelqu'un.

— Je voudrais me faire pardonner pour tout : ne pas t'avoir laissée entrer ce matin, ne pas t'avoir appelée de l'été, dit-il. S'il te plaît.

Elle hésita. Il ferma les yeux très fort et attendit.

— Je vais prendre le bus pour rentrer. On pourrait se retrouver au centre-ville, répondit-elle.

C'était un autre des privilèges accordés aux terminales : une fois par semaine, les élèves avaient le droit de dîner en ville et non au réfectoire, à condition d'en obtenir la permission. Le centre-ville était accessible à pied, il suffisait de descendre la colline qui plongeait sur l'Hudson River. Il aurait été plus facile de décliner, de se cacher dans sa chambre et d'écouter la suite des aventures de Tim. Mais l'évocation du rocher continuait de lui trotter dans la tête, et Duncan ne voulait pas, comme Tim, rater une occasion d'être avec la fille qui lui plaisait.

– Oui, plutôt deux fois qu'une. Je demande l'autorisation à M. Simon et je te rappelle. On se retrouve à la pizzeria Sal dans une demi-heure ?

– Génial. Je ferai un tour à la librairie en attendant.

Duncan trouva M. Simon au réfectoire.

– Comment ça va ? demanda celui-ci.

– Pas mal… Non, très bien, répondit Duncan en souriant. Je sais que c'est un peu tôt dans l'année, mais je voulais vous demander la permission de dîner en ville.

– Quel est le but de votre odyssée ? demanda le professeur et Duncan sourit à nouveau.

Côtoyer M. Simon rendait plus intelligent. Il réfléchit à la question. Il aurait pu proposer nombre de réponses : besoin de chaussettes, faim de pizza, plus de piles.

– J'ai rendez-vous avec Daisy. Vous êtes au courant pour Amanda…

– Oui, le coupa-t-il. Il paraît qu'elle se repose confortablement.

– Je sais. Daisy est restée à l'hôpital toute la journée, elle a faim, elle est fatiguée et elle m'a demandé de venir la retrouver. Qu'est-ce que vous en dites ?

– Vous êtes le deuxième élève de terminale à profiter de

ce privilège ce soir. Alors j'en dis : «Plutôt trois heures trop tôt qu'une minute trop tard. »

Duncan resta planté à le regarder.

M. Simon sourit.

– Ce qui signifie : vous pouvez y aller !

– Merci ! s'écria-t-il. Merci beaucoup.

Il sortit son téléphone et envoya un texto à Daisy. En passant sous le porche de pierre, il se dit : «Entre ici pour te faire une petite amie. » Ce serait peut-être son tour… s'il cessait de tout foirer.

C'était une belle soirée de septembre et la cime des arbres commençait tout juste à dorer. L'air était pur, il s'arrêta pour prendre une profonde inspiration. Puis il descendit la route en zigzag qui sortait de l'enceinte du pensionnat et rejoignait la route principale, et se dirigea vers le centre-ville.

En passant devant la pizzeria, il constata que Daisy n'y était pas. De l'avis général, c'était la meilleure pizzeria de tout l'État de New York. Pourtant, tout le monde reconnaissait que sa réputation était usurpée, si on la comparait aux pizzerias du Bronx, de Brooklyn et de Lower Manhattan. Mais c'était la plus fréquentée, sans conteste possible et les pizzas y étaient délicieuses. Peut-être cela tenait-il à la pâte fine, à la sauce parfaite et à la qualité du fromage. Il se mit à saliver, mais poursuivit son chemin jusqu'à la petite librairie du coin de la rue. Daisy lisait *L'Exploitation*, lovée dans un gros fauteuil moelleux.

– Salut ! s'écria-t-elle en le voyant, et elle sourit.

– Salut !

Duncan eut l'impression d'avoir accompli un long voyage

et d'être enfin parvenu à destination. Il s'assit sur le fauteuil à côté du sien.

– Qu'est-ce que tu lis ?

– C'est formidable, répondit-elle en se redressant. *Le Roi Lear* revisité par Jane Smiley. M. Simon m'a conseillé de le lire ou de lire la pièce de Shakespeare. J'ai choisi Jane Smiley.

– Il t'en a parlé quand ? Je n'en ai aucun souvenir.

– Je suis allée le trouver après le cours, bien qu'il déteste les excuses, quelles qu'elles soient. Tu peux lui dire que tu as été malade, au point de ne pas pouvoir soulever ta tête pendant trois jours et il te répondra : « Ce n'est pas un obstacle à la lecture ni pour venir en cours en rampant ! »

Duncan éclata de rire.

– Oui, c'est vrai. Mais ensuite, il assure.

– Je lui ai parlé d'Amanda – c'était avant que j'apprenne la gravité de son état et que l'histoire ne s'arrêtait pas là –, et il m'a recommandé la lecture de ce livre ou de Shakespeare pour rattraper mon retard. Et, bien sûr, d'y réfléchir en termes de tragédie. Ça m'a l'air d'être un très bon bouquin.

– Tu as faim ?

– Je meurs de faim ! répondit-elle en refermant le livre. Je n'ai pratiquement rien mangé à l'hôpital. Ce qu'on dit de la nourriture est vrai. Laisse-moi juste payer ce livre.

Duncan la suivit à la caisse. Il la regarda sortir de l'argent de son petit sac brodé de perles. Elle avait des mains fines et élégantes. Elle portait une bague en argent à motif de marguerite au petit doigt de la main gauche. Elle surprit son regard et il détourna les yeux.

— Vous voulez un sac ? demanda l'homme derrière la caisse.

— Non, merci, dit-elle en glissant le livre sous son bras.

Ils sortirent de la librairie et, sans un mot, tournèrent en direction de la pizzeria. À mesure qu'ils approchaient, l'odeur de pâte en train de cuire venait leur chatouiller les narines. Daisy s'apprêtait à ouvrir la porte, quand Duncan la retint par le bras.

— Quoi ? Je croyais qu'on dînait là.

— On dîne là, mais j'aimerais faire quelque chose avant.

Il l'entraîna au bout de la rue puis, après quelques pâtés de maisons, vers la rivière. Le spectacle était magnifique. Le soleil couchant se reflétait sur l'eau agitée de vaguelettes en raison du vent. On apercevait les falaises des Palisades sur l'autre rive. Ils continuèrent à marcher pour se rapprocher au plus près de la rive.

— J'aimerais te demander quelque chose, dit-il en essayant de ne pas avoir la voix qui tremble.

— Vas-y, je t'en prie.

— L'an dernier, au réfectoire… Pourquoi tu t'es soudain montrée si gentille avec moi ?

Elle le regarda droit dans les yeux, avec un sourire magnifique.

— Parce que tu étais gentil avec moi, répondit-elle avec chaleur.

« Bon, d'accord, se dit-il, peut-être est-ce aussi simple que cela. » Il compta jusqu'à trois dans sa tête – « un, deux, trois » –, puis il prit son visage adorable entre ses mains et se pencha pour l'embrasser. Elle s'inclina vers lui, sans se départir de son sourire. Il entendit des voitures passer derrière lui et le Klaxon d'un bus, semble-t-il. Il entendit des gens parler et les derniers grillons de l'été. Mais seuls comptaient la douceur des lèvres de Daisy, le parfum de pastèque et de vanille de sa peau. Elle se dégagea en premier.

— Pourquoi tu as attendu si longtemps ?

Sa question était si douce, si bienveillante, qu'il eut envie d'enfouir son visage au creux de son épaule et d'y rester à jamais.

— Oui, pourquoi ai-je attendu si longtemps ? renchérit-il en souriant.

Il lui prit la main, regrettant de devoir dîner, puis de rentrer en vitesse. Le couvre-feu était fixé à vingt heures et, s'ils le loupaient, le privilège de dîner à l'extérieur leur serait retiré pour le restant de l'année. Il n'en avait pas envie, surtout pas maintenant.

— Alors, c'est qui cette Amanda ? demanda-t-il.

— J'étais sûre que tu ne voyais pas de qui je parlais ! s'écria-t-elle en lui donnant une tape sur le bras.

— Je croyais connaître toutes les terminales. Je ne comprends pas pourquoi je ne la remets pas.

— Elle n'est arrivée que l'an dernier. Elle ne parle pas beaucoup. Elle porte toujours un chapeau de paille et sa mèche bleue est de ce côté, expliqua-t-elle en tirant sur ses cheveux pour lui montrer.

— Je vois très bien qui c'est. Tu aurais dû parler du chapeau de paille plus tôt.

— Les gens qui portent des chapeaux de paille sont plus

nombreux que les gens à cheveux bleus. Je pensais que ça suffirait comme indication.

– Mes deux grands-mères ont les cheveux bleus, décréta-t-il d'un ton faussement sérieux. Ça n'a rien de rare.

Daisy posa la tête contre sa poitrine et le serra dans ses bras. Duncan n'en revenait pas : il se sentait encore plus proche d'elle qu'en l'embrassant.

– Comment allait Amanda quand tu es partie ? demanda-t-il, sentant qu'elle s'écartait.

– Mieux, mais elle va sans doute rentrer chez elle. Je l'ai entendue téléphoner à sa mère.

– Tu as été parfaite.

– Je n'en sais rien, répondit Daisy. Je n'aurais pas dû la laisser dormir. Et si elle avait pris davantage de cachets et soit tombée dans le coma ? Ça aurait pu être pire, dit-elle en se couvrant le visage de ses deux mains.

– Écoute, tu as fait au mieux. Parfois, c'est le maximum à notre portée.

– D'où te vient cette soudaine sagesse ? demanda-t-elle tandis qu'ils arrivaient devant la pizzeria.

Il ne répondit pas. Il n'avait pas voulu jouer les sages. Lui plus que tout autre ne se sentait pas empli de sagesse. Il tendit la main pour ouvrir la porte, mais elle le retint. Il se tourna vers elle.

– Cette fois, ce sera différent, n'est-ce pas ? demanda-t-elle

Il voyait très bien ce qu'elle voulait dire – forcément. L'an passé, ce type de déclaration l'aurait fait fuir, la semaine dernière aussi sans doute. Il ne se faisait pas confiance et ne faisait pas confiance aux autres non plus. Elle était si douce, si facile à vivre. Et elle avait le droit de poser la question. N'empêche, il ne savait pas quoi répondre.

— Si on continue selon le même schéma, je te reverrai en décembre, ajouta-t-elle.

Il fit un rapide calcul. C'était vrai, ça faisait trois mois et, oui, décembre était dans trois mois. Il était sidéré qu'elle ait cette info sous la main. Il repensa à Vanessa remerciant Tim pour les dix-huit dernières heures.

— Laisse tomber, finit-elle par dire et il se rendit compte qu'il ne lui avait toujours pas répondu.

— Non, pardon. Je réfléchissais. Je n'avais pas l'intention de laisser passer autant de temps. J'ai beaucoup pensé à toi cet été. Je me demandais ce que tu faisais, si tu te souvenais de moi.

Il la sentit se détendre.

— J'ai envie de te voir tous les jours. Tu es d'accord ? demanda-t-il.

— Ce serait génial.

CHAPITRE SEIZE

TIM
Était-ce l'ordre ou le chaos ?

De retour dans sa chambre, Duncan pensait échapper aux CD. Il se prépara pour la nuit, lut un peu et éteignit la lumière. Mais c'était trop dur. Il aurait adoré rester allongé à penser à Daisy, mais son esprit revenait sans cesse à Tim et Vanessa. Il ralluma la lumière et enfila ses écouteurs. Son ordinateur portable était à côté de son lit. Il ferma les yeux et écouta.

Je ne suis pas certain que tu te rappelles en partie ou totalement ce qui va suivre, ou même si tu faisais attention à moi, mais les gens ont mis une semaine environ avant de cesser de me regarder comme si j'étais un extraterrestre. La plupart d'entre vous étaient assez discrets. On vous avait appris qu'il était impoli de dévisager les gens. Mais aucun d'entre vous n'y parvenait vraiment. Certains gardaient les yeux baissés et ne les relevaient qu'au tout dernier moment, ou faisaient semblant de fixer un point derrière mon épaule. Pas toi en particulier – je n'ai aucun souvenir de toi à cette époque – mais tout le monde en général.

Je me suis efforcé de ne pas en tenir compte et de me

plonger à fond dans mes cours, que j'appréciais bien plus que je ne l'avais imaginé, je l'avoue. Je craignais, en dépit des dénégations de Sid, que les profs soient guindés et les sujets ennuyeux, mais ce n'était pas le cas du tout, plutôt le contraire. Et soudain, les gens se sont habitués à moi.

Je prétends m'être plongé à fond dans mes cours. C'était, en fait, le moyen d'échapper à autre chose : Vanessa. Peu à peu, je me suis ancré dans un petit train-train quotidien. J'allais en cours, je prenais mes repas et je tendais l'oreille pour écouter les conversations qui tournaient en boucle autour du Jeu, de sa nature. J'ai commencé à me demander si un choix serait un jour arrêté, ou si les uns et les autres se contenteraient d'en parler et de jeter des idées en l'air sans jamais rien décider.

Au début, j'étais fou de joie de découvrir que Vanessa partageait certains cours avec moi, dont anglais terminale. Mais après avoir passé les deux premiers cours distrait par elle, j'ai compris que ce n'était pas une chance et je me suis forcé à me concentrer. C'est lors du troisième cours que M. Simon a évoqué la dissertation sur la tragédie.

Bien sûr, je savais de quoi il s'agissait, puisque M. Bowersox m'en avait dit quelques mots en voiture quand il était venu me chercher et j'avais entendu certains élèves en parler. Mais ce fameux jeudi, M. Simon est entré en classe, il est monté sur son bureau et a attendu que tout le monde se taise. L'as-tu vu faire ça en cours ? Le fait-il tous les ans ?

Vanessa s'est installée à une place sur ma droite et à la dernière seconde, Patrick s'est jeté sur le siège à côté du sien.

— La tragédie ! a commencé M. Simon d'une voix forte, arrachant un gémissement à toute la classe — il a fait le tour des élèves et son regard s'est posé sur moi. Malheureusement pour vous, monsieur Macbeth, vous n'avez pu bénéficier du premier semestre de préparation à cet exercice, le plus important de votre jeune vie à ce jour.

Quelques élèves ont pouffé, d'autres ont ricané.

— Cependant, avec un nom tel que le vôtre, Shakespeare ne peut vous être étranger.

Vanessa m'a regardé et m'a souri. Soudain, je me suis retrouvé à l'hôtel de l'aéroport, au moment où ma vie a basculé.

— Lequel d'entre vous aimerait aider M. Macbeth à rattraper son retard ? a demandé M. Simon, me ramenant en cours d'anglais.

Personne, apparemment.

— Pourquoi pas vous, monsieur Hopkins ?

Patrick, qui s'était penché vers le bureau de Vanessa pour écrire quelque chose, releva la tête, pris en flagrant délit.

— La tragédie ? demanda-t-il d'une voix mal assurée.

M. Simon acquiesça et Patrick se racla la gorge.

— Une tragédie, dit Patrick en se redressant, est une pièce ou une œuvre littéraire dans laquelle le personnage principal — le héros de tragédie, en somme — souffre beaucoup et se retrouve acculé à sa perte. En général, cette souffrance, cette perte surviennent du fait de la tare ou de la faiblesse du personnage principal et de son incapacité à gérer le sort qui lui a été réservé.

Patrick a ponctué sa tirade d'un sourire suffisant comme je

n'en avais jamais vu. J'aurais voulu lui faire baisser les yeux, mais je ne pouvais pas. J'ai regardé mes pieds, ne sachant pas pourquoi ces mots semblaient m'être personnellement adressés. La discussion tournait autour de pièces écrites plusieurs siècles auparavant, non ?

— Très bien, Patrick, a dit M. Simon en descendant de son bureau avant de se planter devant nous, les bras croisés sur la poitrine. Maintenant, si vous pouviez vous abstenir d'ennuyer votre voisine, nous pourrions continuer.

M. Simon a consacré le reste du cours à exposer les détails techniques concernant la dissertation : longueur, structure. Il nous a donné congé avec pour exercice de commencer à réfléchir à une introduction et à un plan. Puis ce fut le moment de :

— À présent, allez répandre beauté et lumière.

En sortant du cours, Patrick m'a cogné. Il avait la tête tournée dans l'autre sens pour faire croire qu'il ne s'était pas aperçu de ma présence, puis il m'a donné un coup de coude dans les côtes.

J'ai compris que les choses se passeraient comme ça dorénavant. Si bien que j'ai été estomaqué qu'il soit gentil avec moi la fois d'après. Je ne lui faisais toujours pas confiance. Je ne lui ai jamais fait confiance. J'avais remarqué l'expression sur son visage quand il se détournait de moi. Et je le voyais partout avec Vanessa — au réfectoire, dans la cour, dans les couloirs. Mais le truc étrange, c'est que Vanessa parvenait toujours à savoir où je me trouvais à un moment donné de la journée — elle devait connaître l'emploi du temps de Patrick — et elle croisait mon regard ou me touchait gentiment le bras.

C'était très discret, elle se débrouillait bien, une fée fondant sur son protégé ou une goutte de pluie se glissant dans un interstice minuscule. Elle pouvait me croiser six fois par jour et, la plupart du temps, personne n'aurait jamais deviné qu'elle me connaissait, et puis il suffisait d'une fois. Je ne savais jamais quand ça allait se produire, j'ai commencé à devenir accro. Je me suis rendu compte très vite que je ne faisais aucun effort pour faire d'autres connaissances. Après la première semaine, les gens sont devenus plutôt gentils avec moi mais, franchement, je m'en fichais. Ça m'a surpris dans la mesure où c'était tout ce qui avait présidé à mon inscription à Irving – me faire des amis et m'éclater. Sauf que, même à ce stade précoce, ma vie se résumait à Vanessa. Et crois-moi, ce n'était pas toujours plaisant.

Un jour, alors que je rentrais au dortoir, j'ai vu Vanessa et Patrick en train de parler, adossés à la porte du porche. Patrick me faisait face, Vanessa me tournait le dos. Dès qu'il m'a vu, sans même croiser mon regard, il s'est penché vers elle et l'a embrassée sauvagement. Je n'étais pas assez près pour surprendre la réaction de Vanessa, mais j'étais stupéfait. Ils étaient en public, n'importe qui aurait pu passer par là. Elle faisait de petits bruits, mais impossible de savoir si c'était de plaisir ou de gêne. J'aurais voulu m'arracher les oreilles pour ne pas les entendre. Patrick la pelotait sous son T-shirt. Puis, juste au moment où je passais la porte, elle a ouvert les yeux et m'a regardé, un regard qui a duré assez longtemps pour que j'y lise des regrets. Peut-être était-ce un tour de mon imagination, peut-être était-ce ce que je voulais à tout prix qu'elle ressente. Patrick l'a secouée, elle a fermé les yeux, il est retourné à son affaire en la serrant plus fort encore. Je me suis forcé à marcher. Mais je n'ai pas pu m'en empêcher, je me suis retourné, Patrick avait cessé de l'embrasser. Il me regardait droit dans les yeux, le sourire aux lèvres.

Quelques jours après, un après-midi où il pleuvait à verse, obligeant tout le monde à rester à l'intérieur dans les diverses salles, j'étais assis par terre, adossé à un mur, elle s'est approchée de moi pour prendre quelque chose sur le rebord de fenêtre au-dessus de ma tête. En retirant sa main, elle m'a caressé les cheveux, s'attardant une seconde, puis elle a disparu. Je ne lui avais pas parlé depuis que Patrick l'avait embrassée sous mes yeux et j'aurais voulu être en colère, mais j'ai savouré sa caresse. Une autre fois, en faisant la queue au déjeuner – en plat du jour, on avait des macaroni au four avec du fromage qui venait d'une ferme autogérée de Pocantico Hills et de la chapelure faite dans une boulangerie du Bronx –, elle a doublé tout le monde pour se placer derrière moi et je n'ai eu conscience de sa présence qu'au moment où elle s'est collée à moi. Si j'avais été moins malin, j'aurais pu penser que quelqu'un l'avait poussée contre moi. Mais je commençais à être malin.

Puis les choses ont de nouveau changé. Quand on se croisait, elle me glissait deux trois mots, des messages énigmatiques auxquels je ne comprenais rien.

– Il va neiger cette nuit, m'a-t-elle glissé une fois en passant à côté de moi dans le couloir principal.

– Ce soir, on a des boulettes de viande au dîner, c'est la recette de la mère de M. Bowersox, m'a-t-elle dit une autre

156

fois. Il paraît qu'il y a du parmesan sur la table à condiments.

Tout était dit à voix basse, de façon impersonnelle, j'aurais pu rater les messages ou croire qu'ils étaient adressés
à quelqu'un d'autre. Même les frôlements auraient pu être
interprétés comme involontaires, comme des erreurs. Voire
des gestes de pitié. Leur signification importait peu, je les
guettais avec impatience. Ils étaient toujours différents et
sont devenus mes moments préférés de la journée. Je me les
repassais en boucle dans la tête, j'en rêvais en classe, j'y pensais en m'endormant, plus tard que les autres car personne
ne m'a jamais demandé d'éteindre la lumière à l'heure dite,
comme me l'avait promis M. Simon. Je laissais la lumière
allumée et, les yeux au plafond, je me remémorais le vert de
ses yeux ce jour-là, la douceur de sa main sur mon bras, le
timbre de sa voix en me parlant du temps, du dîner ou d'un
livre indisponible à la bibliothèque.

C'est à cette période que je me suis mis à tenir ma mère et
Sid à l'écart. J'ignore encore pourquoi. Ils m'avaient soutenu,
ils étaient concernés par ce qui m'arrivait. On avait décidé de
se parler par Skype une fois par semaine et, au début, j'étais
impatient de ce rendez-vous. Les premières semaines, j'enregistrais ma voix pour leur raconter mon emploi du temps,
mes cours, mes lectures. Une fois, j'ai même descendu mon
ordinateur portable au réfectoire pour leur faire entendre le
boucan dans la salle. Après quoi, je gravais des CD, comme
ceux que je t'ai laissés, et je leur envoyais en Italie. Puis, j'ai
arrêté d'allumer mon ordinateur à l'heure dite, je ne prenais
même pas la peine de les rappeler et j'ai cessé de graver des

CD. Ma mère m'envoyait des e-mails inquiets, mais je m'en fichais. Je sentais que je m'enfermais dans un cocon, inquiet de mettre en péril l'équilibre du monde étrange dans lequel je vivais si je le leur faisais partager. Je voulais qu'ils n'en sachent rien.

J'attendais que Vanessa m'en donne plus, me demande de l'accompagner pour courir avec elle ou de la retrouver quelque part. Parfois, j'imaginais sa réaction si je lui proposais de faire quelque chose avec moi. J'échafaudais des scénarios : viendrait-elle en ville avec moi acheter de nouvelles chaussures de jogging ? M'apporterait-elle son concours pour un projet de sciences qui nécessitait d'être deux ? Il m'arrivait de courir – et même à travers les bois interdits – en espérant tomber sur elle. Mais ce n'est jamais arrivé et, chaque fois que je rassemblais assez de courage pour lui demander si elle accepterait de faire quelque chose avec moi, elle était avec Patrick. Ils avaient l'air heureux, ils se tenaient par la main ou s'embrassaient quand ils se croyaient à l'abri du regard des profs. Si bien que je n'osais pas – j'attendais qu'elle vienne à moi. Je tâchais de me convaincre que je me satisfaisais de mes quelques secondes par jour. Et c'était sûr, un jour ou l'autre, elle aurait envie de me reparler. Mais les semaines passaient et elle ne se manifestait pas. On pourrait se poser la question – était-ce l'ordre ou le chaos ? En ce qui me concerne, je connais la réponse.

Et puis un jour, en février, elle est venue me trouver à la bibliothèque. En me repassant le film de la journée, je me suis rappelé que le matin même, elle m'avait chuchoté quelque chose à propos d'un roman inspiré de *L'Odyssée* à

nouveau disponible et qui pouvait être emprunté en s'adres-
sant au comptoir principal de la bibliothèque. Comme toujours, je me délectais de chaque seconde d'attention qu'elle
m'accordait, mais sans m'attarder sur le reste. Il se trouve
que ce fameux après-midi, tous les bureaux étaient occupés
dans la grande salle, si bien que je m'étais esquivé à la bibliothèque, heureux à la perspective de passer un moment tranquille, caché derrière une rangée de livres.

Quand soudain, elle est apparue à côté de moi.

– Tu as vu le livre ? a-t-elle demandé.

Je ne voyais pas du tout de quoi elle parlait.

– Celui qui est inspiré de *L'Odyssée*. Celui dont je t'ai
parlé ce matin.

– Non. J'avais plein d'exercices de maths à faire.

Mes yeux m'avaient joué pas mal de tours ces derniers
temps. Ils voyaient net, et puis, ils voyaient flou. J'ai perdu
beaucoup de temps à attendre de pouvoir lire ou voir les
chiffres sur les pages. Ce jour-là en particulier, ma vue était
claire et je n'avais aucune envie de perdre du temps. Je voulais en profiter.

Par conséquent, lorsqu'elle m'a demandé de l'accompagner en promenade, mon vœu le plus cher depuis des
semaines, j'ai hésité. J'ignorais comment serait ma vue un
quart d'heure plus tard, qui plus est lorsque je me lèverais,
je sortirais et à mon retour. Pourquoi prenait-elle ce risque
maintenant ?

Pour être honnête – et je sens qu'il faut que je le sois –,
quelque chose avait changé pour moi. J'avais amplifié les
gestes qu'elle avait à mon égard dans des proportions qui

leur conféraient une portée profonde et j'étais désormais convaincu qu'elle avait des sentiments pour moi. Je me racontais qu'elle ne s'en ouvrait pas davantage parce qu'elle ne savait pas comment échapper à Patrick. J'ai aussi imaginé que, en dépit des sentiments qu'elle avait pour moi, elle n'était pas prête à affronter l'humiliation d'être vue en public en ma compagnie. J'avais l'impression que les gens s'étaient habitués à moi – je croisais rarement un regard choqué sur mon passage –, mais ça ne changeait rien. Patrick était grand et beau, il avait une peau parfaite. Tout le monde l'aimait et s'attendait à ce que Vanessa sorte avec un garçon comme lui. C'était dans l'ordre (à moins que ce soit le chaos ?) du monde à Irving.

N'empêche, il y avait quelque chose.

Le jour de la bibliothèque, je me suis levé et je l'ai suivie dehors. Il faisait très froid et le vent soufflait. À mon grand soulagement, le ciel était gris, la lumière moins cruelle. Vanessa a foncé en direction de la piste d'athlétisme. Je lui ai emboîté le pas, bien que je sois sorti sans manteau ni lunettes, bien sûr. Je ne les avais pas mises depuis des semaines.

Elle s'est arrêtée derrière le gymnase. Elle portait un blouson de ski bleu lavande et un jean. Elle avait les cheveux défaits qui lui fouettaient le visage, fouettaient le mien. Elle ne cessait de les repousser en arrière.

– Bonjour, a-t-elle dit enfin.

– Bonjour, ai-je répondu.

– Tu ne viens jamais aux rendez-vous que je te donne ! a-t-elle lancé en faisant la moue.

Elle avait une mèche de cheveux collée sur la lèvre. Je l'ai retirée d'un geste délicat.

— De quoi tu parles ?

J'avais la voix rocailleuse. Je me suis raclé la gorge, je ne parlais pas assez au cours de la journée. Je n'avais pas grand monde avec qui échanger quelques mots – ce qui était sans doute ma faute, je le reconnais aujourd'hui.

— Quand je te dis qu'un livre est disponible en bibliothèque, je vais à la bibliothèque et je t'attends, mais tu ne viens pas.

Le vent a redoublé, je l'entendais s'engouffrer à travers les arbres.

— Ou la fois où je t'ai parlé des boulettes de viande et du parmesan sur la table des condiments, je voulais que tu me retrouves à la table des condiments ! s'est-elle énervée.

— Comment j'aurais pu deviner ?

— Parce que je te donnais des indices, a-t-elle répondu, exaspérée. Je faisais ma futée.

Une branche s'est cassée au-dessus de nos têtes et elle est tombée quelques mètres plus loin. Vanessa a fait un bond, puis elle m'a agrippé le poignet. J'ai senti une décharge dans tout le bras. Elle a retiré sa main et secoué la tête.

— Parfois, j'aimerais qu'il m'arrive quelque chose, que je prenne une branche sur la tête pour ne plus avoir à m'occuper de tout ça.

— De quoi tu parles ? ai-je demandé.

J'étais conscient de ma voix. Elle était forte, assurée. Pour les autres, j'étais toujours le même, mais en compagnie de Vanessa, je pouvais être moi-même. C'était une impression étrange. J'aimais ce que je dégageais quand je parlais avec elle.

– Tu sais bien ? Mon problème d'université. Au fait, tu as des réponses ? Je ne t'ai même pas demandé.

– Je vais à Northwestern. J'ai été admis très tôt.

– Super. J'aurais dû y penser, puisque tu es de Chicago.

Après avoir dit ça, elle m'a fait un sourire merveilleux et je lui ai souri aussi. Comme si on partageait une blague perso sur Chicago et l'aéroport.

– Mais c'est aussi une très bonne fac, ai-je précisé. Mes parents ne vivent plus là, ça n'a donc rien à voir avec le fait que je sois originaire de Chicago. Sauf que mon beau-père est allé à Northwestern et que mon admission s'en est trouvé facilitée.

– Tu es content ?

Debout, au sommet de la colline, elle entortillait une longue mèche de cheveux blonds autour de son doigt d'un air très sérieux.

– Tu veux te lancer dans le journalisme ? ai-je demandé.

– Quoi ? Pourquoi ?

– Parce que tu poses soudain beaucoup de questions.

Sur ce, deux profs sont passés à côté de nous en hochant la tête dans notre direction. Ça a rendu Vanessa nerveuse, elle s'est mise à jeter des regards autour d'elle. Puis elle m'a indiqué un autre endroit, toujours sur la colline, mais derrière la chapelle. Un très joli endroit – devant lequel tu es sûrement passé des millions de fois – qui donne l'illusion d'être isolé, alors que ce n'est pas le cas. Tu vois où se trouve le banc en fer ? Un cadeau de je ne sais quelle promotion. Elle s'est assise sur le banc et je me suis assis à côté d'elle.

— Je me sens piégée, a-t-elle commencé, puis elle m'a regardé. Je ne sais pas comment m'en sortir. Si Patrick se contentait de faire son insistant comme d'habitude, ce serait une chose. Mais sa mère vient de mourir. Je ne veux pas le faire souffrir. J'ai essayé à plusieurs reprises de lui parler, mais je ne me résous pas à prononcer les mots.

Je suis resté silencieux. Comme souvent en sa compagnie, j'avais peur qu'elle disparaisse, qu'elle s'évanouisse.

— Ne me fais pas dire ce que je n'ai pas dit. Il arrive que j'aime être avec Patrick. Il peut se montrer charmant quand il veut.

J'ai ricané. Elle m'a donné une tape sur le bras.

— S'il s'agissait de tenir jusqu'à la fin de l'année, jusqu'au diplôme, je pourrais sans problème. Mais quatre ans de plus ? J'espérais que cette affaire de fac s'arrangerait toute seule. Qu'on essaierait de faire ce dont je t'ai parlé. Tu te rappelles ?

— Oui, oui, je me rappelle.

— Donc je me suis dit qu'on allait essayer ça, tout en espérant que ça ne marche pas, qu'on ne se retrouve pas dans la même fac ou même dans deux facs différentes, mais dans la même ville.

— Et quelles sont les nouvelles ? ai-je demandé.

— On est admis tous les deux en fac à New York.

— La même fac ?

— Non, mais dans la même ville.

— New York, c'est grand, ai-je dit, bien que je ne connaisse pas vraiment la ville.

Mais il faudrait être ermite pour ne pas savoir qu'on peut s'y perdre.

– J'ai peur que ce ne soit pas assez grand. Sa fac est au nord et la mienne au sud, mais il envisage déjà de partager un appartement avec moi quelque part au centre. Comment ai-je fait pour me mettre dans ce pétrin ?

– Tu n'as qu'à en sortir, ai-je dit. C'est la seule fac où tu as été admise ?

Son regard s'est illuminé et elle a souri. Puis elle a posé sa main sur ma cuisse. J'ai eu l'impression qu'on me chauffait la peau avec une pierre brûlante. Tout s'est arrêté autour de moi, je ne pouvais plus penser qu'à sa main sur ma jambe, je n'avais conscience que de ça. Elle s'est penchée vers moi et m'a embrassé sur la joue, puis elle est partie.

Je suis resté longtemps sur le banc. À savourer son baiser, à en vouloir plus, à vouloir Vanessa, à vouloir être comme Patrick, à refuser d'être cet albinos éperdu d'amour dont les yeux se détérioraient de jour en jour. Je suis retourné à la bibliothèque pour m'atteler à ma disserte et je me suis repassé les derniers événements, minute par minute, en regrettant de ne pouvoir les revivre, en me demandant quand j'allais lui reparler.

Ce soir-là, au dîner, je l'ai vue en compagnie de Patrick, elle avait l'air plus heureuse que jamais, aucun signe qui trahisse une envie d'être ailleurs, le sentiment d'être piégée – du moins aucun qu'elle laisse paraître. J'avais pris l'habitude de manger seul à une table ronde dans le fond. De temps à autre, un asocial s'asseyait avec moi et je l'accueillais toujours bien volontiers. Mais ce soir-là, personne n'est venu, j'ai mangé ma soupe de potiron à la noix de muscade en regardant Vanessa et Patrick se livrer à une bataille de pouces et rire, il me semble même qu'à un moment, ils ont chanté ensemble. J'ai rapidement perdu l'appétit et je suis retourné dans ma chambre.

Le lendemain matin, Patrick m'a coincé dans la salle de bains. Je sais, j'avais promis de t'épargner mes visites à la salle de bains, mais celle-ci est importante, alors sois indulgent avec moi.

Comme tu peux l'imaginer, j'ai tout de suite pensé que j'étais bon pour une raclée, que quelqu'un nous avait surpris, Vanessa et moi, la veille. J'étais devant le lavabo, j'essayais de sortir les dernières larmes de dentifrice de mon tube en me maudissant d'oublier systématiquement d'aller à la boutique du lycée aux heures d'ouverture, quand j'ai senti une main sur mon épaule. Pas vraiment une main, plutôt une serre qui se refermait. J'ai sursauté et mon tube de dentifrice est tombé à côté du lavabo dans la poubelle. Patrick s'est penché pour le ramasser.

— Tiens, a-t-il dit sans que je puisse déterminer l'intonation dans sa voix, mais je m'attendais au pire. Excuse-moi.

J'ai pris le tube, persuadé d'être près de subir quelque chose d'affreux, mais Patrick a posé ses affaires sur le lavabo à côté du mien et a commencé sa toilette. Je tenais le tube du bout des doigts, imaginant les mouchoirs en papier dégoûtants et autres horreurs avec lesquels celui-ci avait été en contact. Je l'ai jeté à la poubelle. Patrick a levé la tête, puis m'a tendu le sien.

— Tiens, sers-toi, a-t-il proposé.

Le dentifrice était forcément empoisonné, sauf que Patrick venait d'en mettre sur sa brosse et se brossait d'ailleurs les dents comme un cochon. J'ai donc fait preuve de foi et j'en ai étalé un peu sur la mienne. On est restés à se brosser les dents côte à côte pendant quelques minutes et je m'attendais à tout instant à ce qu'il explose ou me pousse dans les toilettes pour m'enfoncer la tête dans la cuvette, ou me dise à quel point il me trouvait laid, mais il n'en a rien fait. Il fredonnait dans sa barbe et se brossait les dents.

— J'ai réfléchi, a-t-il annoncé très sérieusement.

— Oui ?

Je me suis dit : « Cette fois, tu es bon. »

— Ça va te paraître dingue. On n'a jamais fait ça auparavant. Et si au lieu d'un jeu, on faisait une sortie ?

Je l'ai regardé comme s'il m'avait proposé de peindre la salle de bains en rouge.

— Je parle d'une sortie géante, d'une sortie secrète. Quelque chose où on serait tous impliqués, qu'on organiserait ensemble.

Il a continué à parler, mais j'avais l'impression qu'il parlait tout seul, qu'il réfléchissait à voix haute.

— Quelque chose que Vanessa adorerait. Qu'est-ce que tu en penses ? a-t-il demandé.

Pendant qu'il divaguait, je n'ai cessé de l'observer, de me dire qu'il avait des cheveux de rêve même s'il ne les avait sans doute pas peignés ; que son visage était parfait même s'il n'y était pour rien – il n'avait eu aucun effort à fournir pour que celui-ci ait cet aspect, pour que les pigments soient dans sa peau –, alors pourquoi fallait-il que sa vie soit meilleure que la mienne ?

– Comme tu veux, ai-je répondu en m'apprêtant à partir.

– Non, je te pose la question à toi, a-t-il répliqué et, pour la première fois, il m'a paru sincère, il n'était plus l'archétype du sportif qui peuplait mes BD. Et puis, il y a autre chose, a-t-il poursuivi. Je… Tu as vu Vanessa ces jours-ci ?

« Cette fois, je n'y couperai pas », me suis-je dit. J'ai attendu.

– Je ne peux pas parler à ses copines. En plus, Vanessa détesterait que les filles s'imaginent que les choses ne sont pas parfaites entre nous. Mais je sens un truc, pas qu'elle est moins dingue de moi, mais un truc. Je me disais… Comme elle se fiche de ce que tu penses d'elle et que tu es plus ou moins copain avec elle, je me demandais si elle t'avait glissé quelque chose sur moi.

– Je ne lui parle pratiquement jamais, ai-je répondu. Et puis, pourquoi me confierait-elle ce qu'elle pense de toi ?

Il a hoché la tête.

– Tu as peut-être raison. C'est sûrement mon imagination.

– Sans doute. Vous aviez l'air plutôt collés l'un à l'autre hier soir au dîner.

Il a hoché la tête à nouveau, cette fois en souriant.

– Tu as raison. Je me demande ce que j'ai. Les filles m'adorent.

Qu'entendait-il par « les filles » ? Considérait-il Vanessa comme n'importe quelle fille ?

– Alors, qu'est-ce que tu penses de mon idée ?

– Quelle idée ? ai-je demandé.

Je butais sur le fait que Patrick ne voie pas en Vanessa la fille la plus incroyable, la plus belle de tout le pensionnat.

– Une sortie au lieu d'un jeu, a-t-il répondu, agacé que j'aie pu oublier une question aussi importante.

– Je pense qu'une sortie est une idée géniale.

Sur le moment, bien sûr, je ne me doutais pas de ce que j'avais mis en branle.

CHAPITRE DIX-SEPT

TIM
Ceci est top secret

Duncan savait ce que Tim avait mis en branle. Pourquoi un voyant rouge ne clignotait-il pas chaque fois que quelqu'un faisait un mauvais choix ou un choix désastreux, en l'occurrence ? Un avertissement, quelque chose qui vous intimait l'ordre de revenir en arrière et de prendre une autre décision. C'était tellement horripilant que Duncan envisagea de jeter les CD par la petite fenêtre ronde pour ne plus jamais y penser. Il avait déjà vécu ces moments, pourquoi s'infliger cette épreuve ? Il n'avait vraiment pas besoin de repasser par tout ça. Mais il était tard, Daisy dormait, rien ne venait le distraire. Et puis, il entendait la voix rocailleuse de Tim le remercier de l'écouter. Il ne voulait pas le laisser tomber encore une fois. Il l'avait déjà fait.

Des affichettes se sont mises à apparaître, puis à disparaître. J'en ai déduit que c'est ainsi que les choses se faisaient. Un bout d'info par-ci, puis plus rien. Un autre par-là, puis plus rien. Le problème, c'est que je n'y comprenais rien. Il manquait toujours un mot ou le mot n'était pas à la bonne place. La première affichette disait ceci : JEU HORS JEU,

TOUT LE MONDE DOIT JOUER, CHAQUE TERMINALE DEMANDÉ, RESTEZ BRANCHÉS…

Une affichette avait été apposée dans le couloir et une autre dans la salle de bains. Je l'ai lue, mais quand je suis revenu plus tard pour la relire, certain d'avoir raté quelque chose, elle n'y était plus. J'ai vérifié dans le couloir où j'avais vu l'autre, elle n'y était plus non plus.

Deux jours après, une autre affichette est apparue : JEU HORS JEU FROID, MARCHEZ JUSQUE-LÀ POUR SE MARRER, JOUEZ TOUS SANS EXCEPTION, LE BLANC SERA MIS.

À ce stade, ma curiosité commençait à être piquée. Le mot « hors » figurait dans les deux affichettes, c'était sûrement le code pour « sortie ». Ça paraissait tellement évident. Si j'étais arrivé à cette conclusion, que dire des profs ? D'un autre côté, ceux-ci n'étaient pas au courant de la conversation que j'avais eue avec Patrick dans la salle de bains. Une sortie était sans doute rarissime, ils n'y songeraient pas.

Et puis un soir, Patrick a frappé à ma porte.

— Salut, ai-je dit faiblement.

— T'es occupé ?

— Pas vraiment, ai-je répondu avant de regretter de m'être trahi aussi vite.

Et si j'avais besoin d'une échappatoire !

— Super ! Tu vas pouvoir m'aider.

— T'aider à quoi ?

— À faire les invitations, a-t-il répondu fièrement.

— Quelles invitations ?

– Pour la sortie. Tout est organisé. Il ne me reste plus qu'à prévenir les gens de la date et du lieu.

C'était étrange qu'il s'adresse à moi pour demander de l'aide. *Quid* de tous ses potes ? En gros l'ensemble des gens qui résidaient à notre étage.

– Les autres filent un coup de main ? ai-je demandé, histoire de mieux comprendre ce qui se tramait.

– Non, on peut le faire tous les deux. Comme ça, tu sauras comment ça fait d'avoir des amis, vu que tu n'en as aucune idée.

Jusque-là, j'étais persuadé qu'il était en train de me jouer un tour. D'essayer de m'attirer dans sa chambre pour me faire subir je ne sais quel supplice. Après cette remarque, j'ai compris qu'il se montrait mesquin comme à son habitude et je dois avouer que j'étais intrigué. Et puis, je m'ennuyais. Je n'avais pas croisé Vanessa de la journée.

– Où tu veux qu'on le fasse ?

– Dans ma chambre, a-t-il répondu en me faisant signe de sortir. J'ai toutes les fournitures. Mais si tu as des feutres, apporte-les.

– D'accord, ai-je répondu en prenant un sac en plastique rempli de feutres de couleur sur mon bureau, ainsi qu'une paire de ciseaux, au cas où.

Je l'ai suivi dans le couloir jusqu'à sa chambre. J'y avais jeté un coup d'œil quelques fois quand elle était ouverte, mais je n'étais jamais entré. Il a poussé la porte et fait un geste pour m'inviter à passer devant lui. Sa chambre faisait pratiquement le double de la mienne et je me suis demandé s'il n'avait pas la plus grande de l'étage. Il avait peint le mur du fond, le mur contre lequel son lit était poussé, en vert gazon. Il avait une couette écossaise qui allait avec et un tapis écossais. Puis j'ai vu les photos scotchées au mur : Vanessa au réfectoire en train de rire ; Vanessa dehors quelque part, sans doute derrière le lycée ; Vanessa en train de siroter un milkshake de façon adorable en jetant un coup d'œil de côté. Patrick a surpris mon regard mais n'a rien dit. J'aurais voulu faire celui qui s'en fichait, celui qui ne les avait même pas remarquées. Sur l'abat-jour de la lampe à côté de son lit, il y en avait une autre, une photo d'eux ensemble : il la cha-touillait et elle essayait de le repousser, mais elle souriait. Je la connaissais assez pour savoir que c'était un vrai sourire. J'ai tourné les yeux vers Patrick avec l'air de dire : « Et main-tenant ? » Avec l'air de ne pas sentir la chape de solitude qui s'était abattue sur mes épaules et m'empêchait presque de respirer.

— Tu devrais voir celle-là, a-t-il dit alors en ouvrant la porte de son placard.

Au dos, j'ai vu une photo considérablement agrandie, ni de la taille d'un poster, ni de la taille d'un magazine, entre les deux. Vanessa posait en deux pièces vert, son corps mince, magnifique. Le haut de son maillot soulignait des courbes sensuelles.

— Elle est bonne, non ? a dit Patrick en se moquant de moi. Elle a été prise au printemps dernier, juste après la fin de l'année scolaire, quand elle est venue me voir chez moi.

L'espace d'une seconde, je me suis demandé si c'était avant ou après le décès de sa mère. Ce devait être après. Vanessa essayait sans doute de le réconforter. Connaissait-elle seulement l'existence et la taille de cette photo ? À moins qu'il l'ait mise à l'intérieur du placard pour qu'elle ne la voie pas. J'ai regardé Patrick d'un air impassible ; pas question de laisser transparaître quoi que ce soit. Mais il savait. Un sourire s'est dessiné sur son visage. Puis il a secoué la tête.

— On ferait mieux de s'y mettre, a-t-il dit en fermant la porte de sa chambre, puis il a coincé le dossier de sa chaise sous la poignée, de sorte que personne ne puisse entrer.

Il a dû voir mon regard affolé.

— Ceci est top secret, a-t-il expliqué.

Il a ouvert un tiroir de son bureau et sorti une rame de papier cartonné de toutes les couleurs, ainsi que des feutres. Les siens étaient indélébiles. Il s'apprêtait peut-être à me dessiner dessus ou à écrire des choses du genre « raté » ou « demeuré » avant que je puisse m'enfuir. Je me suis vu obligé de parcourir les couloirs du pensionnat, le corps barré d'ins-criptions, et je me suis demandé si, dans cette éventualité, je me sentirais encore plus mal que je ne me sentais tous les jours, mais je connaissais la réponse, c'était oui. Patrick m'a fait signe de m'installer par terre.

— Voilà mon idée, a-t-il commencé en s'asseyant à l'extré-mité d'une planche qu'il avait sortie de son placard.

Il s'est assis en tailleur comme un petit garçon et s'est rapproché un peu.

— Je veux que les invitations soient en forme de pied. Pour que chacun ait un pied sous sa porte.

Je l'ai regardé d'un air ahuri. Il était clair qu'il prenait ça très au sérieux, peu importe de quoi il s'agissait.

— J'oublie tout le temps que c'est ta première fois, a-t-il

dit. Tu es un petit nouveau. Je t'explique comment ça marche. Je suis le chef – tu l'avais sans doute déjà deviné. C'est à moi d'organiser le Jeu qui, comme tu le sais, ne sera pas un jeu mais une sortie. Le truc, c'est de rassembler tous les terminales et d'inviter quelques élèves de première, qui porteront le flambeau l'année d'après. Un genre d'initiation. Tu me suis ?

J'ai acquiescé.

– J'oublie de te dire le plus important : comme les profs s'attendent à ce que le Jeu ait lieu comme tous les ans, le point essentiel – là où on sait qu'on a réussi – c'est de les prendre au dépourvu. Il faut qu'ils ne voient rien venir.

J'ai acquiescé de nouveau.

– La sortie va les prendre de court, ce qui m'excite à mort, si je puis dire, a poursuivi Patrick, puis il a regardé autour de lui comme s'il avait perdu le fil de ses pensées.

– Les invitations ? ai-je suggéré.

– Tu as raison. Il faut que les invites soient géniales et énigmatiques. Mon ambition est d'attirer l'attention de tout le monde. Le problème est de décrire ce qu'on va faire sans le dire avec des mots pour que, si un prof tombe dessus par hasard, il ou elle n'y comprenne rien.

– D'accord.

J'ai tendu la main pour prendre une feuille de papier cartonné de couleur verte.

– Attends. D'abord, il faut trouver le message.

J'ai laissé errer mon regard autour de la chambre pour lui faire croire que je réfléchissais, alors qu'en réalité, je m'en contrefichais. Je pensais à Vanessa. Où était-elle aujourd'hui ?

Pourquoi n'étais-je pas tombé sur elle ? Puis une pensée affreuse m'a traversé l'esprit et m'a submergé de chagrin : et si elle m'avait ignoré exprès ? Et si elle n'allait plus venir me trouver tous les jours ? Et si elle avait changé d'avis ?

C'est alors que, comme par miracle – à croire qu'il avait lu dans mes pensées –, Patrick a jeté un coup d'œil à la photo sur l'abat-jour et dit :

– Vanessa était malade aujourd'hui. Ève qui est à son étage m'a dit qu'elle vomissait ce matin dans les toilettes, puis qu'elle était retournée dans sa chambre et je suppose qu'elle n'en est pas sortie. J'espère qu'elle va mieux, j'ai pas du tout envie d'attraper son truc. Je devrais sûrement faire quelque chose – elle s'attend sûrement à ce que je le fasse –, prendre de ses nouvelles, lui apporter de la limonade et des crackers. Tu pourrais m'accompagner quand on aura fini ? Je déteste être en compagnie de gens malades.

« Même Vanessa ? » avais-je envie de lui demander, mais je ne l'ai pas fait.

– Bien sûr, ai-je répondu, une onde de soulagement continuant de parcourir tout mon corps.

Je me sentais plein d'énergie, heureux même. Elle ne m'ignorait pas ! Je lui plaisais toujours ! Je ne voyais pas comment on allait pouvoir prendre de ses nouvelles, dans la mesure où son couloir nous était interdit, ni comment on allait se procurer de la limonade, mais Patrick avait sûrement un plan. Conclusion, la seule chose qui me séparait d'elle, c'étaient les invitations.

– Ça m'aiderait peut-être de savoir en quoi consiste la sortie.

— Bien vu, a dit Patrick en tapotant la rame de feuilles contre la planche pour en faire un paquet bien net. Je n'en ai parlé encore à personne, mais voilà mon idée. Mercredi en huit, ce sera la première nuit de mars. On prendra tout le monde au dépourvu en choisissant un jour de semaine, car d'habitude le Jeu se joue un week-end. J'ai prévu une descente en luge à minuit sur cette colline incroyable dans les bois. Je louerai les luges, on fera provision de chocolat chaud, il faudra des Thermos, bien sûr, et je veux de la liqueur de café, de la crème de menthe et j'ai du bourbon. Bref, tout le monde se retrouvera sur place à vingt-deux heures et on fera la fête jusqu'à deux heures du mat. Ce sera la soirée des terminales la plus géniale du monde.

— Comment tu sais qu'il y aura de la neige ? ai-je demandé.

Patrick m'a regardé d'un air songeur, comme si l'éventualité ne lui avait jamais effleuré l'esprit. Il a hoché la tête d'un air entendu.

— La neige, c'est la cerise sur le gâteau. On se fout de la neige et même de faire de la luge. Le truc qui compte, c'est faire une fête d'enfer.

Tout en parlant, il a changé de position, il s'est mis à genoux, me dominant de toute sa hauteur et j'ai à nouveau pu constater que sa carrure était plus impressionnante que la mienne. À la fin de sa tirade, il s'est rassis sur ses talons et il a souri.

— Qu'est-ce que tu en penses ?

Qu'est-ce que j'en pensais ? Qu'il était dingue. Mais le lui ai-je dit ? Non. Il parlait de cette colline où Vanessa et moi avions couru le jour où j'avais été ébloui. En vérité, je m'en

176

fichais. Faire de la luge, jouer à chat, une orgie de bière, pour moi, c'était pareil, à moins de pouvoir être seul avec Vanessa.

— Super. Tu crois qu'on devrait découper les invitations en forme de flocon de neige ou de luge ?

— Non, a répondu gentiment Patrick. Trop évident. Je pensais au yéti.

— Au yéti ? me suis-je étonné.

— Des gros pieds comme ceux du yéti, a-t-il répondu, très content de lui. Il faut qu'ils aient exactement la même taille. Et voilà le message.

Il a sorti un feutre noir et a commencé à écrire, tournant et retournant la feuille de papier avec soin. Une fois son travail terminé, il a brandi la feuille.

— Imagine un pied. Un trois va ici, dit-il en indiquant le gros orteil. Écris « Premier Prix » – tout le monde sait que ça veut dire « un » ici. Ce qui donne : « 1er mars ».

Cette fois, il m'a indiqué le centre du pied.

Il était très près, je sentais son haleine – un mélange de nounours en gélatine et de menthe, mêlé à une pointe de noirceur diabolique. Je me suis écarté le plus discrètement possible. Il n'a pas eu l'air de s'en rendre compte.

— Bon, grâce aux affichettes, tout le monde sait qu'il s'agit d'une sortie. Il faut trouver le moyen d'indiquer que ça se passe à minuit.

— Si on dessinait une citrouille ? ai-je proposé. Ça marcherait ?

— *Yes !* a crié Patrick avec enthousiasme. Idée géniale !

— Merci, ai-je dit, stupéfait de sourire.

— On a le jour, l'heure. Et si on dessinait une colline

comme ça, a-t-il dit en se penchant au-dessus de la feuille pour fixer une petite colline qu'il avait dessinée au préalable et qui ressemblait à un *U* renversé. La vérité, c'est que les gens ont le droit de me poser des questions en privé. Par conséquent, je crois qu'il y a assez d'infos.

– D'accord.

Je trouvais toute cette affaire ridicule. Les efforts qu'on y mettait auraient sans doute eu une meilleure destination, et alors ? Je le précise maintenant, au cas où tu n'aurais pas pigé, malgré les airs que je me donnais, je détestais participer à ce truc.

On est restés silencieux un long moment à découper nos pieds. Au bout de quelques minutes, Patrick a allumé son iPod, qui était branché sur deux petites enceintes. Et j'ai entendu les premières notes de *Don't Stop Believin* du groupe Journey.

– Il faut qu'on en découpe cinquante-trois, a dit Patrick, qui parlait sur le couplet de la chanson que je préférais, celle qui commence par : «*Born and raised in South Detroit.*»

Je ne m'explique pas pourquoi elle me plaît autant. En fait, je crois que je sais. J'ai des cousins dans la région de Detroit. Pas à Detroit même, mais dans une petite ville qui s'appelle Farmington Hills. Quand j'étais plus jeune, on allait leur rendre visite. Il fut un temps où ma mère était persuadée que c'était important pour moi de connaître mes cousins. Je crois que cela lui est venu quand elle a pris conscience que j'allais rester fils unique. Si bien que, quatre ou cinq fois par an, on faisait la route. J'ai toujours aimé ces visites mais, au bout de quelques années, ma mère en a eu assez et elle s'est rendu compte que mon oncle et ma tante ne feraient jamais l'effort de venir à Chicago malgré ses invitations répétées. On a donc cessé d'y aller. Je n'ai jamais très bien compris pourquoi on avait arrêté d'un coup – pourquoi ne pas avoir réduit nos visites annuelles à une ou deux ?

Après ça, je ne voyais plus mes cousins qu'à Thanksgiving et parfois lors d'un voyage d'été organisé par mes grands-parents. Mais je me rappelle ces visites et je me rappelle le sous-sol obscur de leur maison, une pièce que mon oncle avait aménagée avec de la moquette épaisse et qu'il avait équipée d'une chaîne stéréo dernier cri en 1970, avant qu'aucun d'entre nous ne soit né. On éteignait la lumière et on mettait la musique à fond. Personne ne pouvait me voir. Ils étaient mes cousins et ils m'acceptaient tel que j'étais. C'est sans doute pour cette raison que j'ai toujours espéré avoir un frère ou une sœur, qui m'aurait accepté tel que j'étais. À l'époque, avec mes cousins, dans le sous-sol plongé dans le noir où on ne pouvait voir le visage de personne, on attendait le début de la chanson et on hurlait tous ensemble à pleins poumons : « *Born and raised in South Detroit.* » Je sais : c'est lamentable, consternant mais, avec le recul, c'est un de mes plus beaux souvenirs d'enfance. Pardon pour cette digression ; revenons à la soirée en question.

Une fois que j'ai pardonné à Patrick d'avoir gâché mon couplet préféré, je lui ai demandé pourquoi il nous fallait cinquante-trois invitations. Nous étions exactement qua-rante-trois terminales. Je connaissais le chiffre par cœur ; il nous était répété inlassablement à une occasion ou une autre. Avant mon arrivée, les terminales étaient quarante-deux. J'étais le nombre chanceux quarante-trois.

— Parce que, a-t-il répondu sans lever les yeux, comme je te l'ai déjà dit, on invite quelques élèves de première à se joindre à nous. Il faut que tu fasses un peu plus attention si tu veux apprendre quelque chose ici.

— D'accord, ai-je acquiescé, sachant sans qu'on me le dise que Patrick faisait partie des élus, de ces élèves de première qui avaient été choisis l'an dernier pour jouer avec les terminales.

— Qui décide des premières qui seront admis ? ai-je demandé.

— En quelque sorte, c'est moi.

— Comment tu fais ?

Patrick a réfléchi un instant. Il semblait prendre la question très au sérieux.

— Tu verras, a-t-il dit.

CHAPITRE DIX-HUIT

DUNCAN
Cinq jours – quatre jours pleins, en fait

C'était donc ça la grande question, comprit Duncan. Et dans le même temps, il sut qu'il n'avait pas très envie de connaître la réponse. Avant que Tim puisse poursuivre, Duncan éjecta le CD de son ordinateur, il le posa sur le haut de la pile et rangea le tout dans le compartiment secret de son placard.

– Et restez où vous êtes ! lança-t-il.

Il se sentit idiot. À qui s'adressait-il ? À Tim ? S'il avait pu, il lui aurait demandé pardon de ne pas poursuivre, de ne pas écouter son histoire jusqu'au bout. Mais il était en train de faire le contraire de ce qu'il avait décidé : il laissait les événements de l'an passé gâcher son année. C'était terminé. Désolé, c'était terminé.

Le terme qui convenait le mieux pour qualifier l'automne de Duncan était : idyllique. Surtout octobre. L'air était devenu frais, puis froid, mais les élèves ne se résolvaient pas à sortir leurs manteaux d'hiver. Ils préféraient rester en pullover – plus épais, plus encombrant, de semaine en semaine. C'était devenu une manie, quelque chose que Duncan ne se rappelait pas avoir vécu au cours des années précédentes, mais qui lui plaisait. Daisy et lui passaient le plus clair du temps ensemble, évitant de retourner dans leur chambre. Et quand il le fallait, ils s'envoyaient des textos toute la nuit pour décider de l'heure, la plus matinale possible, à laquelle ils se retrouveraient le lendemain matin.

« ENCORE 7 HEURES », écrivait-il, pas plutôt rentré dans sa chambre.

« TROP LONG », répondait Daisy.

« DISONS 6 ? »

« POURQUOI PAS 5 ? »

« NON TU TE REPOSES. JE NE VEUX PAS QUE TU SOIS FATIGUÉE 2MAIN. »

« T'AIME. »

« MOI AUSSI. »

Duncan tenait toujours à être le premier le matin au bas de l'escalier. Il adorait voir le regard de Daisy s'éclairer en le voyant. C'était devenu un jeu, savoir qui serait le premier. Quand Daisy le battait, il ressentait toujours un pincement au cœur, il avait l'impression de lui faire faux bond.

La veille du départ pour la coupure de Thanksgiving, il régla son réveil sur cinq heures. À la première sonnerie, il envisagea de l'ignorer et de se rendormir, mais il repensa aux occasions ratées de Tim. Il n'avait aucune envie de se mettre en situation de faire les mêmes erreurs que les siennes. Il faisait déjà bien mieux que lui, mais ne pouvait se départir du sentiment qu'il aurait pu faire plus. Il se le devait, il le devait à Daisy, et, *in fine*, il le devait à Tim et Vanessa.

Il se força à sortir du lit. Il avait préparé cette journée minutieusement, si bien qu'une fois debout, une fois hors de son lit douillet, il débordait d'énergie. Il avait emprunté un plat chauffant à un élève du couloir, même si leur usage était interdit dans le dortoir. La veille, il était allé en ville faire des courses. Il réussit à préparer un porridge au sucre de canne et à la crème, qu'il avait pris soin de conserver dans la glace toute la nuit. Daisy adorait ça, elle en prenait chaque fois que la cuisine en proposait, mais elle se plaignait toujours qu'il soit fait avec du lait et non de la crème. Duncan mélangea le porridge et le versa dans un joli bol en plastique à fleurs qu'il avait acheté la veille, puis il envoya un texto à Daisy pour lui demander d'ouvrir sa porte. Il attendit une minute – il pensa qu'elle dormait –, mais le « O.K. » arriva et il sortit de sa chambre.

En arrivant dans le couloir des filles, il la vit qui l'attendait, tout endormie, en pyjama jaune vif. Elle le fit entrer sans un mot et referma la porte. Ils se regardèrent. À cet instant précis, il avait la certitude qu'il ne ressentirait jamais plus de sentiments aussi forts pour quelqu'un d'autre. Jamais. Ils s'embrassèrent. Son corps était chaud et elle sentait bon. C'était la première fois qu'il se trouvait avec elle avant qu'elle ait pris sa douche et se soit brossé les dents ; il s'accrocha à cette idée, songeant qu'ils étaient comme des gens mariés.

Puis Daisy se remit au lit et souleva sa couette à fleurs bleues pour l'inviter à la rejoindre. Le porridge était oublié depuis longtemps sur le bureau. Il n'en revenait pas d'avoir soudain sommeil, comme une envie de décrocher et de rester là à jamais. Au lieu de passer l'heure suivante à se faire des câlins, ils s'endormirent. Duncan dormit d'un sommeil incroyablement paisible.

Le lendemain après-midi, les adieux furent plus déchirants

que Duncan ne l'avait imaginé. Cinq jours – quatre jours pleins, en fait –, ce n'était pas insurmontable. Mais pour Duncan, chaque seconde loin de Daisy était douloureuse.

Une fois chez lui, il fit son possible pour passer un bon moment, mais c'était impossible. Il appelait Daisy dans le Connecticut tous les jours, il lui avait même envoyé des lettres selon un plan méthodique qui prévoyait qu'elle en reçoive une par jour. Ils s'écrivaient des e-mails, des textos, sans arrêt, mais il adorait l'idée des lettres qui arrivaient chez elle, des lettres qu'il avait touchées quelques jours plus tôt.

De retour à Irving, ils se mirent à redouter les grandes vacances qui se profilaient. Il leur restait dix-neuf jours ensemble, puis dix-huit, puis dix-sept. D'un côté comme de l'autre, les parents ne jugeaient pas utile qu'ils s'éloignent de leur famille pour se voir au cours des presque trois semaines de vacances – ils passaient assez de temps ensemble au pensionnat, de l'avis général. Mais Duncan et Daisy jurèrent de s'appeler tous les jours – deux fois par jour –, voire trois. Puis ils se rendirent compte que ce fameux compte à rebours jusqu'aux vacances qu'ils redoutaient tant pouvait, une fois chez eux, être inversé pour faire le décompte des jours jusqu'à leurs retrouvailles – dix-neuf jours séparés, puis dix-huit, puis dix-sept.

Durant cette période, Duncan ne revint pas une fois à l'histoire de Tim. D'abord, il était trop occupé. Entre caser chaque seconde possible avec Daisy, traîner avec ses potes, faire le malin en maths et lire Aristote et Shakespeare, il n'avait pas une minute à consacrer à l'écoute des CD. Mais ce n'était pas seulement ça, Duncan le savait. La dernière fois qu'il avait écouté les aventures de Tim, il s'était senti affreusement mal. Il s'était rappelé des choses qu'il voulait à tout prix oublier. Il abandonna les CD dans le compartiment secret de son placard et s'efforça de ne pas y penser, de ne pas penser à ce que cela signifiait d'écouter le récit de la fin de l'année de Tim. Il lui arrivait d'envisager d'en parler à Daisy, de tout lui raconter, mais quelque chose s'interposait, ou il se projetait dans l'avenir, incapable d'imaginer sa réaction, et il renonçait. Si bien qu'il ne le fit jamais.

Janvier est passé, février est arrivé et, un soir, où les gars veillaient dans la chambre de Tad à écouter les morceaux que le frère de Hugh avait enregistrés lui-même, en espérant faire un tabac, Ben se tourna vers Duncan et changea les choses – encore une fois.

– Alors, tu en es où du Jeu des terminales ? demanda-t-il. J'espère que tu maîtriseras mieux l'affaire que Patrick l'an dernier.

Les paroles de Ben transpercèrent Duncan. Personne n'avait parlé du Jeu des terminales devant lui. En partie parce qu'on n'était pas censé en parler en public, mais en privé, en petit comité, c'était autorisé. N'empêche, jusque-là, Duncan pensait que, si le sujet n'était jamais venu sur le tapis, c'était délibéré. Personne ne lui parlait des événements. Il n'était pas rare, surtout en début d'année, qu'il ait l'impression d'interrompre une conversation et comprenne que les gars parlaient de ça. Cependant, il avait le sentiment d'avoir vraiment été protégé par eux, et il s'y était habitué. Il ne pouvait éviter le Jeu et pourtant il espérait dans un coin de sa tête qu'il soit annulé une bonne fois pour toutes, compte tenu de ce qui s'était passé. Bien sûr, les sorties étaient interdites à tout jamais, mais un jeu de chat ou de capture du drapeau pas bien méchant pourrait passer, l'administration serait d'accord.

– C'est vrai, Dunc, tu en es où du Jeu ? intervint Tad.

Duncan déglutit. Sur le moment, il se réjouit que la lumière ne soit pas allumée. Il était certain d'avoir le visage qui tournait au cramoisi. Certain que l'an dernier, il s'était agi d'un quiproquo. Peut-être pas vraiment d'un quiproquo, mais de quelque chose qui pouvait être inversé, de quelque chose qui n'avait jamais été validé. Surtout après ce qui s'était passé, il n'en avait aucun doute. Mais si ses copains attendaient qu'il organise le Jeu, le reste des terminales attendait aussi.

– Je suis dessus, répondit-il avec un maximum d'assurance. Vous pouvez compter sur moi.

CHAPITRE DIX-NEUF

TIM
Comment je vais sortir d'ici ?

C'est le moment où Duncan se remit à écouter l'histoire de Tim. Il s'imagina sortant les CD du placard, couverts de poussière et de toiles d'araignée, c'est dire s'il les avait oubliés. Mais ils étaient aussi propres que le jour où il les avait rangés. Comment aurait-il pu monter un Jeu sans connaître les secrets de fabrication de Patrick ? Par quel autre moyen aurait-il su comment ne pas faire les mêmes choix désastreux ? Une fois de plus, il reprit le chemin de l'année précédente, abandonnant celle en cours.

Patrick et moi avons passé des heures à fabriquer les invitations. On a fini longtemps après le couvre-feu. Je dois reconnaître que celles-ci avaient fière allure.

— Bien, allons les distribuer, a dit Patrick.

— Maintenant ? ai-je demandé en jetant un coup d'œil au réveil sur sa table de nuit.

— Autant le faire tout de suite. En plus, l'idée, c'est de surprendre tout le monde, non ?

— Sans doute, ai-je répondu sans enthousiasme.

Il était tard. Je me levais dans trois heures, quatre si je

poussais un peu. J'avais encore du travail pour le cours de M. Simon le lendemain matin. Trop de travail de toute façon, même si j'y consacrais tout mon temps jusqu'au cours. On devait rendre les dix premières pages de la dissertation sur la tragédie. Les dix premières pages ! J'en avais écrit trois mauvaises et je pensais demander un délai, que j'étais certain d'obtenir. Après tout, les autres avaient un trimestre d'avance sur moi. M. Simon s'était montré plutôt gentil avec moi jusqu'ici.

— Viens, a dit Patrick en jetant un rapide coup d'œil dans le miroir.

Il a souri, puis s'est tourné vers moi. J'ai évité le miroir de toutes mes forces.

— On procède comment ?

— Commençons d'abord par notre couloir, a-t-il répondu en me tendant un paquet d'invitations en forme de pied de yeti. Tu fais cette moitié et je fais l'autre. Tu en glisses une sous chaque porte.

Ça nous a pris dix minutes et je me suis rendu compte que Patrick avait raison : c'était l'heure idéale pour faire ça. Pas de bruit, pas de profs. On s'est retrouvés au milieu du couloir.

— Maintenant, on va faire le couloir des filles, a-t-il annoncé sans l'ombre d'une hésitation, de la même façon qu'il aurait dit : « Il est l'heure d'acheter du lait » ou : « Brosse-toi les dents. »

— Tu es sûr ?

— Oui, a-t-il répété avec assurance. Mais d'abord, allons voir si on trouve de la limonade et des crackers au réfectoire pour Ness.

L'emploi de son surnom m'a replongé dans un abîme de solitude effroyable, comme si Patrick possédait quelque chose que je désirais plus que tout, mais que je n'aurais jamais. Je l'avais entendu l'appeler ainsi, mais pas au cours d'une de nos conversations. Pour moi, elle était Vanessa.

– Tu plaisantes ? ai-je demandé.

Encore une fois, l'idée qu'il me joue un mauvais tour m'a effleuré. Il avait piégé le réfectoire et j'allais me faire prendre.

– Le réfectoire, ce n'est pas un problème. Il y a la réserve pour les malades.

J'ai secoué la tête.

– Tout au fond, il y a un frigo avec des boissons énergétiques, de la limonade, des crackers, de la glace pilée. C'est à notre disposition, au cas où quelqu'un serait malade pendant la nuit ou je ne sais quoi. On a le droit de se servir.

– J'ignorais.

– Suis-moi, a-t-il ordonné. Il y a plein de choses que tu ne sais pas.

Tu es déjà descendu au réfectoire la nuit ? Ça file les chocottes. Le sol est glacé et j'ai regretté de ne pas avoir mis mes chaussons. Il y avait des ombres partout. J'ai suivi Patrick tout au fond du réfectoire, il a sorti une limonade du frigo et pris des crackers. J'ai rempli un gobelet de glace pilée, en tâchant de voir si je trouvais autre chose à rapporter à Vanessa.

– Viens, a dit Patrick et j'ai obtempéré.

Cette fois, on a remonté l'escalier et, à la fourche, on a tourné à droite. J'ai retenu ma respiration, mais un silence de mort régnait à l'étage. Il m'a tendu une pile de pieds de yéti et m'a indiqué la moitié du couloir d'un signe de tête. Sans un mot, on est partis chacun à une extrémité du couloir, puis on a glissé une invitation sous chaque porte. Quand on s'est retrouvés au milieu, je me suis demandé s'il allait renoncer à aller voir Vanessa, mais il m'a fourré les invitations restantes dans les mains, il est allé à sa porte et a frappé doucement.

— Et si elle dort ? ai-je chuchoté avec insistance.

Patrick a regardé son poignet. Il ne portait pas de montre, il a joué celui qui en avait une.

Il m'a fait signe de m'éloigner et a tapé de nouveau, si doucement que je n'ai rien entendu. On a attendu.

— Elle est peut-être à l'infirmerie, ai-je suggéré.

C'était une possibilité. Je m'étais rendu compte la fois où j'étais allé chercher un comprimé pour un de mes maux de tête que l'endroit était plutôt agréable, avec un petit lit et une télé.

— Sûrement pas, m'a contré Patrick.

Il a frappé à nouveau, un peu plus fort. J'ai commencé à m'inquiéter. Quelqu'un allait nous voir ou nous entendre. Quelqu'un allait forcément se rendre à la salle de bains.

Il a frappé à nouveau.

— Je rentre, ai-je dit. Si elle dort aussi bien, elle n'aura besoin de rien avant demain matin. À moins que tu laisses les trucs devant sa porte. Pose-les là, elle les trouvera à son réveil.

Mais avant que Patrick puisse me répondre, la porte s'est entrebâillée à peine de quelques centimètres, puis un peu plus. Il faisait nuit noire à l'intérieur de la chambre, je ne voyais rien. J'ai reculé. C'est alors que la porte s'est ouverte vraiment et j'ai aperçu Vanessa, les cheveux en bataille, comme je ne les avais jamais vus, dressés sur le devant et derrière. Elle avait le visage pâle, les yeux rouges. Elle était en pantalon de jogging gris et T-shirt bulldog rouge que je ne connaissais pas. Elle a gémi doucement et ouvert la porte en grand, en nous faisant signe d'entrer. Patrick s'est avancé, mais j'ai hésité.

— S'il te plaît, a-t-elle dit d'une voix rauque à laquelle je ne pouvais rien refuser.

— D'accord, ai-je dit en entrant dans la chambre minuscule.

Quand on a été dedans, elle a fermé la porte. C'est alors que l'odeur pestilentielle m'a pris à la gorge. J'avais beau me dire que la puanteur venait d'elle, je n'y ai pas trouvé de réconfort. J'ai froncé le nez, je l'ai protégé avec mon T-shirt et j'ai fini par le couvrir avec ma main en m'efforçant de respirer par la bouche.

— Qu'est-ce qui pue comme ça ? a demandé Patrick.

Vanessa s'était déjà recouchée, la tête posée sur une taie d'oreiller à fleurs toute défraîchie dont j'aurais parié qu'elle venait de sa chambre d'enfant. J'ai aperçu le singe en peluche qui avait dû tomber de l'oreiller. Elle respirait avec difficulté et gémissait un peu.

— Tiens, ai-je dit en poussant le gobelet rempli de glace pilée vers elle.

Elle l'a pris d'un geste faible mais l'a laissé à côté d'elle sur le lit. J'étais certain qu'elle était déshydratée. Je me suis avancé avec l'intention de l'aider à en avaler un peu, quand j'ai vu d'où provenait l'odeur. Elle avait traîné sa poubelle verte en plastique au pied du lit et celle-ci était pleine à ras bord de vomi. J'ai dû détourner les yeux car j'ai été pris de haut-le-cœur. Voyant ma réaction, Patrick a eu la même, mais s'est montré moins discret. Il a fait un énorme bruit dégoûtant et il est parti vers la porte.

— Je regrette que tu sois malade, a-t-il dit, la main sur la poignée. Tim a raison, on devrait te laisser te reposer.

— Attends, ai-je dit en tendant la main pour prendre les crackers et le soda.

Il me les a donnés avec joie, m'a repris les invitations et a ouvert la porte. Je n'ai jamais senti un air aussi bon que celui qui venait du couloir. Patrick est sorti et il m'a attendu. Mais je ne l'ai pas suivi.

— Tu gères ? a-t-il finalement chuchoté, après s'être repris, mais il était clair qu'il ne souhaitait pas prendre le risque de revenir dans la chambre.

— Tu parles, ai-je répondu, cinglant.

Il s'apprêtait à la laisser au moment où elle avait besoin de lui et dire qu'elle ne voulait pas le quitter.

— On ne peut pas la laisser comme ça, ai-je ajouté.

Il a hésité, c'était visible. Vanessa avait les yeux fermés. Je n'étais même pas sûr qu'elle soit réveillée. Peut-être pouvait-il partir sans qu'elle s'en rende compte. Peut-être était-elle trop dans le cirage pour se rappeler notre visite. Peut-être était-ce ainsi qu'il s'en sortait dans la vie – par omissions chanceuses.

Il s'est avancé, mais a été immédiatement repoussé par l'odeur de vomi. Il était peut-être le gars le plus séduisant du lycée, le gars qui avait le plus d'amis – sur un terrain de basket, il m'aurait sans doute écrasé –, mais dans le stade du vomi, c'était moi le plus fort et j'allais voir si ça comptait pour quelque chose. Et puis, je n'aurais jamais pu la laisser dans cet état. Impossible.

Patrick n'a rien ajouté. Il est parti et je suis entré en action. La première chose que j'ai faite, c'est ouvrir la fenêtre. À ce moment-là, j'étais prêt à balancer la poubelle de vomi par la fenêtre, mais le battant ne s'ouvrait pas complètement et le résultat aurait été dégoûtant. Alors je l'ai ramassée en retenant ma respiration et je suis allé dans la salle de bains des filles qui, à mon grand soulagement, était vide.

J'ai jeté le vomi dans les toilettes et tiré tout de suite la chasse. Puis j'ai mis la poubelle dans la douche, j'ai versé du shampooing que quelqu'un avait oublié là et je l'ai nettoyée. Quand je suis revenu à la chambre, la porte était toujours ouverte. Je l'ai refermée, certain d'être à nouveau submergé par la puanteur mais, cette fois, l'atmosphère était plus respirable. Vanessa avait toujours les yeux fermés. Je me suis assis à côté d'elle sur le lit. Je lui ai passé une serviette humide sur le front.

Elle a bougé et ouvert lentement les yeux. J'ai pris un peu de glace pilée que j'ai essayé de lui glisser entre les lèvres. Au début, elle a gardé la bouche fermée et secouait la tête faiblement, puis elle a fini par accepter et j'ai attendu. Je ne tiens pas à m'éterniser sur le sujet, mais comprends que j'aime revivre ces moments ; être avec elle cette fameuse nuit ne ressemblait à rien de ce que j'avais vécu jusque-là. Pour être tout à fait franc, j'aurais pu rester à côté d'elle pour l'éternité. L'odeur avait disparu. J'étais avec Vanessa. Elle était couchée. Je regrettais, bien sûr, qu'elle soit malade, mais je ne pouvais imaginer avoir envie d'être ailleurs. Il était cinq heures moins le quart du matin et je savais que je ne dormirais pas de la nuit, mais je m'en fichais. Elle s'est remise à gémir et j'ai pris un peu de glace pilée pour la lui donner. J'ai remarqué alors qu'elle avait les lèvres sèches et j'ai passé la glace dessus, je l'ai laissée fondre. J'ai répété l'opération des dizaines de fois.

Quand j'ai à nouveau regardé l'heure au réveil, il était sept heures et demie. Je m'étais endormi à côté d'elle. Le gobelet m'avait échappé des mains et il y avait une petite flaque par terre, qui m'a rappelé les boules de neige fondues.

Quand je me suis tourné vers elle, elle me regardait. Elle a souri.

— Tu peux me passer la limonade ? a-t-elle demandé.

— Bien sûr, ai-je répondu en me levant d'un bond pour la prendre.

Elle n'était plus fraîche, mais pour Vanessa, c'était sans doute préférable, de toute façon.

— Je me sens beaucoup mieux, s'est-elle écriée en buvant à la petite bouteille.

— Pas si vite, ai-je conseillé.

Au même moment, quelqu'un a frappé à la porte.

— Vanessa ? a appelé une fille.

— Salut, Julia, a-t-elle répondu d'une voix faible. Je suis toujours au lit, mais je me sens mieux. Tu peux dire à Mme Reilly que je laisse tomber le petit déj, mais que j'essaierai de venir en cours ?

— Pas de problème, a dit la fille à travers la porte. Tu as besoin de quelque chose ?

Vanessa m'a regardé et elle a souri.

— Non, merci, a-t-elle répondu.

Elle a reposé la tête sur son oreiller puis a fermé les yeux. Elle a bougé pour trouver une place plus confortable.

— Comment je vais sortir d'ici ? ai-je demandé. Non seulement, personne ne va me trouver dans mon couloir, mais le tien est plein de monde. Je suis foutu.

— Je n'en reviens pas que tu aies fait ça pour moi, a-t-elle dit, ignorant ma question. Tu as jeté mon vomi ?

— Il fallait bien le faire.

— Pas vraiment. Et tu m'as réhydratée. J'allais mourir.

— Je ne crois pas. Tu t'en serais sortie.

— En tout cas, j'avais l'impression de mourir.

— Quoi qu'il en soit, je suis content que tu ne sois pas morte. Bon, tu peux m'aider ? Tu as une idée ?

— Tu ne veux pas rester assis une seconde ? a-t-elle demandé. J'ai encore la tête qui tourne.

Comment refuser une telle requête ?

— Ça restera dans les annales comme mon pire moment de honte, a-t-elle déclaré après quelques instants de silence.

— Si c'est le cas, tu te débrouilles pas mal. Ce n'était pas si horrible que ça, ai-je dit, sincère.

— C'est quoi ton pire moment de honte ? a-t-elle demandé.

J'aurais dû m'y attendre : l'aveu d'un moment de honte est généralement suivi de cette question. Et pourtant, elle m'a déstabilisé. Lui dire ? En inventer un ? Faire celui qui n'en avait jamais vécu ? Répondre l'évidence — à savoir que ma vie était une suite ininterrompue de moments de honte.

— Quand j'étais petit, ai-je commencé en regardant autour

de moi – nous étions seuls et en sécurité ; je pouvais me livrer –, je croyais qu'être albinos me donnait des superpouvoirs.

J'ai attendu, mais elle n'a pas fait un geste, n'a pas bronché.

– J'ai toujours adoré les super héros, encore maintenant, ce qui peut être considéré comme honteux, vu mon âge. Dans mon esprit, la plupart des super héros étaient des mutants. Dans cette logique, mon handicap était positif. J'ai passé un temps fou à essayer de découvrir quel était mon superpouvoir, mais en vain. Alors un jour, à la cantine – j'étais en CP, je devais avoir sept ans –, j'ai dit à un camarade de classe de ne pas me chercher des ennuis parce que j'avais des superpouvoirs. Et il a répondu très fort : « Ouais, ton superpouvoir, c'est d'être le plus moche de l'école. » En y repensant, je crois en avoir plus souffert que de mon véritable aspect. Inutile de préciser que je n'ai pas de superpouvoirs et ça, ma peau et mon absence de pigments, n'a rien de positif, ce n'est que du négatif.

Elle s'est tournée vers moi.

– Je ne suis pas d'accord avec toi et je doute que tu n'aies pas de superpouvoirs.

On a jeté un coup d'œil à son réveil en même temps.

J'étais déchiré – j'aurais voulu que le moment dure toujours, et dans le même temps, j'avais peur de me faire prendre. Comment allais-je me sortir de cette situation ? Dans un coin de ma tête, je m'en fichais. À deux doigts de ne pas obtenir mon diplôme, que pouvait-on me retirer de plus ? Mes amis ? Rien ne me manquerait de ce côté-là. N'empêche.

— Étant donné que je ne sais pas escalader les façades ni me rendre invisible, tu proposes quoi pour me faire sortir de ta chambre sans être vu ? ai-je demandé, alors que j'aurais voulu dire : « Puis-je rester ici pour toujours ? »

Vanessa a repoussé sa couette et s'est redressée.

— Regarde dans mon placard, a-t-elle dit. J'ai un sweat-shirt rose à carreaux avec capuche, sur lequel il y a écrit « Répandez l'amour » en lettres brodées. Il est très grand. Il devrait t'aller.

Je l'ai regardée comme si elle était folle, mais je suis quand même allé à son placard. J'ai été assailli par une myriade de couleurs vives que je n'avais jamais vues rassemblées dans un seul et même endroit. J'ai souri. Le placard était plein à craquer. On n'aurait rien pu y glisser de plus. Je ne trouverais jamais un sweat-shirt dans ce bazar. Pourtant, je m'y suis efforcé. J'ai passé tous les cintres et toutes les étagères en revue.

— Il est pendu à un crochet sur la droite, a-t-elle indiqué.

Effectivement, il y était. Un sweat-shirt vichy rose qui avait l'air assez grand pour deux Vanessa. Je l'ai brandi pour lui montrer.

— C'est ça. Maintenant, mets-le.

— Quoi ? Tu te fous de moi ?

Elle a jeté un rapide coup d'œil à son réveil.

— Dans sept minutes à peu près, le couloir sera désert. Tout le monde sera au petit déjeuner – crois-moi, je sais. Je suis prête à parier que tu ne croiseras personne. Mais, juste au cas où, remonte la capuche et passe par-derrière, par l'escalier de secours. Juste avant de prendre ton couloir, laisse le sweat-shirt là. Je le reprendrai plus tard. Tu rentreras chez toi sans problème.

J'ai réfléchi à son plan. Il était excellent. Et je n'avais rien à perdre. Il me restait cinq minutes avec elle.

— Tu crois que tu vas pouvoir aller en cours ? ai-je demandé.

J'avais envie de retourner m'asseoir sur son lit, mais le fait d'être debout, d'échafauder un plan, m'a en quelque sorte interdit de le faire.

— On doit rendre les premières pages de la dissertation sur la tragédie et tu connais M. Simon, a-t-elle dit. Je me sentirai mieux après une douche.

— J'espère.

Il ne nous restait plus que trois minutes et demie.

— Tu as fini tes pages ? a-t-elle demandé.

— Non, j'ai besoin de temps. Je vais en parler à M. Simon avant le cours.

— Tu veux de l'aide ?

Je rêvais d'accepter sa proposition sans hésitation.

— Peut-être. Je te dirai si je ne m'en sors pas.

— D'accord. Je te dois bien ça.

Il ne restait plus que deux minutes. Le couloir était pratiquement silencieux. J'entendais quelques retardataires, mais l'agitation était passée.

— Mets le sweat-shirt. Et quand je te dis : vas-y ! Tu y vas.

— On dirait que tu as déjà fait ça.

Vanessa a baissé les yeux.

— Prépare-toi, a-t-elle chuchoté.

J'ai enfilé le sweat-shirt, tiré la fermeture Éclair et remonté la capuche. Il me restait moins d'une minute avec elle.

– Mets-toi à côté de la porte.

J'ai fait ce qu'elle m'a dit, bien que je n'en aie eu aucune envie. Le silence était total, le même qu'à quatre heures du matin.

– Maintenant ! Vas-y !

J'aurais voulu la serrer dans mes bras. J'ai tourné la poignée et, sans un regard en arrière, je suis sorti de la chambre, j'ai pris à droite et marché d'un bon pas. J'espérais secrètement que quelqu'un m'arrête, me pose des questions et qu'on se retrouve dans le pétrin tous les deux. Mais le couloir était vide et la voie libre jusqu'à l'aile des garçons. Parvenu au sas en territoire neutre – ni le couloir des garçons ni celui des filles –, j'ai retiré le sweat-shirt. J'ai pensé le laisser là comme elle me l'avait demandé. Mais je n'ai pas pu. Je l'ai plié en deux et fourré sous mon bras. J'ai jeté un coup d'œil à mon couloir, il était vide, j'ai regagné ma chambre sans encombre.

CHAPITRE VINGT

TIM
Tout est lié

L'idée du sweat-shirt à capuche comme subterfuge pour s'enfuir plaisait à Duncan. Peut-être pourrait-il l'utiliser un matin pour s'échapper de la chambre de Daisy. Pourquoi n'y avait-il pas pensé plus tôt ? L'idée était à la fois évidente et géniale. C'est alors qu'il se rendit compte que Tim s'était tu, il jeta un coup d'œil à son ordinateur. Un message l'avertissait que la batterie était à plat. Dans sa précipitation, il avait dû oublier de brancher l'ordinateur sur le secteur. Il se pencha pour détortiller le câble et enfonça la prise dans le mur. Son écran s'éclaira aussitôt. Duncan s'assit sur son lit, le dos appuyé contre le mur et attendit que Tim reprenne la parole.

Je suis resté dans ma chambre dix minutes environ. Je n'arrivais pas à me décider : par quoi commencer ? Ou plutôt qu'est-ce qui paraîtrait le plus normal, si quelqu'un y prêtait attention ? Je n'étais pas descendu pour le petit déjeuner, mais ce n'était pas grave, ça m'arrivait de temps à autre quand M. Simon m'apportait des friandises. Ce que je craignais, c'est qu'il remarque mon absence un matin où il ne m'avait rien apporté. C'était peu probable, le jour où les terminales avaient une échéance importante pour la dissertation sur la tragédie. M. Simon vivait pour ce genre de choses. Il était sans doute déjà dans son bureau, à attendre.

Et voilà, je tenais ma réponse : je me ressaisissais et j'allais trouver M. Simon pour lui demander un délai. Si je lui paraissais fébrile et désorienté, avec un peu de chance, il mettrait ça sur le compte du malaise que je ressentais parce que je n'avais pas respecté la date butoir. En fait, toute la situation jouait en ma faveur.

J'ai retiré mes vêtements qui, bien que sales – voire répugnants – étaient aussi ceux que je portais lorsque j'étais si près de Vanessa. J'ai enfilé un jean propre et un T-shirt, attrapé mon sac à dos et mon maigre classeur marqué « Tragédie » et ouvert la porte. Patrick était derrière.

Mon premier réflexe a été de m'enfuir, ou de claquer la porte. Il était logique qu'il se mette en colère. Je lui avais fait honte. Je l'avais surpassé. Il ne me laisserait pas m'en tirer à bon compte.

Mais en voyant son expression, j'ai compris tout de suite que je faisais fausse route. Il avait l'air en pleine forme, tout beau, tout propre, prêt pour la journée. Et il était détendu.

– Comment va-t-elle ? a-t-il demandé de l'air du type qui connaît déjà la réponse – elle allait bien parce que je m'en étais occupé, j'avais fait son sale boulot.

– Bien, beaucoup mieux.

– Tu viens de rentrer ? a-t-il demandé.

Peut-être commençait-il à prendre conscience de l'assistance dont elle avait eu besoin.

— Oui, ai-je répondu, me sentant un peu piégé et — j'ose ajouter — fier.

Il le savait. C'était clair qu'il m'avait cherché. Mais pour rien au monde je n'aurais voulu le rendre jaloux et alimenter sa colère que j'imaginais prête à exploser.

— Tu es… resté avec elle… tout ce temps ?

J'aurais pu mentir, répondre non, dire que j'étais allé dans la grande salle travailler et rédiger le début de ma disserte sur la tragédie. Dire que j'étais allé me balader ou que j'étais resté dans la cour à réfléchir. Mais je ne l'ai pas fait.

— Oui, ai-je dit. J'ai nettoyé un peu, je lui ai donné de la glace pilée et puis, je me suis endormi. Ce n'était pas mon intention. J'ai reçu un choc en voyant qu'il était plus de sept heures à son réveil. Mais elle savait comment me faire partir en douce. Il fallait attendre le moment où le couloir était vide et mettre un sweat-shirt rose à capuche.

Patrick a hoché la tête, un sourire satisfait aux lèvres.

— C'est un vieux truc, a-t-il dit, puis il m'a regardé dans les yeux et a souri. Je ne sais pas comment te remercier, mec. J'étais largué. Je ne supportais pas cette odeur. Mais tu as assuré, tu m'as remplacé et tu as assuré. Je te revaudrai ça. Au fait, j'aimerais beaucoup que ça reste entre nous, d'accord ?

J'étais interloqué. Puis je me suis rappelé mon apparence, je l'avais oubliée ces dernières heures. Il ne me voyait pas comme une menace, bien sûr. Il ne m'avait jamais considéré comme tel. Et ça m'a ulcéré.

— Je ne l'ai pas fait pour toi, mais pour elle.

C'était une réponse gonflée de ma part. D'habitude, je

n'aurais jamais dit ça, mais comment osait-il penser que je le remplaçais, que j'étais son homme de ménage, son assistant ? J'en avais fini avec ça. Mais un déclic s'est fait dans ma tête et je me suis dit : « Pourquoi ne pas lui laisser croire ça ? » Il a eu l'air troublé, surpris. Ça n'allait pas durer.

— Mais je t'en prie, ai-je dit calmement. C'est vrai que l'odeur était insoutenable.

— Qui pourrait imaginer qu'une puanteur pareille sorte d'une fille aussi sexy ?

Il fallait que je laisse courir. J'ai acquiescé en m'efforçant de ne pas montrer à quel point j'étais outré.

— J'ai eu quelques retours des gars dans notre couloir, a annoncé Patrick en passant sa main dans son épaisse chevelure. Ils sont chauds bouillants pour la sortie. Maintenant, il ne nous reste plus qu'à tout préparer.

— Ah, bon ? Déjà ? ai-je demandé.

Je commençais à avoir peur de ne pas pouvoir tout mener de front.

Patrick m'a donné une tape dans le dos et il est parti vers la salle de bains. J'étais soulagé. Je n'en pouvais plus des conversations avec lui. Je prendrais ma douche plus tard.

Je suis parti dans l'autre direction, vers le bureau de M. Simon. Les couloirs étaient silencieux, tout le monde dégustait les petits pains à la cannelle proposés ce jour-là au petit déjeuner. C'était une période agréable à Irving, dont je n'ai pas vraiment profité, et je me suis dit en passant que j'avais beaucoup de chance d'être là.

En jetant un coup d'œil dans le bureau de M. Simon, je l'ai trouvé en train de parcourir un énorme tas de chemises.

L'espace d'une seconde, j'ai eu peur qu'il s'agisse des dissertations de terminales qui avaient rendu leur travail en avance ou, pire, en avaient fait plus que demandé. Les chemises étaient épaisses.

M. Simon portait un gros pull norvégien bleu marine moucheté de blanc, le style de pull qu'on ne voit jamais sur les épaules d'un lycéen. Son jean était délavé et ses cheveux bien peignés.

– Excusez-moi, monsieur Simon ?

Il est resté dans ses pensées quelques instants avant que ma question fasse son chemin jusqu'à lui.

– Oui, Tim, bien sûr, entrez, a-t-il dit avec chaleur.

– C'est quoi tout ça ? ai-je demandé.

– Ça, mon jeune ami, ce sont les meilleures dissertations sur la tragédie des années passées. Je les conserve dans le tiroir de mon bureau fermé à clé, mais des jours particuliers comme aujourd'hui, je ne peux m'empêcher de les sortir pour les relire. Écoutez ça, dit-il en cherchant dans la pile une chemise. Voici comment la dissertation commence : « Le trois octobre de l'an dernier, un restaurant qui s'appelait *L'Ambitieux* a brûlé, il a été réduit en cendres et l'incendie a tué six employés qui se trouvaient à l'intérieur. Le feu a pris le jour où le restaurant s'apprêtait à fêter son soixante-quinzième anniversaire. Une soirée avait été organisée. Les invités devaient arriver quelques heures plus tard. Une fois sur les lieux, ceux-ci ont découvert des ruines carbonisées, des secouristes vérifiant que tout le monde avait été pris en charge dans ce chaos et les patrons en larmes sur le parking. Était-ce une tragédie ? »

M. Simon a cessé de lire et tourné les yeux vers la fenêtre. J'ai suivi son regard qui s'attardait dans la cour sur les arbres sans feuilles secoués par le vent de février.

– Ouaouh ! me suis-je exclamé, ne sachant pas quoi dire.

Ce n'était pas du tout ce à quoi je m'attendais.

– Ouaouh est juste, a dit M. Simon en se retournant vers moi. J'adore cette question : « Était-ce une tragédie ? »

– Ça l'était ? ai-je demandé.

– Vous ne pensez tout de même pas que c'est aussi simple que cela, jeune homme, n'cst ce pas ? Mais dans l'intérêt de notre discussion, quelle est votre opinion ?

Celle-ci n'était pas très affirmée.

– Était-ce une tragédie au sens littéraire du terme ? Est-ce ça, la question ?

– Je suis content que vous soyez parmi nous, a dit M. Simon, à ma grande surprise. C'est agréable d'avoir un esprit nouveau, un point de vue différent, dans la classe. C'est une excellente question. Était-ce une tragédie au sens littéraire du terme et quelle autre sorte de tragédie ce serait ?

– Un événement tragique, ai-je proposé.

J'avais suivi ses cours. Je commençais à comprendre son jargon.

– Oui ! Et y a-t-il une différence ? Peut-on séparer les deux ? Et pour quelles raisons ?

Il s'est rassis. Il commençait à y avoir du bruit dans les couloirs. J'ai jeté un coup d'œil à la pendule. Le cours commençait dans neuf minutes. M. Simon a secoué la tête.

– Que puis-je pour vous ? a-t-il demandé. J'ai l'impression que vous n'étiez pas venu pour me parler de cela.

— En quelque sorte si. Je me sens… débordé par la tâche. J'ai l'impression d'être à la traîne.

— C'est compréhensible, a-t-il dit gentiment. Les autres ont quatre mois d'avance sur vous. Dois-je comprendre que vous n'êtes pas prêt pour aujourd'hui ?

— Oui, ai-je répondu avec soudain le sentiment de ne pas avoir fait assez d'efforts, de le décevoir.

— Je ne doute pas que vous y réfléchissiez, a-t-il dit.

Il a rassemblé les chemises et les a rangées dans le tiroir du bas de son bureau. Puis il a sorti une petite clé de sa poche, a fermé le tiroir à clé et remis la clé dans sa poche.

— Pourriez-vous me rendre les cinq premières pages lundi ?

On était mercredi. Ça me laissait tout le week-end, c'était beaucoup plus que je n'aurais demandé.

— Absolument… Ce serait génial !

— Permettez que nous nous quittions sur quelques mots d'adieu. Après quoi, il sera temps d'aller en cours. Je ne prétends pas que ce soit bien ou mal, nécessaire ou pas, mais voici plusieurs notions à prendre en considération. Vous m'avez entendu en parler en cours, mais vous avez raté l'élan de l'automne dernier. Pitié et peur. Une tare rédhibitoire. Un revers de fortune qui peut ou non survenir suite à une erreur de jugement. Ironie. Catharsis. Monomanie – vous savez ce que c'est ?

— Être obsédé par un seul but ? ai-je proposé.

Je ne sais même pas d'où m'est venue cette réponse.

— Oui ! s'est-il écrié en agitant la main en l'air, tel un chef d'orchestre. Et gardez à l'esprit le mouvement qui va de l'ordre au chaos et du chaos à l'ordre.

— Comme dans le cas de ce restaurant qui a pris feu ? ai-je demandé. L'ordre régnait – la fête planifiée, l'activité quotidienne – puis le chaos est survenu avec l'incendie et les morts. Mais ensuite, l'ordre est-il revenu ? Comment ça s'est terminé ?

M. Simon s'est levé.

— Dans ce cas aussi, le revers de fortune est présent, ai-je dit avec fougue. Tout le monde était prêt pour la soirée, prêt à fêter l'œuvre d'une vie et c'est alors que tout a brûlé. Je me trompe ou pas ?

M. Simon a souri.

— Peut-être que, quand vous m'aurez rendu votre dissertation, je vous laisserai lire celle-ci pour savoir comment les choses ont tourné, pour savoir la conclusion que l'élève en a tirée. Mais je dirais que j'ai beaucoup apprécié qu'elle ancre son travail dans la vie réelle. Ce restaurant se trouvait dans la ville où elle a grandi. Elle y allait tout le temps.

— Mais l'exposé est censé traiter aussi de littérature ? ai-je demandé.

Les choses devenaient de plus en plus claires et de plus en plus embrouillées à la fois.

— L'exposé doit porter sur une œuvre littéraire, non ?

— Absolument, a répondu M. Simon. Mais ne vous égarez pas. Tout est lié, mon jeune ami, tout est lié. Permettez que je vous quitte sur un dernier mot, après quoi il faudra y aller. C'est un mot important. Vous m'avez entendu le prononcer en classe. Vous êtes prêt ?

— Oui, ai-je répondu, pas très sûr.

M. Simon a pris une profonde inspiration.

— Portée, a-t-il clamé. Pouvez-vous me donner la définition de « portée » ?

— Signification importante ?

— Oui et bien plus que cela, a-t-il dit avec un sourire, en me poussant vers la sortie. Bien plus que cela.

CHAPITRE VINGT ET UN

DUNCAN
Cette fois, impossible de faire marche arrière

Duncan avait fait des prouesses pour maîtriser les choses, mais il redoutait de perdre de vue ce qui était vraiment important. Et puis, ce mot – portée – l'incitait à tout remettre en question. Prendre une décision le paralysait. Le choix des chaussettes qu'il avait fait le matin avait-il une portée ? Les choses auraient-elles été différentes s'il en avait mis d'autres ? Et le chemin qu'il empruntait, avait-il lui aussi une portée ? S'il avait pris une autre direction, il aurait peut-être trébuché et se serait cassé la jambe, à moins qu'il soit tombé sur quelqu'un qu'il n'avait pas envie de voir. Écrire un texto à Daisy s'est transformé en casse-tête, il pesait tous ses mots. Décider où aller et quoi dire est devenu impossible. Il n'arrivait plus à faire la distinction entre ce qui avait une portée et ce qui n'en avait pas.

Il décida donc, pour la deuxième fois, de ne plus écouter Tim. Mais il ne rangea pas les CD dans le compartiment secret, il se contenta de les poser négligemment sur un coin de son bureau, en s'efforçant de faire comme s'ils n'avaient pas plus d'importance que le crayon à la mine cassée posé à côté. Il se persuada que, désormais, il était trop occupé avec Daisy et tout le reste. Pourquoi perdrait-il son temps à écouter un type triste raconter une histoire triste ? Allait-il vraiment apprendre quelque chose qui changerait la face du monde ?

Mais ne pas écouter les CD ne fit rien pour améliorer les choses. Duncan était tendu quand il voyait Daisy, il le sentait. La facilité de leur relation se dissipa. Et puis, il y eut ce fameux soir où, en retournant dans sa chambre, il vit un type devant la porte de son voisin, un type qu'il n'avait jamais vu auparavant et qui, de dos, ressemblait à Tim. Était-ce Tim ? Duncan avait le cerveau en ébullition, puis le type s'était retourné. C'était un élève de première. Il ne ressemblait pas du tout à Tim. Il n'était même pas albinos. Le reste de la nuit, Duncan garda l'impression d'avoir vu un fantôme.

Les lignes se brouillaient. Il essaya de se concentrer sur la tâche qui l'attendait. Il suffisait d'inventer un jeu anodin, un jeu facile. Il était même inutile d'y jouer dans le dos des profs. Pourquoi pas un concours de Scrabble dans le réfectoire ? Ou un jeu de cache-cache endiablé ? Et s'il invitait la fac à jouer avec eux ? Mais chaque fois qu'il se disait : « C'est ce que je vais faire », il en était incapable. Il le savait.

Un jour où il pleuvait, Daisy partit avec ses copines passer une « soirée entre filles ». Ce fut un soulagement pour Duncan. Il était épuisé à force de prétendre que les choses étaient normales. Il monta dans sa chambre plancher sur le Jeu, qui devait avoir lieu avant les vacances de printemps – c'était la tradition à Irving –, or celles-ci approchaient. N'empêche, il avait encore le temps, surtout s'il ne se lançait pas dans une extravagance secrète.

En s'asseyant à son bureau, il aperçut les CD et se rendit compte à quel point la voix hypnotique de Tim lui avait manqué. Il se fit la réflexion qu'avancer dans l'histoire de Tim – du moins écouter la partie qu'il avait évitée – pourrait le distraire avantageusement de sa propre vie. En tout cas, il l'espérait. Il lança le CD et, cette fois, impossible de faire marche arrière.

CHAPITRE VINGT-DEUX

TIM
*N'oubliez jamais : ce qui se dit
dans ma chambre ne sort pas de ma chambre*

Je n'ai pas vu Vanessa de la journée, elle n'a même pas assisté au cours de M. Simon. J'ai envisagé de me glisser discrètement dans sa chambre, mais c'est le genre de chose qui ne se passe jamais aussi bien la deuxième fois. Je ne voulais pas gâcher cette première fois qui, à mes yeux, avait été un moment étrange et merveilleux. Oserais-je dire qu'il avait une portée ? Je l'espère, mais pour être franc, je n'en étais pas certain à ce stade – du moins qu'il ait une portée pour elle, ce qui comptait le plus pour moi.

À propos de portée, je suis à nouveau tombé sur M. Simon ce jour-là et il m'a demandé de revenir dans son bureau. J'étais inquiet : avait-il découvert que je m'étais introduit dans la chambre de Vanessa la nuit précédente ? Aurais-je des ennuis ? J'ai à peine touché à mon déjeuner, j'ai débarrassé mon plateau et je me suis rendu dans son bureau. Il m'attendait. J'ai compris tout de suite que tout allait bien, il n'était pas en colère, il ne savait rien.

– Tim, entrez, m'a-t-il invité. J'ai réfléchi à notre conversation de ce matin et j'aimerais vous donner quelque chose.

Je ne voyais pas ce qu'il pouvait me donner, à part les meilleures dissertations sur la tragédie à lire attentivement. Au moment même où je me faisais cette réflexion, il m'a tendu une clé et je me suis dit : « Ouaouh, il me donne le sésame pour les dissertes. » Mais non.

— Avez-vous remarqué la bibliothèque dans la pièce ronde avant le réfectoire ? a-t-il demandé.

Je l'avais remarquée. Ce n'était qu'un tas de vieux bouquins.

— Si cela vous intéresse, et je pense que c'est le cas, cette clé ouvre la vitrine. Tout en bas, vous trouverez un gros recueil noir. C'est le recueil des traditions d'Irving. Elles y sont toutes consignées. Certaines vous paraîtront idiotes, mais je suis convaincu désormais que les traditions maintiennent ce lieu en vie, elles font le lien d'une année à l'autre. La plupart datent de l'époque à laquelle j'étais élève ici.

J'étais ébahi et intéressé.

— Je suis honoré, ai-je dit en prenant la clé. Merci.

— La seule chose que je vous demande, c'est de la faire passer à un autre élève quand vous en aurez terminé, à quelqu'un qui saura en tirer avantage. Marché conclu ?

— Marché conclu, ai-je dit.

Je trépignais d'impatience d'aller chercher le recueil, mais j'avais le pressentiment qu'il valait mieux attendre que les choses se tassent un peu.

— À présent, allez répandre beauté et lumière.

Pour une raison que j'ignore, je me suis senti inspiré par sa devise. Quand j'ai vu Julia, la copine de Vanessa, le soir au dîner, je suis allé la trouver directement. D'ordinaire, j'aurais fait celui qui ne l'avait pas vue. Elle m'a souri.

– Salut ! ai-je dit.

Je l'avais croisée tant de fois qu'il aurait été ridicule de me présenter. Je m'en suis abstenu. Elle savait qui j'étais, bien sûr.

– Comment va Vanessa ? ai-je demandé.

Je voulais aller droit au but. Je ne savais pas combien de temps je pourrais mobiliser son attention.

– Bien mieux, a répondu Julia. On l'a obligée à aller à l'infirmerie ce matin. C'était drôle, en fait. Elle était tout habillée, prête pour aller en cours d'anglais. Tu aurais dû la voir, elle était si faible qu'elle n'arrivait même pas à se brosser les cheveux. Mais elle répétait qu'elle ne se sentait plus malade et qu'elle pouvait aller en cours.

J'ai souri et acquiescé. Je n'en revenais pas que Julia me parle comme si j'étais une personne normale. Je ne voulais pas qu'elle arrête. Elle m'a raconté comment elle et ses copines avaient fait croire à Vanessa qu'elles l'accompagnaient en cours alors qu'elles l'emmenaient à l'infirmerie.

– Elle y est toujours ? ai-je demandé.

– Non. Elle y a passé une bonne partie de la journée. Maintenant, elle se repose dans sa chambre.

– C'est sympa de vous être occupées d'elle comme ça, ai-je dit, en changeant mon plateau de main – il commençait à peser.

– Tu sais comment ça se passe en pensionnat, on est sa famille, a dit Julia. Il paraît que tu as été très sympa avec elle aussi, a-t-elle ajouté après quelques secondes de silence.

J'ai baissé les yeux. Vanessa avait-elle tout raconté à ses copines ? J'avais une envie folle d'aller lui parler mais, en même temps, les choses roulaient comme jamais – dans l'ensemble. Je n'avais pas envie de tout gâcher.

– L'infirmière a dit ce qui l'avait rendue malade ?

– Non, un virus sans doute, a répondu Julia. On a toutes mangé la même chose et personne d'autre n'a été malade. Ça avait l'air affreux.

J'ai acquiescé. Ça avait l'air affreux et l'odeur était affreuse, mais je ne l'ai pas précisé.

– Je vais aller m'asseoir pour manger. Tu veux venir à notre table ? a-t-elle demandé.

– Non merci. J'ai déjà posé mes livres là-bas.

– Si tu changes d'avis, la proposition tient toujours.

– Merci.

Je me suis installé à ma table habituelle et je venais juste de détacher une grosse bouchée de ma cuisse de poulet, quand Patrick est venu me trouver. J'ai avalé vite et d'un coup, j'ai failli m'étouffer, je ne voyais pas ce qu'il me voulait encore. Avant de me parler, il a regardé derrière lui comme pour vérifier si quelqu'un le suivait.

– On n'a pas fini hier soir, a-t-il annoncé à voix basse.

– Ah, bon ?

– Non. Les invitations des terminales ont toutes été distribuées, mais il faut encore choisir le chef des premières et les extra.

J'ai été aussi choqué que la veille qu'il continue de s'égarer en faisant – encore – appel à moi pour l'aider. Le chef des premières et les extra m'étaient sortis de la tête. Pour être franc, j'espérais qu'il jetterait son dévolu sur un autre bleu. J'étais certain d'être le seul à oser apprécier sa copine. Il ne faisait plus aucun doute pour moi qu'il se délectait de mes contorsions.

— Évidemment, ai-je répondu en me demandant si j'allais enfin réussir à manger.

— Tu peux venir dans ma chambre après dîner ? Vers sept heures et demie.

Avais-je le choix ?

— Bien sûr.

— Super ! À plus !

J'avais perdu l'appétit ou presque, pourtant je ne pouvais me permettre de sauter un deuxième repas. J'allais mourir de faim.

Après avoir fini de manger, j'ai laissé mon plateau sur la table et je suis monté dans ma chambre m'allonger. Il y avait des jours que mes yeux me faisaient souffrir. J'avais de plus en plus de mal à voir net. Une nuit, je me suis réveillé avec un mal de tête effroyable et j'ai cru que je ne tiendrais pas jusqu'au matin.

Je ne voulais pas me l'avouer mais, par moments, j'étais plongé dans le noir complet. Jusqu'ici, ça ne m'était arrivé que dans ma chambre, une chance inouïe car je me demandais ce que je ferais si la chose se produisait quand j'étais en balade. Je suppose que je m'arrêterais jusqu'à ce que ma vue redevienne nette. D'habitude, ça ne durait que quelques secondes, trente tout au plus, puis la lumière revenait et je pouvais faire comme si tout allait bien pendant un bout de temps encore.

De retour dans ma chambre, je me suis mis au lit tout de suite. J'aurais voulu que Vanessa s'occupe de moi comme je m'étais occupé d'elle. Son sourire, le doux contact de sa main étaient assez puissants pour guérir ma migraine. Je devrais lui en parler. Elle pourrait peut-être m'aider. J'étais épuisé, j'ai lutté pour ne pas sombrer dans le sommeil. J'ai sans doute perdu la bataille, car tout à coup, j'ai entendu quelqu'un frapper à la porte.

Je me suis levé d'un bond, une douleur lancinante m'a transpercé l'œil droit, j'avais la tête qui tournait. Il était vingt heures quinze à mon réveil.

C'était Patrick

— Ça va ? a-t-il demandé.

— Pas mal, ai-je répondu pour couper court. Je crois que le manque de sommeil de la nuit dernière m'a rattrapé. Excuse-moi. J'arrive tout de suite.

— Tu as l'œil rouge, a-t-il dit en pointant le doigt.

J'ai regardé dans le miroir. Mon œil était rouge. On aurait dit que j'avais le blanc de l'œil peint en rouge.

— Un vaisseau a dû éclater, ai-je expliqué l'air de rien. Pas de quoi en faire un drame.

— Tu es peut-être en train de tomber malade. Tu as dû attraper la saleté de Vanessa.

— Non. Ça n'a rien à voir avec Vanessa.

— J'espère que tu as raison. Mais, histoire de ne prendre aucun risque, essaye de ne rien toucher dans ma chambre. Je n'ai aucune envie d'être malade.

Après avoir refermé la porte, j'ai examiné mon œil de plus près. Je savais que tout semblait pire sur moi que sur les autres en raison de la blancheur extrême de ma peau. Les coupures et les bleus en particulier avaient un aspect épouvantable, alors que sur les autres, on les remarquait à peine. Quand mes yeux étaient injectés de sang, ils l'étaient vraiment, mais ce que je découvrais dans la glace était nouveau. Je l'ai ignoré. Vu mon épuisement, mes maux de tête, ce n'était sans doute rien, de la fatigue. En plus, dans l'agitation de la nuit dernière, à nettoyer la poubelle de Vanessa, puis à filer à l'anglaise le matin, je m'étais sans doute éclaté un vaisseau. Si ça ne s'améliorait pas quand je rentrais à la maison l'été prochain, j'en parlerais au médecin, ai-je décidé.

Je me suis passé la main dans les cheveux, j'ai lissé mon T-shirt et je suis sorti. J'avais l'impression qu'il s'était écoulé plusieurs jours depuis que je découpais des invitations, assis par terre chez Patrick.

J'ai frappé à la porte.

En ouvrant, j'ai eu un choc : la pièce était pleine de gens. La nuit précédente, j'avais été surpris d'être le seul choisi pour aider Patrick et, maintenant, j'étais aussi surpris de voir tout ce monde.

– Salut ! ai-je dit en espérant comme d'habitude qu'il ne s'agisse pas d'une mauvaise blague.

– Salut ! ont répondu les autres.

– Qu'est-ce que tu as à l'œil ? a demandé Peter, celui qui se trouvait dans la salle de bains la première fois que j'avais rencontré Patrick.

– Je n'en sais rien, ai-je répondu en mettant ma main sur mon œil.

La douleur lancinante était partie, ça ne devait pas être si grave que ça, me suis-je dit.

– J'ai un vaisseau qui a éclaté, ai-je ajouté.

– Entre ! a hurlé Patrick du fond de la chambre.

J'ai compté : il y avait huit garçons, plus Patrick. Les photos de Vanessa étaient toujours au mur, il en avait même ajouté de nouvelles. Je sentais qu'il me regardait. J'étais sûr qu'il voulait que je m'arrête sur celles-ci et je me suis demandé si l'exposition était destinée autant à moi qu'à lui. Contrairement à la fois d'avant, j'ai réussi à détourner les yeux. Patrick a hésité une seconde.

– Que tout le monde s'assoie, a-t-il lancé. Je vous explique en deux mots comment ça fonctionne, même si la plupart d'entre vous sont déjà au courant. En gros, c'est une loterie. On choisit un nom dans le tas – que je mettrai dans mon chapeau préféré – et le nom tiré deviendra chef des premières. Ensuite, on en choisira neuf autres. Tous les dix recevront une invitation pour la sortie, mais aucun ne connaîtra l'identité du chef, ils l'apprendront la nuit de la sortie. Un mouchoir bulldog sera glissé discrètement dans sa poche en début de soirée. Ensuite, ce sera à lui ou à elle d'ouvrir les festivités. C'est cette personne qui donnera le départ de la soirée. C'est symbolique.

Pour la première fois depuis que j'étais entré, j'ai remarqué la présence de Kyle, le type qui m'avait apporté le mot de Vanessa, me demandant de la rejoindre pour courir. Il s'était toujours montré sympa. J'étais content de le voir. Il s'est éclairci la voix.

– J'ai vérifié, il y a quarante-sept élèves de première et

aucun n'a le même prénom, je n'ai donc écrit que les pré-noms, a-t-il annoncé.

Je ne m'étais pas trompé sur son compte. D'après mes observations, il se situait en périphérie des gens qui comptaient pour quelque chose – plus près du triangle d'or que je ne l'étais, bien sûr, mais pas à l'intérieur. Je me suis alors reposé la question de savoir comment les participants avaient été choisis.

Kyle a brandi un sac en plastique rempli de bouts de papier. Celui-ci était déchiré d'un côté et des noms s'en étaient peut-être échappés. J'ai failli dire quelque chose, mais comme je ne comprenais rien à ce qui se passait et que je m'en fichais un peu, j'ai laissé passer.

Patrick a souri.

– Des questions ?

J'ai levé la main.

– Loin de moi l'envie d'enfoncer une porte ouverte, mais j'ai raté pas mal de choses, ai-je dit et Patrick a hoché la tête. Comment le groupe de ce soir a-t-il été choisi ?

– Facile ! L'an dernier, j'étais chef. Tous ceux qui sont ici étaient les extra. Sydney était une extra aussi, mais elle n'est pas revenue cette année. La règle veut qu'on invite des nouveaux pour boucher les trous. C'est un moyen de les intégrer, je dirais, alors – bienvenue ! a dit Patrick sur un ton curieusement patient.

Son explication tenait debout, mais elle avait un goût rance. Était-ce vraiment une coïncidence que l'athlète le plus apprécié du pensionnat ait été tiré au hasard pour être chef des terminales ? J'en doutais. J'ai imaginé le moment où le mouchoir avait été glissé dans sa poche avant le Jeu de l'année précédente. Était-il content ? S'y attendait-il ? Une autre chose me paraissait trouble : comment se faisait-il qu'il n'y ait que des garçons dans la pièce, sachant que le choix se faisait parmi l'ensemble des terminales ? La proportion aurait dû être de cinq garçons contre cinq filles, voire de trois contre sept, au pire. Mais neuf contre une ? J'en doutais vraiment.

Patrick est allé chercher un chapeau noir, style chapeau de magicien, sur son bureau. Je m'attendais plutôt à une casquette de base-ball, j'ai été surpris. Il a tapoté le haut du chapeau, l'a retourné et il est allé vers Kyle, le chapeau prêt à accueillir les noms. Kyle a recompté les bouts de papier au fur et à mesure qu'il les mettait dedans pour s'assurer qu'il n'en manquait aucun. Il n'en manquait aucun.

– Tim, à toi l'honneur ! a lancé Patrick.

Ça devenait de plus en plus étrange. Je devais peut-être en parler à Vanessa – j'imaginais la tête qu'elle ferait. J'espérais que l'occasion se présenterait. C'est alors qu'une des photos récemment ajoutées a attiré mon regard. Vanessa tourbillonnait dans la cour, sa jupe colorée virevoltant autour d'elle, sur fond de lilas. J'ai dégluti.

– Bien sûr, ai-je dit en tendant la main pour prendre un bout de papier dans le chapeau.

– Attends ! a crié Peter en levant la main. On n'a pas prêté serment.

– Tu as raison, a dit Patrick. Attends une seconde, Tim. Il faut prêter serment.

J'avais déjà jeté mon dévolu sur un bout de papier, mais

je l'ai laissé retomber et j'ai retiré ma main. Cela allait-il changer le destin du tirage et, au final, le Jeu de l'année suivante ? Le mot « portée » m'a à nouveau traversé l'esprit et je me suis rendu compte que j'avais la tête farcie. Toutes ces discussions à propos de tragédie, peut-être n'était-ce pas sain pour des gens de notre âge.

Patrick a ouvert la porte de son placard, il s'est mis à genoux et a plongé la main au fond, dans un tas de linge sale. Il a sorti une bouteille d'alcool et une pile de gobelets en plastique, qu'il a distribués à la ronde, puis il a servi tout le monde. Quand mon tour est arrivé, j'ai vu sur l'étiquette que c'était du bourbon. Je n'avais jamais rien goûté d'aussi fort – une bière de temps à autre, une gorgée de vin avec ma mère et Sid, mais rien qui ressemble à de l'alcool fort. J'avais des élancements dans la tête, et pas uniquement dans la région de l'œil, partout. Je savais que le bourbon ne ferait qu'empirer les choses.

Une fois que tout le monde a été servi, Patrick a reposé la bouteille et le restant des gobelets, et il a levé le sien.

– Répétez après moi : Je jure que tout ce qui se passe dans cette pièce restera secret.

On a tous répété.

– Et que toute décision prise, tout choix validé, tout nom prononcé ne sera jamais remis en cause – avec personne.

On a répété après lui.

– Et n'oubliez jamais : ce qui se dit dans ma chambre ne sort pas de ma chambre.

J'ai commencé à rire, mais comme le reste du groupe répétait la phrase, j'ai réprimé mon rire et j'ai répété avec eux.

— Maintenant, buvez ! a ordonné Patrick.

Tout le monde s'est exécuté, cul sec. La brûlure a été insoutenable. J'étais toujours en train d'essayer de m'en remettre quand je me suis aperçu que les autres me regardaient ; ils attendaient que je reprenne là où je m'étais arrêté. Je me suis dépêché de plonger la main dans le chapeau, sans même prendre la peine de remuer les bouts de papier et j'en ai sorti un. Je l'ai brandi, avec une envie folle de m'allonger.

Je l'ai déplié et j'ai vu de grosses lettres noires, mais floues. J'ai rapproché le bout de papier de mes yeux, puis je l'ai écarté pour voir si les choses s'amélioraient. Tout le monde a ri, pensant que l'alcool faisait déjà son effet.

— Tu ne veux pas lire ? ai-je demandé à Kyle, d'un ton pitoyable.

— Désolé, mec, mais les règles sont les règles : celui qui tire doit lire, a répondu Kyle.

Je me suis appliqué et les lettres ont fini par devenir nettes. J'ai distingué un *D* et j'étais certain que la dernière lettre était un *N*. J'ai fini par lire le nom en entier.

— Duncan, ai-je annoncé en me rasseyant.

— Pas question, ce type est un nase, a dit Justin, un garçon à l'air méchant.

— Je ne sais même pas qui c'est, a déclaré Peter.

— Messieurs, est intervenu Patrick, j'ai beaucoup réfléchi à la question et c'est la raison pour laquelle on a prêté serment. On va tirer les dix noms et choisir le meilleur parmi eux.

J'ignore pourquoi, mais je trouvais que ce n'était pas conforme aux règles. Et aussi, je veux m'excuser auprès de toi de ma franchise, mais tu verras que j'ai un devoir de vérité. À ce stade, il faut que je raconte l'histoire véritable et dans sa totalité, sinon ça n'aura servi à rien.

Le chapeau a fait le tour de la chambre et tout le monde, excepté Patrick, a tiré un nom. Jake, Celia, Arthur, Henry, Kate, Lily, Abigail, Keith. Pour une raison inconnue, la règle voulait que le chef ne participe pas au tirage, le chapeau est donc revenu à moi pour le dernier nom. J'ai secoué la tête. Je n'allais pas repasser par la même épreuve. Personne n'a insisté. Peter a tendu la main et choisi un bout de papier, sûrement pas celui que j'aurais pris si je n'avais pas passé mon tour. Le mien aurait été différent, non ? La probabilité était minime qu'une autre main se pose sur le même bout de papier, plutôt que sur un autre.

Peter a déplié celui qu'il avait tiré.

– Janie, a-t-il annoncé.

– Maintenant, on passe au vote, a dit Patrick.

– C'est comme ça que les choses se sont passées l'an dernier ? a demandé Kyle, comme s'il comprenait enfin. Je croyais que le premier nom tiré était celui du chef, sans discussion possible.

Patrick a eu un sourire suffisant.

– On peut voter comme ça – tu as parfaitement le droit –, mais non, il y a toujours une marge de manœuvre.

– Quel nom a été tiré en premier l'an dernier, alors ? a demandé Kyle et j'ai eu l'impression qu'il poussait le bouchon un peu loin, il aurait dû laisser tomber – ou, du moins, Patrick aurait aimé qu'il laisse tomber.

– Je ne sais pas, je n'y étais pas, a-t-il répondu, mais son expression l'a trahi, il savait.

– Bon, a dit Kyle en détournant les yeux.

Tout le monde était un peu nerveux et jetait des coups d'œil vers la porte, comme si personne n'avait très envie de s'attarder dans cette chambre.

– Passons au vote, a dit Patrick. Je lis un nom et si vous voulez que cette personne soit chef, vous levez la main. Vous ne pouvez voter qu'une fois. Après le premier tour, on fera un bilan.

C'est là que tu interviens, Duncan. Je te demande pardon pour ce qui va suivre, mais je me dois d'être honnête – autre-ment, quel intérêt ? Alors, Patrick a commencé à lire les noms dans l'ordre du tirage. Duncan ? Kyle a levé la main. Je ne te connaissais pas, je n'avais donc pas d'avis, mais tu étais le premier nom qui était sorti – tu étais le vainqueur légitime, si on peut dire –, alors j'ai levé la main aussi. À voir la réaction des autres, on aurait pu penser que personne n'avait voté pour toi. Patrick n'a même pas levé les yeux. Il a lu les autres noms jusqu'à Janie – celui que je n'avais pas tiré, celui que Peter avait tiré à ma place –, et huit mains se sont levées, y compris celle de Patrick.

– Au final, il faut que le vote soit unanime. De façon à ce qu'il n'y ait aucune réclamation par la suite, a dit Patrick que je sentais agacé.

Il m'est venu à l'esprit de demander des explications sur chacun de ceux qui se trouvaient dans cette chambre : Qui étaient-ils ? Qu'avaient-ils à proposer ? Qu'attendait-on d'eux ? Pourquoi ne nous en étions-nous pas tenus au premier nom tiré – ton nom ? Mais j'avais affreusement mal aux yeux. La vue de mon œil droit ne cessait de passer du flou au net. J'ai eu peur d'un AVC. Il fallait que je m'allonge.

– On recommence, a annoncé Patrick, comme s'il parlait à un gosse de cinq ans.

– Non, non, me suis-je récrié. Je peux le dire tout de suite. Je vote pour Janie.

– Super, a dit Patrick en se tournant vers Kyle.

– Je n'y tiens pas plus que ça. Je change pour Janie.

– Très bon choix, a dit Patrick et, pour je ne sais quelle raison, je l'ai détesté encore plus à ce moment-là que depuis que je le connaissais. Il ne nous reste plus qu'à distribuer les invitations aux dix et on aura fini. Qui veut le faire ?

Personne ne s'est porté volontaire.

– Tout le monde en prend une, a dit Patrick.

– Je peux en avoir une pas trop loin ? ai-je demandé. J'ai des problèmes avec mes yeux.

Patrick m'a regardé et il a secoué la tête.

– Tu sais quoi, mec ? Tu rentres chez toi. Je me charge de la tienne. Tout le monde est dans le même bâtiment, de toute façon. Je peux le faire. C'est facile.

– Merci, ai-je dit.

Je devais avoir un air minable pour obtenir la compassion d'un monstre pareil.

Mais impossible de dormir. J'ai essayé – j'en avais besoin –, mais impossible. À bien des égards, le calendrier de M. Simon tombait à pic. À croire qu'il savait quelque chose. Il m'arrive de me demander si c'était vraiment le cas. Mais il n'aurait jamais laissé les choses aller aussi loin, je me trompe forcément. Quand j'ai été sûr que tout le monde dormait, que Patrick et les autres étaient rentrés de la distribution des invitations, je me suis levé et je suis descendu à la pièce ronde avant le réfectoire. Avant d'ouvrir la bibliothèque, je suis allé me servir en crackers et en limonade à la réserve pour les malades. J'ai ouvert la vitrine et j'ai lu le contenu du recueil noir jusqu'au lever du jour. Comme prévu, le recueil a confirmé ce que je pensais et redoutais.

CHAPITRE VINGT-TROIS

DUNCAN
Il est l'heure de faire des beignets

Duncan descendit lentement l'escalier pour participer au petit déjeuner spécial beignet des terminales – un des meilleurs moments de l'année. Un pâtissier du coin venait sur place pour indiquer aux élèves comment faire la pâte et napper les beignets. Dans tout le réfectoire étaient disposés de gigantesques bols en plastique remplis de sucre en poudre, de sucre à la cannelle, de cacao et de divers glaçages, tels que du miel, de la vanille et du chocolat. Les terminales passaient la matinée au réfectoire à faire des beignets, à en manger et, surtout, à boire du café. C'était la seule fois de l'année qu'on servait un café délicieux et corsé aux élèves. Ceux-ci faisaient la queue jusqu'à la fontaine à café, à côté de laquelle une ardoise indiquait qu'il avait été torréfié à Mamaroneck, une ville située de l'autre côté du comté. Sur la table, il y avait aussi des tasses Irving que les élèves étaient autorisés à conserver. C'était une vieille tradition qui symbolisait leur passage à l'âge adulte.

Duncan avait attendu ce jour avec impatience – auparavant. En fait, il s'était imaginé à maintes reprises au petit déjeuner des beignets, en compagnie de Daisy et au milieu de tous ses amis. Il avait entendu dire que, certaines années, les terminales passaient parfois la journée au réfectoire, en pyjama, à disputer d'interminables parties de cartes, de Monopoly ou de Scrabble. C'était un jour où tout coulait, où ils pouvaient sécher les cours sans avoir d'ennuis.

Mais ce matin-là, Duncan n'était pas en forme. Daisy l'attendait au pied de l'escalier, en bas de jogging bleu marine brodé de fleurs roses et jaunes et T-shirt bulldog jaune. Elle s'était fait une queue-de-cheval qu'elle avait attachée avec un ruban vichy jaune. Duncan avait enfilé le premier jean qui lui était tombé sous la main et un T-shirt gris ordinaire. Il perçut tout de suite la déception de Daisy.

— Bonjour, marmonna-t-il en approchant.

— Bonjour! répondit-elle, essayant de rester enjouée. Tu as bien dormi?

— Non, pas vraiment.

— C'est l'heure de faire des beignets.

Duncan ne parvint pas à ébaucher un sourire ni même un petit rire. Il se sentit moche.

— Ça va? demanda Daisy.

L'espace d'une seconde, il envisagea de tout lui avouer – de lui parler de l'histoire de Tim et de ce qu'il venait juste d'entendre. Il envisagea de discuter des différents scénarios qui auraient pu se produire. Si les choses n'avaient pas pris le tour qu'elles avaient pris, le dénouement aurait-il été différent? Mais en voyant Daisy insouciante dans son jogging, il résolut de ne pas lui imposer ça.

— Oui, dit-il en la prenant par le bras. Je suis fatigué et stressé par ma disserte sur la tragédie.

– Moi aussi, répondit-elle, soulagée. Qui ne l'est pas ? Mais n'y pensons plus. Aujourd'hui, c'est relâche.

– D'accord, dit-il, avec une envie folle de retourner dans sa chambre continuer à écouter Tim lui raconter le pire des passages de son histoire.

Duncan connaissait la fin, bien sûr, mais certains détails lui échappaient, certains moments que Tim allait lui dévoiler, qu'il lui dévoilait déjà.

L'aspect du réfectoire était stupéfiant. Il avait été transformé en pâtisserie avec des serpentins et des ballons partout. Les tables étaient garnies de plateaux de beignets chauds et sucrés, et un atelier avait été installé pour ceux qui voulaient vraiment s'y mettre. Ce jour-là, le réfectoire appartenait aux terminales : les autres élèves avaient l'autorisation de prendre leur petit déjeuner dans leurs dortoirs – petit paquet de céréales et lait. Et au déjeuner, des pique-niques étaient organisés dans tout l'établissement – à la bibliothèque et dans certaines salles de classe.

Duncan parvint à oublier Tim un moment. Jouer au Uno avec Daisy le distrayait et les beignets étaient délicieux. Il raffolait de ceux au chocolat, que Daisy adorait lui préparer. Il fut soulagé que personne ne vienne lui poser de questions sur le Jeu des terminales. Une règle tacite voulait qu'on n'en parle pas ouvertement et personne ne le prit à part. Mais les jours passaient et il était toujours aussi déconcerté. Tout en jouant, Duncan réfléchissait aux façons de procéder, sachant que le plus préoccupant à ses yeux était le choix du chef des premières et des extra. Pourquoi ne pas organiser un match d'*ultimate frisbee* dans la cour, en milieu de journée ? Rien ne pourrait déraper. À moins d'un jeu de la sardine en intérieur – ça pourrait être drôle. Le problème, c'est qu'il fallait se cacher, être hors de vue. Et que dire d'une autre version du jour des beignets ? Un jour décoration de biscuits ou un jour gâteaux ? Ce n'était pas la solution. Il était presque onze heures. Ils avaient déjà passé des heures à faire des beignets et à en manger, et personne n'avait l'air de vouloir quitter les lieux. Duncan n'en pouvait plus – il fallait qu'il sorte de là.

– Excuse-moi, mais je ne me sens pas au top aujourd'hui, dit-il à Daisy. Je crois que je vais profiter de l'emploi du temps relax pour retourner me coucher.

Le regard de Daisy le transperça et il sentit un nœud dans son ventre. Il n'arrêtait pas de se répéter que sa véritable ambition était de tenir le coup, de ne pas gâcher tout ce qu'il avait construit – accompli. En fin de compte, en quoi cela changerait-il les choses, franchement ? Il ne pouvait pas influer sur le cours d'événements qui s'étaient déjà produits.

– Je peux t'accompagner ? demanda Daisy avec des yeux implorants.

Ça ne lui ressemblait pas de vouloir enfreindre le règlement ou rater un événement comme le jour des beignets, il fut à nouveau tenté de lui faire partager son secret.

– Non, répondit-il en lui caressant le bras pour lui faire comprendre qu'elle n'avait rien à voir avec son humeur. J'ai besoin d'être seul. Je reviendrai peut-être plus tard.

Elle acquiesça. Il vit qu'elle était au bord des larmes.

– Amuse-toi bien avec les autres, dit-il.

Elle acquiesça encore. Il eut l'impression qu'elle avait peur de parler.

Il se leva et la serra rapidement dans ses bras. Puis il passa les doubles portes, en se jurant qu'il reviendrait. Il lui fallait une heure tout au plus. Mais il se trouve qu'il ne remit pas les pieds au réfectoire, puisque Tim l'emmena presque jusqu'à la fin de son histoire.

CHAPITRE VINGT-QUATRE

TIM
Vanessa m'a retrouvé plus tard,
comme promis

J'ai dormi quelques heures et, à mon réveil, je me suis très vite rendu compte de trois choses : j'avais raté le cours de M. Simon, je n'avais plus mal à la tête et mon œil était beaucoup moins rouge. J'ai poussé un énorme soupir de soulagement et je suis parti à la salle de bains faire ma toilette. Les cours ayant déjà commencé, l'endroit était tranquille et j'ai apprécié chaque minute passée à me nettoyer le visage, me brosser les dents et constater que mes yeux avaient un aspect presque normal.

Je suis retourné dans ma chambre, je me suis habillé, j'ai pris mes livres et je suis allé à l'infirmerie. C'était le seul moyen d'obtenir un mot d'excuse pour avoir manqué le cours d'anglais et, même si je me sentais beaucoup mieux, je n'aurais pas craché sur un ou deux comprimés.

J'ai été surpris de découvrir Vanessa dans la salle d'attente. C'était la première fois que je la revoyais depuis que j'étais resté dans sa chambre deux jours plus tôt, elle avait l'air en pleine forme. Elle avait repris des couleurs, ses cheveux étaient brillants, magnifiques, elle portait un jean délavé et un T-shirt bulldog turquoise. Je n'avais jamais vu ce coloris. Combien y en avait-il en tout ?

— Salut ! ai-je dit en allant m'asseoir à côté d'elle.

— Salut ! a-t-elle répondu avec un grand sourire.

— Comment tu te sens ? ai-je demandé avec le désir de me rapprocher d'elle, de l'embrasser.

Mais je me suis abstenu. C'était impossible.

— Beaucoup mieux, a-t-elle répondu en jouant avec une mèche de ses cheveux. Vraiment mieux. L'infirmière m'a demandé de revenir pour le suivi. Voilà pourquoi je suis là.

Puis on s'est tus, chacun gardait les yeux fixés sur ses pieds. Vanessa portait des Converse turquoise. J'ai adoré. Pour ma part, j'étais en vieilles tennis qui, maintenant que je les regardais, étaient en plus nazes.

— Et toi, pourquoi tu es là ? a-t-elle soudain demandé, comme s'il venait de lui traverser l'esprit que j'avais peut-être un problème.

— J'ai eu une panne d'oreiller.

Ce qu'elle pouvait comprendre. C'est elle qui m'avait donné le truc : passer à l'infirmerie quand on avait oublié de se réveiller.

— Et j'ai eu une migraine, ai-je ajouté.

— Tu l'as encore ? a-t-elle demandé en inspectant mes yeux.

J'avais beaucoup moins mal, mais ce n'était pas encore tout à fait ça, je le savais.

— Quoi ? ai-je demandé, distrait.

— Ta migraine.

J'ai réfléchi et je me suis aperçu qu'elle était en train de revenir.

– Un peu.

Au même moment, l'infirmière est sortie de son cabinet pour nous accueillir et elle a prié Vanessa de la suivre. J'ai attendu sur mon siège, en souhaitant que ma migraine n'empire pas.

Au bout de quelques minutes à peine, l'infirmière et Vanessa sont ressorties, le sourire aux lèvres.

– Continuez de boire beaucoup, lui a conseillé gentiment l'infirmière

– Je n'y manquerai pas, a répondu Vanessa, puis elle a tourné les yeux vers moi et ajouté : j'aime beaucoup la limonade.

– Parfait, a dit l'infirmière. Et l'eau. L'eau ne peut faire que du bien.

J'avais envie d'ajouter mon grain de sel et dire : « Et la glace pilée », mais je me suis retenu.

En passant à côté de moi, Vanessa m'a touché le poignet.

– Merci.

L'infirmière m'attendait.

Vanessa a prononcé alors la formule magique :

– Je te retrouve plus tard.

J'ai hoché la tête, d'un air plus grave que nécessaire, mais que pouvais-je demander de plus, espérer de plus ? Elle me retrouverait plus tard. C'était mieux que s'entendre dire : « Tu gagneras à la loterie plus tard. »

– Que se passe-t-il ? m'a demandé l'infirmière, une fois que j'ai été assis au bord de la table d'examen.

J'ai d'abord cru qu'elle me demandait ce qui se passait avec Vanessa. Je m'apprêtais à le lui dire, quand j'ai compris qu'elle me demandait simplement la raison de ma visite.

– J'ai eu une migraine effroyable hier soir et j'ai dormi tard. J'ai moins mal, mais je ne voudrais pas mettre M. Simon en colère et un comprimé d'antidouleur ou d'autre chose que vous jugeriez utile de me donner ne serait pas de refus.

J'espérais qu'elle s'en tiendrait à ce que je disais, me donnerait des comprimés et me laisserait partir. Mais elle est allée chercher mon dossier dans son armoire et l'a consulté debout. Puis elle a sorti sa torche et a examiné mes oreilles, puis ma bouche, puis mes yeux. Elle s'y est attardée un long moment.

– Avez-vous mal aux yeux ?

– Un peu. Mais rien de grave, ai-je répondu.

– Portez-vous vos lunettes ? a-t-elle demandé en indiquant mon dossier. Surtout les jours où il y a du soleil ?

– Oui, mais je les ai perdues, ai-je menti.

– Avez-vous la tête qui tourne ? a-t-elle encore demandé, le regard inquiet.

– Parfois. Pas très souvent, ai-je menti.

– Je vais vous prendre un rendez-vous chez l'ophtalmologiste cet après-midi. Vous avez les yeux mal en point et les migraines dont vous vous plaignez m'incitent à penser qu'une visite chez l'ophtalmo ne pourrait pas vous faire de mal. Et puis, il vous prescrira une autre paire de lunettes.

À la façon dont elle a dit « ne pourrait pas vous faire de mal », j'ai compris que je pourrais facilement la dissuader. Ce à quoi je me suis employé : je lui ai raconté que j'étais stressé par ma dissertation sur la tragédie et que c'était la raison pour laquelle j'avais des migraines, que, la veille au soir, je m'étais mis un cil dans l'œil droit et que je m'étais frotté trop fort, mais que j'allais faire plus attention ; que j'avais une autre paire de lunettes, que j'aimais moins, mais que j'ai promis de porter ; que je ne voulais pas perdre de temps cet après-midi-là car j'avais prévu de travailler sur ma dissertation et je craignais de voir mon stress augmenter si je ne le faisais pas. Elle a réfléchi et a acquiescé.

— D'accord, a-t-elle répondu lentement. Mais si vous observez le moindre changement, si vous avez très mal ou bien la tête qui tourne, je vous prie de revenir tout de suite — de jour comme de nuit, ça m'est égal. De toute façon, je veux vous revoir en début de semaine prochaine pour vous examiner à nouveau. Si ce que je vois ne me plaît pas, je vous accompagnerai moi-même chez l'ophtalmologiste, compris ?

— Oui, compris, ai-je répondu en sautant de la table d'examen.

Elle a pris quelques notes dans mon dossier et rédigé un mot à part qu'elle m'a tendu. Un mot qui expliquait que j'avais une raison légitime d'être en retard au cours.

Je l'ai suivie jusqu'à l'armoire à pharmacie, qui était fermée à clé. Elle l'a ouverte et a sorti un énorme flacon rempli de longs comprimés blancs. Elle a secoué le flacon pour en extraire deux et me les a donnés. Puis elle s'est retournée pour prendre un gobelet en plastique, l'a rempli d'eau fraîche à la fontaine à eau et me l'a tendu.

— Merci, ai-je dit en avalant les comprimés.

— Et maintenant, en classe ! a-t-elle lancé, souriante.

C'était le dernier endroit où j'avais envie de mettre les pieds mais je n'avais pas le choix et, de toute façon, il ne restait plus qu'un quart d'heure de cours.

Vanessa m'a retrouvé plus tard, comme promis. À ce stade, je suis certain que tu as envie d'en finir. Tu as compris certaines choses et tu aimerais que je les confirme. Mais il me faut d'abord te raconter ce fameux après-midi – qu'avec le recul, je considère comme le pire et le meilleur de toute ma vie pour toute une série de raisons, dont certaines ne me sont apparues que tout récemment. Tu te rappelles qu'au début de mon récit, je t'ai dit que Vanessa était la seule personne à part toi qui entendrait mon histoire. C'est vrai – je lui ai envoyé le double des CD que Kyle a déposés sur ton bureau. Je n'ai aucun moyen de savoir si elle les a écoutés ou les écoutera jamais mais, si par miracle, elle le faisait, il faut que je prenne le temps de détailler ce qui va suivre. Je veux qu'elle sache à quel point ça a compté pour moi. Je veux qu'elle comprenne le cheminement de mes pensées cette semaine-là – une pensée chassant l'autre. Oserais-je utiliser le mot «monomanie» dans ce contexte? Être obsédé par un seul but? En fait, tout dépend de la nature du but. Et si je peux prendre quelques libertés avec le sens du mot et lui attribuer celui d'être obsédé par une seule chose – alors, sans doute.

Vanessa m'a retrouvé au déjeuner. J'avais une faim de loup et je me sentais plutôt bien. Les comprimés que l'infirmière m'avait donnés avaient eu un effet miracle. Le plat du jour était une soupe de tomates bio gratinée au fromage. J'étais en train de plonger de tout petits crackers ronds dans ma mixture rouge, en essayant de ne pas éclabousser ma chemise à carreaux, quand Vanessa est arrivée derrière moi. Je m'attendais à un de ses habituels frôlements en me croisant dans un couloir ou à un message murmuré que j'aurais passé le reste de la journée à essayer de déchiffrer. Mais elle est venue me voir directement.

– Salut ! lui ai-je dit.

Elle avait les mains vides, elle venait d'arriver.

– Tu vas manger ça ? m'a-t-elle demandé.

J'ai jeté un coup d'œil à mon assiette : les crackers étaient en train de ramollir dans la soupe, comme j'aimais.

– J'y compte bien.

– Ça te dirait de ne pas manger et de venir avec moi ?

J'ai hésité, à peine une seconde. Manger ou Vanessa – franchement ?

– Bien sûr, ai-je répondu. Laisse-moi débarrasser mon plateau.

Comme toujours, je me suis demandé quel vilain tour sa proposition pouvait cacher. J'ai déposé mon plateau en espérant que personne ne remarquerait la quantité de nourriture que je gâchais et je suis retourné à ma table. Elle m'attendait. En me voyant approcher, son sourire s'est élargi. J'allais la rejoindre quand elle a tourné les talons et quitté le réfectoire. Je l'ai suivie. Elle a traversé la grande salle, passé la porte sous le porche de pierre qui portait l'inscription : ENTRE ICI POUR ÊTRE ET TE FAIRE UN AMI et elle est sortie dans la cour. Je lui ai emboîté le pas en me disant qu'on risquait d'avoir froid, dans la mesure où aucun de nous deux n'avait de manteau. Mais l'air doux de ces derniers jours de février m'a surpris. Un vent léger soufflait, j'ai fermé les yeux et inspiré.

– Où va-t-on ? ai-je demandé sur le chemin qui menait à l'école primaire.

— Tu verras.

J'aimais marcher derrière elle. Je pouvais l'observer — sa démarche, le va-et-vient de sa queue-de-cheval, retenue par un élastique turquoise ; la façon dont elle posait le pied par terre, à peine tourné vers l'extérieur — et me sentir protégé puisqu'elle ne pouvait pas me voir. On a traversé la cour de récréation de l'école et on est entrés dans le bâtiment sans un mot. Vanessa est allée au secrétariat prévenir de notre arrivée, dire qu'on était prêts à commencer.

Je ne comprenais pas de quoi il retournait, mais j'ai fait équipe. J'aimais la compagnie des enfants. J'étais content de m'éloigner de mon environnement familier pendant un moment ; ce qui n'est pas fréquent quand on est pensionnaire.

— On m'a demandé si je préférais art ou écriture et j'ai choisi art, a-t-elle annoncé.

— Art ou écriture ?

— Pour aider les enfants. Je le fais plusieurs fois dans l'année. J'ai pensé que ça te plairait de m'accompagner. J'adore.

J'ai acquiescé en me retenant de poser la question qui se formait dans ma tête : pourquoi ne pas avoir demandé à Patrick. Je connaissais la réponse. Il devait détester ça. Il était trop occupé à incarner le mec sympa, à faire du sport, à agencer — ou plutôt à « gérer » — la sortie des terminales.

Un instituteur nous a accueillis. Il avait l'air jeune, comment avait-il eu le temps de faire assez d'études pour enseigner ? Mais, dès qu'il a ouvert la bouche, j'ai compris qu'il était plus âgé que je n'avais cru. Vanessa nous a présentés. J'aimais l'entendre prononcer mon nom.

– Merci d'être venus, a-t-il dit. Les enfants aiment passer du temps avec des jeunes plus âgés. Vous allez travailler avec des élèves de CE1. Ils ont entre sept et huit ans, c'est bien l'âge que vous aviez demandé, n'est-ce pas ?

Vanessa a acquiescé d'un air penaud, m'a-t-il semblé.

– Formidable, a-t-il conclu en nous guidant le long d'un couloir où étaient exposés les travaux artistiques des enfants.

Des mobiles en papier de forme hélicoïdale pendaient du plafond ; des silhouettes découpées étaient suspendues aux murs et le sol était couvert d'empreintes d'animaux.

– Le projet du jour est un collage sur le thème de l'hiver, a-t-il expliqué. Les enfants sont déjà allés chercher des tonnes de choses dans les bois – feuilles séchées, pommes et aiguilles de pin. Mais j'aimerais que vous choisissiez les matériaux destinés à mettre en valeur le collage dans les fournitures qui se trouvent dans la salle de dessin. Tout est à vous.

– Génial ! s'exclama Vanessa avec assurance.

L'instituteur s'est arrêté et nous a indiqué une porte ouverte. À l'intérieur de la classe, une douzaine d'enfants étaient répartis autour de deux grandes tables carrées, ils souriaient. J'espérais ne pas leur faire peur. Quelques-uns ont agité la main pour nous saluer. D'autres ont dit bonjour. Je n'en ai vu aucun marquer un temps d'arrêt ou me dévisager. Ils étaient plutôt fascinés par Vanessa.

– Je vous présente Vanessa et Tim, a dit l'instit et j'ai réalisé qu'il ne nous avait pas dit son nom. Soyez gentils avec eux si vous voulez qu'ils reviennent.

Puis il s'est tourné vers nous.

– Ils sont à vous.

Vanessa a sauté dans le bain. Elle a demandé à chaque enfant à tour de rôle de choisir dans les récipients un type de matériau à mettre à disposition de tous sur la table. De cette façon, a-t-elle expliqué, tout le monde pouvait faire un choix et profiter de celui des autres. J'étais stupéfait de la facilité avec laquelle elle évoluait parmi eux. Je me suis tenu en retrait, je ne savais pas quoi dire ni quoi faire. J'avais passé si peu de temps avec de jeunes enfants qu'ils me faisaient l'effet d'extraterrestres.

Une petite fille a choisi des plumes pour symboliser les oiseaux de la forêt, a-t-elle expliqué ; une autre des petits cailloux de couleur ; un troisième, des confettis verts pour figurer la pluie.

– Très bonne idée, a dit Vanessa. C'est vrai qu'il commence à faire très froid, mais il arrive qu'en hiver, les jours soient doux et qu'il pleuve. Ce qui me donne une idée. Je peux choisir quelque chose moi aussi et le poser sur la table ?

Tous les enfants ont hoché la tête, hypnotisés.

– Je choisis des confettis blancs. Pour représenter quoi, à votre avis ?

– La neige ! a crié toute la classe.

– Oui, la neige est ce que je préfère au monde.

Au même moment, un petit garçon que je n'avais pas remarqué est sorti de derrière la table du fond. Il avait les cheveux d'un blanc éblouissant et la peau comme du papier. Les autres enfants ne semblaient pas avoir conscience de sa présence. Peut-être traînait-il toujours sous la table. Il m'a fixé et, au début, j'ai eu envie de m'enfuir. Je ne voulais pas être associé au petit garçon qui avait trop peur de sortir de sous la table. Ça avait été moi – toute ma vie! Mais plus je voyais sa tête, plus je le trouvais surprenant. Il faisait la même taille que les autres enfants, mais semblait plus compact. Il avait les yeux bleu pâle.

– J'aime la neige, a-t-il dit d'une voix plus grave que je n'aurais cru. Et toi?

Il me regardait droit dans les yeux. Sans réfléchir, je me suis rapproché de lui. J'ai pris la chaise libre à côté de celle qu'il aurait dû occuper et je me suis assis.

– Moi aussi, j'aime la neige, ai-je dit. Mais pas autant que Vanessa.

Ma réponse a eu l'effet escompté : reporter son attention sur Vanessa. Elle guidait les enfants dans l'activité. Je suis resté silencieux à côté du petit albinos, qui s'appelait Nathan, m'a-t-il dit.

– Je ressemble un peu à la neige, a-t-il déclaré au bout d'un moment. Et toi aussi!

– Tu as raison. La neige a quelque chose de très particulier.

J'ai passé le reste du temps en compagnie de Nathan. J'ai supposé que c'était ce que Vanessa avait eu en tête. Par conséquent, je ne pense pas l'avoir déçue. Cependant, quand je repense à cette journée et que je me rappelle son visage, je revois son expression au moment où elle nous a regardés depuis le devant de la salle où elle se trouvait : elle avait l'air surprise et inquiète. Les collages étaient saisissants – on aurait dit qu'ils avaient été réalisés par des enfants plus âgés. Pour être tout à fait franc, je n'étais pas certain de les voir correctement, j'avais les yeux dans un triste état à l'époque. J'ai dû rater beaucoup de choses.

En partant, les instituteurs nous ont chaudement remerciés. Vanessa prenait déjà le chemin du lycée.

— Tu ne veux pas qu'on fasse une balade ? ai-je demandé.

Le soleil brillait et le ciel était d'un bleu inoubliable, ai-je pensé.

— Je n'ai plus de cours aujourd'hui. Et toi ?

— Non plus, a-t-elle répondu. D'accord, allons nous balader.

— Où ?

— Et si on se faisait le parcours nature de l'école primaire ? C'est très joli.

Dès qu'on s'est éloignés de quelques mètres, je lui ai pris la main. Elle m'a laissé faire et je lui en étais reconnaissant. Elle avait la main douce et pleine d'énergie. J'espérais qu'elle ressentait la même chose au contact de la mienne.

— Merci de m'avoir accompagnée, a-t-elle dit. J'adore les enfants. Je me dis parfois que j'aimerais bien être prof.

— Tu serais un très bon prof.

— Tu crois ? Vraiment ?

Ça lui ressemblait si peu de douter autant que j'ai éclaté de rire. Elle n'avait pas besoin que je la rassure sur ce point. Sans lâcher sa main, je me suis tourné vers elle et je l'ai attirée dans mes bras. Elle n'a pas opposé de résistance. Je me suis penché et je l'ai embrassée. Elle a répondu à mon baiser, longuement. C'était encore mieux que dans l'ascenseur, encore mieux que les baisers que j'avais eus jusque-là et que je crains, désormais, de ne plus jamais avoir.

Puis elle s'est dégagée et a enfoui son visage dans mon cou. Je l'ai serrée fort et on est restés ainsi un long moment. À la lumière éblouissante du soleil, j'avais les yeux en feu, mais je ne voulais pas qu'elle s'en aperçoive, je n'avais qu'un vœu : rester là pour toujours. Elle s'est écartée et, sans lâcher ma main, a repris le chemin de la cour de récréation de l'école. Elle n'a pas dit un mot. Quand on a été à découvert, j'ai lâché sa main et on est rentrés au lycée, on a retraversé la cour, on est passés sous le porche et sa devise : ENTRE ICI POUR ÊTRE ET TE FAIRE UN AMI et on a pénétré dans la grande salle lambrissée. Je m'apprêtais à monter l'escalier, mais elle m'a retenu.

– Je voulais juste te dire…, a-t-elle commencé.

Quand, soudain, son regard s'est porté derrière moi, je me suis retourné et Patrick était là. Je pensais qu'elle allait s'écarter ou bien s'excuser, mais non. Elle a fait signe à Patrick et celui-ci est venu nous rejoindre, se mettre à côté de nous, compléter le cercle.

– À plus, ai-je dit après qu'on a échangé quelques banalités.

Elle a hésité, je l'ai vu. Mais ce n'était plus la peine. Ce ne serait jamais la peine. Qu'importe son intention en accomplissant sa petite prouesse de prof – aussi bien intentionnée soit-elle –, celle-ci m'avait appris une chose. Pour Vanessa, Patrick passerait toujours en premier et elle me verrait toujours comme un albinos – je ne serais jamais rien d'autre pour elle.

Duncan recula sur son lit et se coucha en chien de fusil. Il regarda le mur et attendit la suite. C'était trop à digérer et désormais, plus que parler à Tim, c'est avec Vanessa qu'il aurait aimé discuter. Elle semblait vraiment bien plus l'apprécier que Patrick ou du moins à un degré plus important. Aurait-elle embarqué Patrick dans son expérience avec les enfants ? Certainement pas. Et était-ce parce que la classe comptait un petit albinos qu'elle avait emmené Tim ou bien s'agissait-il d'une coïncidence ?

Duncan connaissait les filles comme Vanessa. Ou peut-être ne les connaissait-il pas et pensait-il les connaître parce que le comportement de Vanessa ou, du moins, la façon dont Tim le décrivait, dépassait ce qu'il imaginait de la part d'une fille comme elle. Mais dans ce cas, pourquoi continuer de s'encombrer de Patrick ? Sous toutes ces strates ne se cachait-il rien de plus qu'une fille superficielle ? Duncan n'en était pas convaincu bien qu'il y ait songé. L'image de Daisy en jogging, toute triste, lui traversa l'esprit. Il se redressa, décidé à aller la retrouver, mais quand il vit l'heure à son réveil et constata que la journée était loin d'être terminée, il renonça. Il était incapable de faire semblant d'être heureux aussi longtemps.

CHAPITRE VINGT-CINQ

TIM

*Il est parfois difficile – voire impossible –
de connaître la portée d'un choix
avant que tout soit terminé*

Je n'arrivais pas à me la retirer de la tête – l'image de ce petit albinos surgissant de derrière la table dans la classe de dessin. Pauvre petit bonhomme obligé de traverser la vie sous le regard insistant des gens en se demandant ce qui clochait chez lui. Si jeune et tant d'années à en souffrir. J'aurais dû faire ami-ami avec lui, mais je n'avais tout simplement pas l'énergie.

Le mercredi soir, Patrick a frappé à ma porte après le couvre-feu. J'étais couché en caleçon et premier T-shirt bulldog – je l'avais choisi noir – et j'essayais de juguler ma migraine. Elle s'était transformée en un fléau de moindre intensité, ce n'était plus la douleur lancinante de la veille, mais elle était revenue quatre heures exactement après que j'ai pris les antidouleurs donnés par l'infirmière.

– Tout va bien ? ai-je demandé tandis que Patrick se glissait dans ma chambre.

– Ouais, a-t-il répondu. Je voulais juste te mettre au courant. Je suis allé sur le site.

— Le site ?

— Mais oui, le site de la sortie. La grosse colline, a-t-il dit d'un ton impatient.

— Bien sûr, ai-je acquiescé, en me maudissant de ne pas avoir fait celui qui dormait.

— J'ai besoin de six ou sept gars pour m'aider et j'aimerais que tu en fasses partie. J'en ai déjà parlé à Kyle et Peter.

— De quel genre d'aide tu as besoin ? ai-je demandé pour gagner du temps.

Mais franchement, je commençais à avoir l'habitude de faire partie de sa garde rapprochée. Qui n'aurait pas aimé ça ?

— Tu es partant ? a-t-il demandé.

Il paraissait immense dans ma chambre.

— Je n'ai pas encore dit oui. Il faut que je sache de quelle aide tu as besoin avant de me décider. Tu veux retirer ton blouson et t'asseoir ?

— Bien sûr, a-t-il répondu, joignant le geste à la parole.

Il s'est assis en tailleur par terre devant mon lit. Puis il a regardé autour de lui comme s'il ne se rappelait plus très bien le but de sa visite.

— Tu as besoin d'aide ?

— Ah, oui, a-t-il dit. Le problème, c'est que je ne peux pas te révéler les détails tant que tu ne m'as pas promis que tu étais partant. C'est trop risqué.

— Pourquoi c'est risqué ?

— Tu es partant oui ou non ? a-t-il demandé.

Le ton était toujours gentil, mais j'ai senti que je ne devais pas pousser le bouchon trop loin. J'allais accepter sauf que, dans un coin de ma tête, je craignais de ne pas être capable de faire ce qu'il attendait de moi – au sens littéral. À cette période, je commençais à redouter de ne pas pouvoir accomplir des tâches élémentaires comme aller en classe, faire du sport.

— Je suis partant.

— Super, a-t-il répondu en se rapprochant un peu. Tu sais qu'il nous faut des luges ?

J'ai hoché la tête.

— Et il faut qu'elles soient sur place avant l'arrivée de tout le monde. J'ai pensé qu'on pourrait les monter le soir de la sortie, mais ce n'est pas possible. Pour commencer, on les stockerait où entre-temps ? Deuxièmement et surtout, ça ferait beaucoup trop de bruit. Par conséquent, elles doivent nous attendre au sommet de la colline. Il en faut dix, à mon avis.

— Pourquoi ne pas les mettre au départ du sentier ? Comme ça, chacun en prendra une en arrivant ? ai-je proposé.

J'y ai pensé, a-t-il dit en passant sa main dans ses cheveux ébouriffés par la capuche qu'il venait de retirer. Mais quelqu'un risque de les trouver. Des profs font leur jogging sur ce sentier et même des élèves s'y baladent alors que c'est interdit. Tu sais comment c'est. Et, a-t-il commencé en se redressant comme pour me faire une révélation inouïe, la nouvelle, c'est que je suis allé en ville cet après-midi et j'ai parlé au type qui tient le magasin de jouets. Il a fait ses études à Irving, en 1979, quelque chose comme ça, et je lui ai parlé de la sortie. Il se trouve qu'il assistait le chef de sa classe pour le Jeu – ça se passait autrement à l'époque – et, tiens-toi bien, ils avaient organisé un jeu de chaises musicales ! Ils se croyaient très en avance sur leur temps en sortant toutes les chaises de la grande salle dans la cour. Puis ils avaient mis deux grosses enceintes dehors et ils avaient joué aux chaises musicales. Le mec faisait vraiment pitié à vouloir revivre les heures de gloire de ses années lycée, mais ça va jouer en notre faveur. Quand je lui ai raconté que j'étais le chef des terminales cette année et que je lui ai révélé notre projet, il ne se tenait plus de joie. Il a proposé de se plier en quatre pour nous aider. Donc, il va déposer les luges à l'entrée du sentier, de l'autre côté de l'enceinte du pensionnat, tu vois de quel endroit je parle ? À l'autre bout quand on traverse les bois.

J'ai acquiescé.

– Il va les déposer lundi soir, deux jours avant la sortie. Au fait, tu as entendu qu'il allait y avoir une grosse tempête de neige ce week-end ?

– Génial ! Alors, qu'est-ce que tu veux que je fasse ?

– Ah, oui, a-t-il dit en se frappant le front comme s'il était bête. J'ai besoin que tu m'aides à tirer les luges depuis la route.

Il a annoncé ça sur le même ton qu'il aurait dit : « J'ai besoin que tu me prennes un deuxième hamburger au déjeuner. » À croire que ce n'était pas grand-chose. J'aurais pu – j'aurais dû – dire non, je n'étais vraiment pas en forme. Je sais que je me répète sur le sujet, mais c'est important pour que tu comprennes les raisons qui m'ont amené à faire certaines choses : pour la première fois de ma vie, j'étais associé à un truc, à *the* événement. Et j'en avais envie. Ça peut paraître stupide et inconsidéré, mais je ne voulais pas refuser. Et puis, je me disais que, plus j'étais occupé, moins je pensais à Vanessa.

– Bien sûr.

– Alors, lundi après le couvre-feu, on ira jusqu'à la route et on tirera les luges au sommet de la colline.

– Super, ai-je dit en pensant qu'il ferait nuit et que je n'aurais pas à craindre que le soleil m'abîme les yeux.

– Dors bien, a-t-il dit en ouvrant la porte.

Il a jeté un coup d'œil dans le couloir avant de filer et a refermé la porte sans un bruit. Je me suis retrouvé bien réveillé, avec le désir d'être à sa place, auprès de Vanessa.

C'est vrai, il a neigé ce fameux week-end. On s'est réveillés le samedi pour découvrir qu'il était déjà tombé plusieurs centimètres de neige. C'était magnifique et je me sentais optimiste. Je n'avais pas été juste avec Vanessa à propos du petit albinos. Je devais lui offrir une chance de s'expliquer ou peut-être fallait-il que je me détende un peu. Je me suis promis d'essayer. J'essaierais n'importe quoi pour Vanessa.

J'ai décidé de consacrer l'ensemble du week-end à ma dis-serte sur la tragédie. J'avais fait des recherches et beaucoup réfléchi au processus de la tragédie. J'ignorais si j'étais sur la même longueur d'onde que M. Simon, mais j'étais désormais persuadé que ça n'avait pas une importance capitale, tant que j'étais sur une longueur d'onde. J'ai entendu du raffut dans le couloir. J'ai enfilé un jean, gardé le T-shirt avec lequel j'avais dormi et je suis sorti.

– Il y a comptoir à omelettes ! a crié Patrick de l'autre bout du couloir – comptoir à omelettes avait l'air d'être quelque chose d'extraordinaire. Viens !

Le réfectoire était déjà plus animé qu'un week-end normal, où la salle était ouverte de huit heures à dix heures et où les élèves arrivaient au compte-gouttes, à mesure qu'ils se réveillaient. La neige provoquait l'euphorie générale.

Avant d'entrer dans l'arène, Patrick s'est arrêté et m'a attiré dans l'encoignure d'une fenêtre.

– Qu'est-ce qui se passe ? ai-je demandé.

Je commençais à regretter de ne pas m'être au moins lavé la figure et brossé les dents.

Quand il s'est penché vers moi pour me parler à voix basse, j'ai fermé la bouche et essayé de ne pas respirer. Mais j'étais en forme. J'avais décidé de gérer moi-même ma douleur. J'avais échafaudé un plan et je serais prêt pour aider Patrick à transporter les luges.

– J'ai décidé d'avancer la sortie à ce soir, a-t-il annoncé. Ce serait bête de passer à côté de cette belle neige.

– Quoi ? Tu plaisantes ? Tous ces préparatifs et maintenant tu changes d'avis. Comment tu vas prévenir tout le monde ? Comment tu vas récupérer les luges à temps ?

– C'est pratiquement réglé. Kyle et Peter sont en train de faire passer le mot à toute la classe et, ensuite, ils iront trouver les dix premières. Mais j'ai encore besoin de ton aide pour les luges. J'ai appelé le type et, comme prévu, il est déchaîné à l'idée de nous filer un coup de main. Il peut les livrer vers quatorze heures. Regarde dehors, mec, c'est trop beau.

Le mot « portée » a jailli dans ma tête et, pour la première fois, je crois avoir compris son sens. Pour être franc, je ne l'ai compris vraiment que lorsque tout a été terminé. N'empêche, je ne cessais de me dire que cette décision avait plus de portée que Patrick ne le mesurait. Je le sentais. Mais n'est-ce pas toujours le cas ? Ou, du moins, souvent le cas ? Il est parfois difficile – voire impossible – de connaître la portée d'un choix avant que tout soit terminé.

– D'accord. Super. À tes ordres.

– Retrouve-moi dans la cour à treize heures trente et on ira.

– Il neige beaucoup, ai-je dit en regardant par la fenêtre de la pièce ronde. Tu es sûr que c'est une bonne idée ?

– Sûr, a-t-il répondu en tournant les talons.

Je l'ai suivi au réfectoire. Trois comptoirs à omelettes avaient été dressés, derrière lesquels officiait une personne habillée en chef, tablier et toque compris. J'avais déjà vu ce genre de comptoirs dans des hôtels ; on y trouvait toutes sortes de garnitures : cheddar, champignons, poivrons, oignons – des produits locaux, forcément. Mais je n'avais plus faim, j'ai pris un croissant et je suis remonté dans ma chambre.

J'ai ramassé mes livres et je suis descendu dans la grande salle qui était vide en dépit des échéances maintenant très proches et j'ai essayé d'écrire. J'avais le cerveau sec. La seule chose qui tournait dans ma tête, c'était le mot « portée ». Alors j'ai fait une liste de ce qui, selon moi, avait une portée. J'ai tracé un gros numéro un et, en dessous, j'ai écrit : « Je suis né albinos. » Après quoi, j'ai calé. À mes yeux, tout partait de là – le fait d'être albinos déterminait toute ma vie –, et pourtant j'avais l'impression d'être à côté de la plaque. Même si je rêvais d'être différent, je savais qu'être albinos n'était pas une tragédie. Une tragédie, c'était autre chose. Je le sentais, mais j'étais incapable de le formuler.

J'ai abandonné et je suis retourné dans ma chambre me préparer, le vent s'était levé et il était tombé encore quinze centimètres de neige depuis mon réveil. J'ai fouillé dans le fond de mon placard pour prendre mes lunettes. J'avais vraiment exagéré et j'espérais que personne ne les remarquerait si j'étais bien couvert. Je les ai glissées dans ma poche et je suis descendu, ravi de ne plus souffrir ni de la tête ni des yeux, ravi d'avoir résolu le problème.

Dehors, le spectacle était saisissant. Les élèves étaient partout, je me demandais où étaient passés les profs. Tu te rappelles qu'un ou deux adultes rôdaient toujours quel que soit l'endroit où on se trouvait ? Mais ce jour-là, je n'en ai vu aucun, il me semble. Le parc était recouvert d'une neige épaisse et brillante. Les arbres croulaient sous un manteau blanc. Et les flocons continuaient de tomber en tourbillonnant. Ce qui m'a fait penser à la nuit de l'aéroport, la nuit où Vanessa et moi avions construit un igloo.

La cour était bondée, tout le monde se jetait des boules de neige ou faisait des anges, j'ai mis une minute à me rendre compte que Patrick était déjà sur place. Je suis allé le rejoindre.

– Salut, ai-je dit.

– Super, tu es là.

Il s'est retourné et a fait signe à plusieurs types de venir. Beaucoup étaient des participants à la réunion, parmi lesquels Kyle et Peter, plus deux ou trois autres qui n'y étaient pas. Les gars ont hoché la tête et échangé des sourires. Dissimulé sous mes couches de vêtements, j'avais l'impression de faire partie d'un groupe. J'aurais donné n'importe quoi pour conserver cette impression.

Mes lunettes étaient toujours dans ma poche lorsqu'on a pris le départ et traversé la cour, mais je n'avais plus du tout mal aux yeux, je les ai donc laissées où elles étaient. Je fermais la marche. On avançait lentement et, arrivé à hauteur du bâtiment des sciences et du départ du sentier, j'ai quand même mis mes lunettes car le vent soufflait fort et la neige était froide. Elles me protégeraient du blizzard et des flocons.

— En avant! a lancé Patrick.

J'espérais qu'il ne nous demanderait pas de nous arrêter pour discuter parce que je me sentirais obligé de retirer mes lunettes. On s'est retournés avant de pénétrer dans les bois, surpris que personne ne nous suive ou nous demande où on allait. Je suis certain que tout le monde avait la même impression que moi : ça roulait beaucoup trop bien.

Je me suis efforcé de me rappeler les endroits qu'on avait traversés avec Vanessa le jour où elle m'avait demandé de courir avec elle et j'ai guetté notre rocher, mais avec toute cette neige, impossible de le retrouver. J'ai commencé à penser que je m'étais trompé sur toute la ligne. Non, pas exactement. Plutôt que je devais mettre de côté mes convictions imbéciles pour la journée et en profiter, profiter de mes camarades, y compris de Vanessa. Si je n'étais pas aussi monomaniaque – après tout, c'est moi qui faisais une fixette sur le fait d'être albinos –, les choses seraient sans doute différentes. Si je pouvais me décoincer, ne serait-ce qu'une journée, je serais heureux. Je pourrais voler un autre baiser. À cette idée, plus le fait que j'avais la tête claire et libérée de toute douleur, je me sentais tel Superman en parcourant les bois.

À la moitié du chemin, Kyle a commencé à ralentir. Au début, j'ai cru qu'il remontait la fermeture Éclair de son blouson, mais au même moment, il s'est appuyé à un arbre et a gémi.

– Je hais ça.

Il l'a dit dans sa barbe, mais je l'ai entendu.

– Ça va ? ai-je demandé.

Il m'a regardé d'un air surpris. Il pensait sans doute être le dernier de la file. L'espace d'une seconde, son visage a gardé son aspect normal, puis Kyle s'est penché derrière l'arbre et a vomi. Le reste du groupe était loin devant, il progressait péniblement dans la neige.

– Alors, vous venez ? a crié Patrick d'un ton agacé. Il faut continuer d'avancer.

Kyle a fait mine de repartir, mais il s'est tourné de côté et a vomi à nouveau.

– J'ai dû manger un œuf pourri.

J'ai posé ma main sur son épaule. Après ce que j'avais vécu avec Vanessa, le vomi de Kyle ne me faisait ni chaud ni froid.

– Kyle est malade ! ai-je hurlé à l'intention de Patrick. Tu as de l'eau ?

Patrick était nul comme chef, il faut le dire. Il est resté planté là sans rien dire, puis il a secoué la tête.

— Tu te sentiras mieux si tu continues à marcher, a-t-il crié. Essaye de ne pas y penser.

C'est le seul soutien qu'il a apporté à Kyle. Quelques types se sont attardés et ont échangé des commentaires, mais ils semblaient avoir peur d'être laissés sur place, alors ils ont suivi Patrick. Je suis resté avec Kyle sous la neige et j'ai attendu. Je n'avais jamais aussi bien vu depuis des lustres. Je sais, je me répète, mais la sensation était inoubliable. Mes lunettes me donnaient l'impression d'être protégé et je regrettais de ne pas les avoir portées. Malgré tout, c'était autre chose que les avoir sur le nez en plein soleil sans bonnet ni doudoune.

— Je connais le sentier, ai-je dit avec douceur. On est plus proches de la route que si on rebroussait chemin.

Kyle n'a pas réagi.

— Je vais vomir, a-t-il dit en s'écartant.

Quand il a eu fini, j'ai pris une pleine poignée de neige et je la lui ai donnée.

— Prends-en pour te nettoyer la bouche et applique le reste sur ta nuque et tes poignets, si tu peux – ça te fera du bien.

Cinq minutes se sont écoulées et Kyle semblait aller mieux.

— Qu'est-ce que tu veux faire ?

— Rester ici jusqu'à ce que les autres reviennent et rentrer, a-t-il répondu sans rire. Quoi d'autre ?

— Ce n'est pas possible pour un certain nombre de raisons.

Premièrement, il n'est pas certain qu'ils rentreront par le même chemin. Deuxièmement, plus tu attends, plus tu seras faible. Et troisièmement, il fait très froid.

Kyle a acquiescé. Je craignais qu'il soit à nouveau malade, mais non. Il a repris une poignée de neige et l'a fourrée dans sa bouche.

– Viens avec moi. Je marcherai lentement. Quand on sera parvenus de l'autre côté, je demanderai au type qui livre les luges de te ramener en voiture. Qu'est-ce que tu en dis ?

Kyle semblait douter.

– Tu ne veux pas essayer au moins ?

Il a hoché la tête et fait un pas. On a marché en silence, et au bout d'un moment j'ai entendu le moteur d'une voiture qui tournait au ralenti. En fait de voiture, il s'agissait d'un gigantesque pick-up rouge vif, rempli de luges. À mesure qu'on approchait, j'ai vu qu'il s'agissait de luges en bois très longues, munies de deux patins de chaque côté et d'un volant à l'avant. Je ne m'attendais pas du tout à ça. Je pensais plutôt à des chambres à air ou des pelles en plastique.

Patrick était en train de parler au type par la vitre. Puis celui-ci est descendu de voiture, il a serré la main de Patrick et a commencé à décharger. Je ne pouvais m'empêcher de penser que Patrick se servait de ce type comme il se servait de nous pour une chose ou une autre.

– Je ne peux pas le faire, a marmonné Kyle.

– Non, bien sûr que non, il n'en est pas question. Tu es malade. Je vais lui demander de te ramener en voiture.

Kyle s'est ravisé.

— Non. Tu sais quoi ? Les gars vont penser que je suis une mauviette. Je vais tenir le coup et rentrer avec tout le monde.

Je l'ai regardé. Il était pâle et il tremblait.

— Écoute, ai-je dit tout bas, tu as vomi trois fois et tu as quand même traversé les bois. Si quelqu'un pense que tu es une mauviette, alors tant pis, c'est son problème.

Je suis allé trouver le type et je lui ai expliqué la situation. Deux secondes plus tard, Kyle était installé dans la cabine chauffée du pick-up. Je lui ai promis qu'on ferait aussi vite que possible.

On a déchargé les luges une par une. Elles étaient grandes et lourdes. Pourquoi fallait-il qu'elles soient en bois et munies de patins ? Je ne savais pas. Le type a précisé que c'était ce qu'il avait de mieux et que, pour la sortie des terminales, il fallait le mieux.

Il y en avait douze en tout. J'ai fait un petit calcul : il faudrait procéder à deux voyages. Le premier s'est bien passé. On a mis une demi-heure pour arriver au sommet de la colline dont la hauteur m'a surpris.

Le type du magasin de jouets — je n'ai jamais retenu son nom — s'est demandé à voix haute si les luges ne risquaient pas d'être enfouies, sachant qu'il allait neiger toute la journée et toute la nuit. Patrick a réfléchi à la question et a décidé de les dresser contre des arbres, ce qui a pris encore plus de temps et d'énergie. De retour à la route pour le deuxième voyage, tout le monde était épuisé. Je suis allé voir Kyle. Il était bien au chaud dans la cabine et il écoutait la radio. Cette fois, on a mis une heure pour arriver sur place. On n'avait emporté ni eau ni nourriture et je commençais à m'inquiéter. J'ai retrouvé le pick-up avec soulagement.

— On va se séparer ici, a dit Patrick au type des luges. On reprend le même chemin pour rentrer.

— Attends, ai-je dit. Vous pouvez nous raccompagner en voiture ?

— Mais bien sûr, a répondu le type.

Il devait rêver d'être invité à la sortie. Mais ce n'était pas dans mes attributions de le lui proposer.

— Mon pick-up est grand. Je peux tous vous ramener.

Patrick a secoué la tête.

— Si on déboule en camion dans la cour, on va se faire choper. On ne peut pas prendre ce risque.

— Je vous couvre, a dit le type, qui mettait sa casquette, la retirait, la remettait, inlassablement.

J'ai eu l'impression qu'il ne s'était pas autant amusé depuis longtemps.

— Je vous ramène et je vous laisse sur la route à hauteur du gymnase. Ça ira, il ne vous restera plus que dix minutes de marche au lieu d'une heure ou je ne sais combien pour rentrer dans cette neige épaisse.

— Ça devrait coller, a dit Patrick en me lançant un regard reconnaissant.

J'ai souri.

Quelques gars se sont entassés dans la cabine à côté de Kyle, mais la plate-forme du pick-up m'allait très bien.

Le trajet s'est fait en un clin d'œil. À notre retour, la situation était inchangée : des tonnes d'élèves jouaient dans la cour et pas un prof n'était en vue. On a échangé des signes de tête sans évoquer ce qu'on venait de faire et chacun est parti de son côté.

— Merci, m'a dit Kyle après que le groupe s'est dispersé. Je te revaudrai ça.

— Ne t'en fais pas. Je suis content que tu ailles mieux.

En traversant la cour, j'ai entraperçu un blouson de ski bleu lavande, je me suis retourné. Vanessa était entourée de ses copines et tout ce monde avait l'air très occupé. Ma vue était stable et j'ai adoré que les couleurs qu'elle arborait — bleu lavande et pourpre — se détachent autant sur la neige. J'ai compris ce qu'elles étaient en train de faire. Elles construisaient un igloo sous la direction de Vanessa. J'avais envie d'aller la retrouver, mais Patrick arrivait derrière moi. Et peut-être étais-je toujours en colère à cause du petit albinos et de tout le reste. Alors, je me suis abstenu et je suis rentré. En passant sous le porche, j'ai entendu son rire glisser sur la neige jusqu'à moi.

Je suis monté directement dans ma chambre, ravi que ma petite fenêtre m'isole de l'agitation et de la tempête. Je me suis mis au lit et j'ai dormi quatre heures.

CHAPITRE VINGT-SIX

TIM
Pourquoi tu es pieds nus?

Duncan réfléchit une seconde à l'endroit où il se trouvait à ce moment-là – il devait être seize heures environ ce jour effroyable. Il jouait sûrement dans la neige, se dit-il soudain. Tad et lui étaient allés derrière le bâtiment et non dans la cour, parce que la pente qui descendait du réfectoire au parking était géniale. Elle se dévalait à toute allure et, soudain, il lui revint à l'esprit que Tad était rentré dans une voiture garée sur le parking. Il n'avait rien eu et ils en avaient bien ri. L'épisode lui était sorti de la tête, il faut dire que les sujets de réflexion n'avaient pas manqué après cette terrible nuit.

Duncan se leva pour aller à la toute petite fenêtre que Tim venait d'évoquer. Il regrettait que celle-ci ne soit pas un portail temporel qui le ramène à cet après-midi sous la neige, plusieurs heures avant que les événements se produisent. Il regarderait le manteau blanc qui recouvrait la cour, Vanessa serait là dans son blouson coloré et Tad et lui seraient de l'autre côté du bâtiment. Il aurait voulu revenir à ce moment précis, non parce qu'il avait envie de le revivre, sûrement pas. Mais c'étaient les dernières heures qu'il passait sans cette effroyable image dans la tête, qu'il craignait de devoir fuir le reste de sa vie. Mais il ne neigeait pas. Cette fameuse neige tombait seulement dans l'enregistrement de Tim.

À mon réveil, j'ai vu qu'il était vingt heures. J'avais sauté le dîner et j'avais faim, je suis allé me chercher des crackers à la réserve pour les malades. Je suis sûr que tu te rappelles le menu de ce soir-là : sandwichs pour cause de tempête. J'étais content qu'il reste autant de nourriture, je n'aurais pas à braver la nature avec seulement quelques crackers dans le ventre. Je n'avais aucune intention de m'attarder, j'étais descendu en chaussettes et elles ont vite été trempées à cause de toute la neige fondue. Je les ai retirées avant d'aller me chercher de quoi manger et je les ai posées sur une chaise. Je me suis servi et, quand je suis revenu à la chaise, Kyle était assis dessus à côté de mes chaussettes, une tasse de thé devant lui.

— Salut ! Ça va ? ai-je demandé.

Il m'a souri.

— Merci encore pour aujourd'hui. Je n'en reviens pas d'avoir été malade aussi vite. Si tu n'avais pas été là, je serais toujours dehors.

— Non, sûrement pas, ai-je répondu en souriant à mon tour. Tu t'en serais sorti.

— Ça aurait été pire, si tant est que ce soit possible, je le sais. Au fait, Vanessa te cherchait.

Je venais de prendre une bouchée de sandwich, j'ai eu du mal à l'avaler.

— Ah, bon ?

— Oui. Tu as manqué les autres. Toute la clique était là :

Vanessa, Patrick et le reste de la bande. Patrick a dû lui raconter l'épisode des luges et lui dire aussi que j'avais été malade, que tu m'avais aidé. J'ai surpris des bouts de conversation et il se marrait. Il disait des méchancetés sur moi, et sur toi, qu'on était des dégonflés incapables de traverser les bois et de se conduire en hommes. Il disait que j'avais vomi et que tu t'étais précipité pour m'aider. C'est un vrai con, parfois. Après quoi, il s'est levé pour aller se servir un chocolat chaud. Je pense qu'il y en a encore avec de la vraie crème fouettée. Bref, dès qu'il a été hors de portée de voix, Vanessa m'a demandé si je t'avais vu. Ça avait l'air urgent.

Je me suis forcé à prendre une autre bouchée parce que je ne voulais pas que Kyle s'aperçoive de l'importance que ça avait pour moi. J'ai mâché sans sentir le goût de la nourriture.

— Tu lui as dit quoi ?

— Que je ne t'avais pas revu depuis notre retour, a-t-il répondu.

On s'est tus.

— Je dormais pendant le dîner, ai-je dit pour changer de sujet. Je n'en reviens pas qu'il y ait encore de quoi manger.

— C'est à cause de la tempête de neige. Ça arrive parfois. Le personnel de cuisine ne peut pas venir, alors on a des sandwichs. C'est M. Simon qui a fait les gâteaux au chocolat.

— En tout cas, ça me va, ai-je dit en finissant la première moitié de mon sandwich. La sortie est toujours prévue ?

— Oui, tout le monde est déchaîné.

— Toi aussi ? ai-je demandé.

— Non, je sèche. Je me sens toujours un peu barbouillé et, pour être franc, j'ai un très mauvais pressentiment pour cette nuit.

— Il a cessé de neiger, ai-je dit en faisant comme si je n'avais pas entendu sa dernière remarque.

— Il y a trente centimètres de neige dehors. Je me fiche que Patrick se paye ma tête, qu'il le fasse. Ce n'est pas mon truc, c'est tout.

— D'accord, ai-je répondu en pensant qu'il était le seul type intelligent dans les parages. Je comprends. Mais tu sais si le plan a changé ? On n'entend pas un bruit.

— C'est exprès. Patrick a dit aux autres de faire semblant d'être fatigués d'avoir joué dans la neige et de vouloir se coucher tôt. C'est dingue, je n'ai pas vu un prof ou un responsable depuis des heures. Presque tout le monde est allé se pieuter. Je pense qu'il n'y aura pas de problème.

J'ai acquiescé. Ça ressemblait trop à une affirmation pour la prendre en compte, même si je voyais ce qu'il voulait dire.

Sur le moment, l'idée m'a effleuré de faire comme Kyle, de me défiler. Il suffisait de ne pas se pointer. Je pourrais attirer l'attention de Vanessa et la supplier de rester au chaud avec moi. Mais je savais que je n'allais pas le faire. Je me sentais physiquement mieux que je ne m'étais senti depuis longtemps – je n'avais pas mal aux yeux et je gérais mes migraines à la perfection. J'avais fini par trouver la solution au problème. J'allais en profiter.

— Pourquoi tu es pieds nus ? a demandé Kyle en regardant mes pieds.

Je me suis rendu compte qu'ils étaient gelés, je me suis baissé pour les frotter.

— Mes chaussettes étaient mouillées. Je n'avais pas prévu de rester aussi longtemps.

J'ai reculé ma chaise et je me suis levé.

— Si tu changes d'avis pour ce soir, je garderai un œil sur toi, ai-je proposé.

— J'en suis sûr, mais j'ai pris ma décision.

On a monté l'escalier ensemble. Il s'est arrêté devant sa porte.

— J'espère que tout se passera bien, a-t-il dit. À demain.

— Merci, ai-je répondu, et je lui ai tendu la main, un geste que je fais rarement.

Il l'a serrée en me regardant droit dans les yeux. J'ai tourné les talons et j'ai marché jusqu'à ma chambre. Je n'ai entendu aucun bruit, mais je sentais l'énergie monter, gonfler quelque part. J'ai souri. Après tout, la soirée s'annonçait peut-être bien.

CHAPITRE VINGT-SEPT

DUNCAN
Être ou ne pas être ?
Jouer ou ne pas jouer ?

Duncan mit le CD sur «pause». Il avait passé la journée à écouter. Il avait dormi une heure à un moment donné. Mais à son réveil, il s'y était remis aussitôt. Il lui semblait revivre un cauchemar, sans pouvoir s'en empêcher. Il fallait qu'il en entende davantage.

En milieu d'après-midi, Tad frappa à sa porte pour demander de ses nouvelles et, plus tard, il revint avec un mot de Daisy, lui demandant de la retrouver en bas. Il ignora le mot. Il avait conscience de faire n'importe quoi, mais il voulait en finir.

Il se disait qu'il accomplissait un travail important, en vue de sa dissertation sur la tragédie. Mais il savait que c'était bien plus que cela. N'empêche, il prenait des notes en écoutant. «De l'ordre au chaos et du chaos à l'ordre», gribouillait-il à l'infini, mais il ne parvenait jamais à distinguer ce qui appartenait à l'ordre de ce qui appartenait au chaos. «Revers de fortune – du mal au bien et du bien au mal?» écrivit-il. Ou était-ce seulement du bien au mal? Il n'en était pas sûr. Portée, portée, portée. Ce mot-là pesait une tonne. Mais il ne parvenait pas non plus à identifier ce qui avait une grande portée et ce qui n'avait aucune importance. Monomanie ? Était-ce sa forme de monomanie ?

Il jeta un coup d'œil vers son bureau et vit l'exemplaire d'*Hamlet* que Tim avait laissé à son intention dans le compartiment secret. « Ne rate pas l'essentiel » avait-il écrit sur le Post-it. L'essentiel ? C'est alors que Duncan comprit : Tim parlait du jeu. Ça ne pouvait avoir de rapport avec Daisy. Être ou ne pas être ? Jouer ou ne pas jouer ? Son esprit lui faisait des farces et il le savait. Il était en train d'écouter la voix de Tim lui raconter l'expédition dans les bois sous la neige quand il avait arrêté le CD. Il ne voulait plus être seul pour écouter la suite. L'impression de ces bois sous la neige était toujours fraîche. Il vérifia son aspect d'un coup d'œil dans le miroir. Il passa sa main dans ses cheveux en bataille et, remarquant qu'il avait des crottes au coin de l'œil, prit le temps de les retirer. Puis il partit à la recherche de Daisy.

Il la trouva dans la grande salle, en train de travailler à sa dissertation. Il était soulagé d'avoir enfin pris la décision de tout lui avouer, cela lui fit monter les larmes aux yeux et il dut prétendre avoir quelque chose dans l'œil avant de pouvoir parler.

– Tu peux venir avec moi ? lui demanda-t-il d'une voix étranglée. Je voudrais te montrer quelque chose.

Il envisagea de se reprendre, de lui dire qu'il voulait lui faire écouter un CD ou lui faire entendre quelque chose, mais il décida de lui donner des explications quand ils seraient dans sa chambre.

Elle sourit, sentant qu'il était peut-être en train de briser la coquille dans laquelle il s'était recroquevillé ces derniers temps, ferma ses livres et se leva. Il lui prit la main et ils parcoururent le long couloir qui menait à l'escalier des dortoirs. Il agissait sans hésitation, alors elle lui fit confiance et, une fois en haut de l'escalier, il l'entraîna par la main vers le couloir des garçons. Elle se laissa faire sans demander si cela posait de problème ou s'ils risquaient des ennuis. Ils marchèrent main dans la main jusqu'au bout du couloir, jusqu'à sa toute petite chambre – ils ne croisèrent personne – puis se glissèrent dans la chambre et Duncan referma la porte.

La première chose qu'il fit, c'est l'embrasser. Il la prit dans ses bras et l'embrassa comme il en avait rêvé depuis longtemps. Ils avaient échangé des baisers merveilleux mais, à part ce matin inoubliable avant la coupure de Thanksgiving, ils n'avaient jamais été vraiment seuls, des gens pouvaient survenir à tout moment et les interrompre. Ils s'embrassèrent longuement, mais quand elle l'invita à s'allonger avec elle sur le lit défait, il secoua la tête avec gentillesse, avec douceur.

– Je veux te faire partager quelque chose avec moi, dit-il. Quelque chose qui n'a rien à voir avec nous ou au fait qu'on soit ensemble. Tu veux bien ?

– Bien sûr.

Il n'aurait su dire si elle se sentait blessée ou pas. Néanmoins, il se pencha vers son bureau et cliqua sur « Play ». C'était la voix de Tim, mais Daisy l'ignorait encore.

CHAPITRE VINGT-HUIT

TIM
Le premier nom tiré était celui du chef
— sans discussion possible

Comme tu le sais, il était prévu de partir à vingt-trois heures dix-huit. C'était l'idée de Patrick et au début, j'ai pensé qu'il avait choisi l'heure au hasard. Or, en y repensant après coup, j'ai trouvé que ce n'était pas idiot. S'il n'y avait aucun mouvement aux alentours de vingt-trois heures, un professeur ou un responsable attentif pouvait penser que les élèves s'apprêtaient à dormir. Ensuite, l'heure la plus évidente pour se retrouver ou organiser une activité quelconque était à l'évidence une demi-heure plus tard. Par conséquent, fixer l'heure de départ dix-huit minutes après vingt-trois heures était plutôt malin.

Lentement et sans bruit, les élèves sont sortis de leur chambre habillés en prévision d'une sortie à luge dans une neige épaisse. Malgré les doudounes et les pantalons de ski qui pouvaient crisser, l'opération fut silencieuse. Les élèves ont quitté les couloirs et descendu l'escalier en rang, tels des zombies ou des robots. J'ai suivi le flot. Dans la cour, tout le monde s'est mis sur une seule file et on a pris la direction du bâtiment des sciences et des bois. Patrick ouvrait la marche et, tandis que le groupe s'ébranlait, les dix élèves de première invités à la sortie ont rejoint la file. Si quelqu'un avait regardé par la fenêtre à ce moment-là, il aurait été sidéré par le spectacle, mais personne ne regardait, manifestement.

Je me trouvais vers le milieu de la file. Vanessa marchait derrière Patrick et je voyais son blouson et son pantalon de ski bleu lavande, son bonnet pourpre et son écharpe assortie. J'ai reconnu les gants de son frère qu'elle portait à l'aéroport.

À mesure qu'on s'enfonçait dans les bois, les gens ont commencé à se détendre et à parler. Des lampes torches ont fait leur apparition. J'ai regardé autour de moi – c'était magnifique et je me rappelle m'être dit que j'avais de la chance de voir aussi bien à un moment pareil. Il faisait beaucoup plus clair que je ne pensais, mais pas clair comme en plein jour, ce qui m'aurait obligé à me protéger les yeux. C'était parfait pour moi.

Je me suis arrêté un instant en m'apercevant que je ressentais quelque chose de très rare en ce qui me concernait : j'étais heureux. J'ai pris une profonde inspiration et je me suis remis en route en suivant la personne qui se trouvait devant moi. Un élève de première, je le savais, mais je ne connaissais pas son nom. Il portait un bonnet de ski vert pomme et j'ai avancé en me guidant à celui-ci.

Au pied de la colline, la file s'est désagrégée et de petits groupes se sont formés ; les conversations allaient bon train. J'ai aperçu Vanessa plus loin qui parlait avec Patrick, sa main gantée dans la sienne, elle était lovée contre lui. Mais je n'allais pas m'en faire pour ça. Pas question. Des gens ont sorti des gobelets en plastique et les ont remplis de ce qui devait être du bourbon ou du whisky. J'ai accepté un verre, que j'ai reniflé. J'en ai avalé une gorgée. J'ai trouvé ça fort et surprenant, mais chaud aussi et j'ai adoré la sensation. Il restait un fond d'alcool dans mon gobelet, je l'ai bu cul sec, puis je l'ai écrasé et glissé dans ma poche.

Patrick est venu me trouver. Je me sentais à l'aise et intouchable, je me rappelle m'être demandé pourquoi je ne buvais pas plus souvent.

— Salut, a dit Patrick avec un immense sourire. Merci de ton aide.

— De rien, ai-je répondu d'une voix que je ne reconnaissais pas.

Au même moment, ma vue a fait un drôle de truc, j'ai dû cligner des yeux pour voir à nouveau net, mais j'ai imputé ça à l'alcool et non à mes yeux. Je contrôlais la situation de ce côté-là.

— J'ai un dernier boulot pour toi, a-t-il annoncé en se penchant vers moi pour ne pas être entendu.

Vanessa était plus loin au milieu de ses copines. Elle avait l'air très heureuse. Ses sublimes cheveux blonds retombaient sur ses épaules. Julia lui a dit quelque chose qui l'a fait rire et Vanessa a donné une tape sur le bras de son amie. Puis elle s'est couvert la bouche et a dit autre chose à Julia. Elles ont ri encore plus fort.

— Le nouveau a l'honneur de désigner le chef des premières, selon la règle établie. Je suppose que j'en ai détourné assez, celle-ci semble facile à appliquer, a dit Patrick en me tendant un mouchoir bleu plié en quatre.

Le mouchoir était petit et fait dans un tissu raide. Il était décoré d'un minuscule bulldog à un des coins. Comme d'habitude, je me suis demandé si Patrick n'était pas en train de me jouer un sale tour. Pourquoi prenait-il la peine de suivre les règles tout à coup ?

– Tu la connais, non ?

J'ai secoué la tête. Je ne connaissais aucun des élèves de première.

– Bon, tu vois la fille là-bas avec le bonnet et les gants rose fuchsia, et le blouson blanc ? a-t-il demandé en desserrant à peine les dents. C'est Janie. Il suffit que tu glisses le mouchoir dans sa poche. Si elle te voit faire, ce n'est pas un problème. Tout le monde attend ce moment, l'espère. Si elle ne s'en aperçoit pas, c'est encore mieux, ça ajoute au suspens. Et n'oublie pas, tu n'en parles à personne. C'est un secret.

Il a indiqué ma main d'un signe de tête affolé. Je tenais le mouchoir au vu et au su de tous, je me suis dépêché de le ranger dans ma poche.

– D'accord ? a-t-il demandé.

– D'accord.

– Bien. À la première occasion, tu le fais, a-t-il dit en laissant son regard s'éloigner en direction de Vanessa. Maintenant, que la fête commence !

Il m'a donné une tape dans le dos et il s'est éloigné.

Tu connais la suite.

Je ne savais toujours pas qui tu étais – que tu étais le garçon au bonnet vert qui marchait devant moi dans les bois. En fait, j'ai dû demander. Ton nom avait été tiré en premier de plein droit. J'avais lu le recueil des traditions, je connaissais les règles. Je ne sais pas si tu as déjà trouvé le porte-clés dans le compartiment secret. Si c'est le cas, je parie que oui, je t'annonce que c'est le passe qui ouvre la bibliothèque dont je t'ai parlé. Le recueil des traditions vaut vraiment le coup qu'on s'y attarde ; c'est hallucinant.

Certaines pages étaient tellement noircies que j'ai eu du mal à les déchiffrer. Mais la page en question était limpide : le premier nom tiré était celui du chef, sans discussion possible.

Ce qui m'a aidé à me rendre compte que Patrick ne pouvait pas avoir eu une chance aussi insolente. Impossible. Pourquoi personne ne lui avait jamais demandé d'explications ? Sur cinquante élèves, quelles étaient les probabilités que celui qui avait la cote dans le lycée soit tiré au sort ? Pas énormes, franchement. Mais je ne laisserais pas la même chose se reproduire. Jusque-là, personne ne contestait les choix de Patrick. Sauf que je ne pouvais m'empêcher de me demander quel nom avait été tiré en premier l'an dernier. Va savoir si ce n'était pas le type silencieux qui mangeait toujours seul à la table à côté de celle que je considérais comme la mienne ? Il avait l'air intéressant et il était beau gosse. Mais ne se liait avec personne. Ça aurait peut-être changé les choses pour lui. Des types comme Patrick étaient responsables de la hiérarchie sociale du lycée, or celle-ci se répétait inlassablement. Je n'allais pas être complice de ça.

Donc, je me suis renseigné. Je suis allé trouver Peter et, l'air de rien, je lui ai demandé de me montrer tous les élèves de première et de me dire leur nom. Il était tout seul, il semblait ne pas savoir comment s'immiscer dans un groupe ou un autre, il était ravi de parler avec moi. Il m'a indiqué les premières un par un – en commençant par Janie Cottage et en finissant par toi : Duncan Meade.

J'ai attendu. Tu te trouvais au sein d'un groupe de six, un verre à la main. Tu avais l'air gentil, accessible, ce qui a renforcé ma décision. J'allais redresser la situation. J'allais te donner ce que tu méritais.

Tout le monde attendait que la fête commence. À un moment donné, tu as tourné le dos au groupe. Tu vidais ton verre. J'ai vu le liquide couler sur la neige et tu as surpris mon regard. C'est alors que je suis allé vers toi. J'avais prévu de la jouer discret pour glisser le mouchoir dans ta poche, mais tandis que j'approchais, mes yeux, qui voyaient si bien depuis quelque temps, ont fait un drôle de truc. J'ai eu l'impression que quelque chose éclatait dans mon œil droit, puis dans le gauche. Je me suis immobilisé et, voyant que le phénomène ne se reproduisait pas, j'ai continué d'avancer vers toi. Mais je n'osais plus attendre le moment idéal. Au lieu de glisser le mouchoir dans ta poche, je l'ai glissé dans ta main. Tu as été choqué, on aurait dit que je t'avais tiré dessus avec un Taser. J'ai poursuivi mon chemin en espérant que personne n'ait rien vu. C'est alors que quelque chose a de nouveau explosé dans mes yeux et j'ai failli tomber. Je sais que tu t'en es aperçu, tu me regardais, mais j'ai réussi à rester debout et ma vue est redevenue normale. Tu as regardé le mouchoir, tu as hésité et tu l'as fourré dans ta poche. J'en ai déduit que tu avais accepté.

Le mouvement était amorcé.

Patrick attendait que Janie Cottage prenne les rênes, évidemment. Il l'observait. Mais elle ne se doutait de rien et n'a pas amorcé de mouvement en direction du sommet de la colline. Pendant ce temps, tu as fait le tour par-derrière et tu es monté jusqu'en haut. Tout le monde était impatient ; le départ de la descente à luge tardait à être donné. Mais les gens s'amusaient quand même.

Et voilà, tu étais au sommet, tu grimpais sur une luge. Tu n'avais pas l'air très sûr de toi, mais j'étais toujours certain d'avoir fait le bon choix. C'est alors que Patrick t'a vu. Il était fou de rage, à la seconde même où il t'a reconnu.

– Que la descente à luge commence ! tu as crié.

Tu as crié fort, mais j'ai entendu ta voix trembler, près de se briser. Tu as commencé ta descente au milieu des gens qui couraient vers le sommet. Je n'ai peut-être pas couru très vite, mais je sentais Patrick sur mes talons, qui venait me parler – me hurler dessus, sans doute. Une fois le mouchoir bulldog donné, il ne pouvait être repris, je le savais. Je l'avais lu dans le recueil des traditions.

Alors, j'ai couru. Et je peux te dire que le chaos régnait. Les gens glissaient, dérapaient, riaient et se poussaient. La douleur dans ma tête s'est introduite sournoisement, je l'ai à peine remarquée. Elle se situait devant mes yeux, à l'endroit habituel, mais comme je courais à perdre haleine, elle ne s'est installée qu'au moment où j'arrivais au sommet de la colline. Je l'ai ignorée.

Les gens dévalaient la pente beaucoup trop vite. Ils prenaient deux luges à la fois, parfois trois, sans se rendre compte qu'ils auraient à manier un volant alors qu'ils étaient déjà à pleine vitesse. J'ai attrapé une luge. Je voyais flou, puis net. J'ai mis ça sur le compte de la peur, j'avais peur de Patrick. J'ai positionné la luge pour le départ et j'ai regardé derrière moi. Vanessa n'était pas très loin, j'ai tendu le bras et je lui ai pris la main. Patrick était déjà furax, je me fichais qu'il le soit davantage. J'ai tiré Vanessa par la main. Elle est montée sur la luge et m'a enserré la taille avec ses bras, devant tout le monde. Je ne touchais plus terre. Je me sentais bien comme jamais. J'ai poussé du pied pour démarrer. Au début, la descente était douce, puis on s'est mis à glisser de plus en plus vite. Il y avait des gens partout, des luges et des gens, des arbres, de magnifiques tilleuls. Les troncs fonçaient à notre rencontre, j'ai tourné le volant pour les éviter. À un moment donné, on en a frôlé un et Vanessa a poussé un petit cri. J'ai adoré. Quand on serait en bas, je lui avouerais mes sentiments. Je lui demanderais si elle ressentait la même chose pour moi. Je la laisserais m'expliquer pourquoi elle m'avait emmené à l'école primaire. Je n'étais pas seulement un albinos pour elle. Je m'en rendais compte désormais. Elle trouvait les albinos exceptionnels. Elle en avait rencontré un autre et voulait me le montrer. J'avais mis le temps, mais je voyais clair à présent.

C'est alors que je n'ai plus rien vu du tout.

CHAPITRE VINGT-NEUF

TIM
*Et c'est alors que mes yeux
ont cessé de voir pour de bon*

Daisy n'avait pas bougé depuis le moment où Duncan avait cliqué sur «Play», mais elle se leva soudain. Duncan était resté à son bureau. Ce n'était pas prévu – il voulait s'asseoir auprès d'elle –, mais la voix de Tim les avait comme paralysés. Duncan se leva à son tour et s'avança vers elle. Il redoutait qu'elle veuille s'enfuir. Peut-être était-ce au-dessus de ses forces, comme ça l'était pour lui. Mais elle lui prit la main sans un mot. Ils s'assirent ensemble sur le lit, côte à côte, regardant droit devant eux, et ils tinrent bon.

J'ai été plongé dans le noir quelques secondes avant le choc. Le noir total – je ne voyais plus rien, ni images, ni ombres, ni même les lampes torches. Les petits cris de Vanessa se sont transformés en hurlements de terreur tandis qu'elle s'accrochait à moi de toutes ses forces. J'ai senti l'impact : brutal, impitoyable. Puis le silence est retombé.

Ce qui est cruel dans cette histoire, c'est que, étant à l'avant, j'aurais dû prendre le gros du choc, mais non. Quand j'ai perdu la vue, j'ai tourné le volant n'importe comment. Il était impossible d'éviter ces gros arbres. Il se trouve qu'à la dernière seconde, la luge a fait un tête-à-queue et percuté de plein fouet un tronc. C'est ce qui a mis fin à notre course. Au bout d'une minute ou deux, quand les gens ont recommencé à bouger après que le choc les a figés, ma vue est revenue. Ça n'a pas duré très longtemps, mais assez pour que je me rende compte que Vanessa avait heurté l'arbre : elle gisait dans la neige au milieu d'une mare de sang.

— Quelqu'un a un portable ? ai-je entendu une voix crier.

— Allez chercher de l'aide ! a hurlé une autre.

— Elle est morte ? a demandé une voix terrifiée.

Je connaissais cette voix, elle se rapprochait. Patrick était penché sur elle, il commençait à la manipuler.

— Non, ne la bouge pas ! tu as dit.

Mais, à part ma détermination à faire de toi le chef des premières, ma détermination à faire respecter la règle que les autres s'ingéniaient à briser, tu ne me disais toujours rien.

Patrick ne t'a pas écouté ; il a glissé le bras sous le dos de Vanessa. Tu le sais, tu étais là. Tu l'as agrippé. Tu l'en as empêché. Et, franchement, le fait que tu sois chef des premières vous rendait tous les deux membres du même club : Patrick était censé t'écouter. Il était tenu de t'écouter.

— Tu peux lui faire encore plus de mal, tu as expliqué.

Je ne voyais plus à nouveau. J'ai essayé de tenir bon mais j'étais fatigué. Je me suis demandé pourquoi personne ne venait à mon chevet, mais j'ai compris rapidement que j'étais entouré de gens. Ils me posaient des questions, mais je n'entendais que ce qui concernait Vanessa.

— Un groupe est parti chercher de l'aide, t'ai-je entendu dire à Patrick. Si tu la bouges, tu risques d'aggraver son état.

Vanessa était rigoureusement immobile. Il y avait du sang partout – rouge vif sur le blanc de la neige. C'est alors que j'ai entendu le plus beau bruit de ma vie. J'aurais donné n'importe quoi pour ce bruit. J'étais justement en train de me dire : « Pourvu qu'elle émette un son. Je ferais n'importe quoi pour un son ou un geste d'elle. N'importe quoi. » Mon vœu a été exaucé. Elle a gémi. Tout le monde a poussé un soupir de soulagement audible. Patrick s'est reculé, comme s'il acceptait de ne pas lui faire davantage de mal. Je t'ai vu lui donner une tape dans le dos. Et c'est alors que mes yeux ont cessé de voir pour de bon.

Je n'ai jamais perdu connaissance. Je n'ai même pas le luxe de pouvoir dire : « Tout à coup, je me suis réveillé à l'hôpital. » Ou : « Tout à coup, on était deux semaines plus tard et on s'en était sortis tous les deux. » Non. Je ne voyais rien, mais j'entendais tout. Je ne sais ce qui est pire.

J'ai eu l'impression que les secours mettaient des siècles à arriver. Vanessa faisait de tout petits bruits, elle n'était donc pas morte mais, plus le temps passait, plus ses petits bruits étaient torturés.

On a enfin entendu des cris, puis la voix de M. Bowersox. Je me suis senti encore plus mal. Il avait été si gentil avec moi, il m'avait accueilli à Irving et j'avais fait la pire des choses possibles. J'avais provoqué un accident. Il est venu me voir en premier.

— Tim, vous m'entendez ? Pouvez-vous parler ? a-t-il demandé.

Jusque-là, tout le monde m'avait abreuvé de paroles sans me laisser une chance de réagir. Mais M. Bowersox a attendu et quand j'ai compris qu'il ne dirait rien de plus tant qu'il n'obtiendrait pas de réponse, j'ai soufflé faiblement :

– Oui.

Il m'a tapoté la cuisse.

– Les secours arrivent, a-t-il dit, puis il s'est levé et est allé auprès de Vanessa.

Il ne lui a pas demandé si elle pouvait parler, confirmant ma crainte que son état soit pire que le mien. J'ai entendu des chuchotements, mais je ne distinguais pas les mots. Des sirènes ont retenti dans le lointain. La neige était si épaisse, je ne voyais pas comment les secours allaient parvenir jusqu'à nous. Ce ne fut pas long. Ils n'ont pas sorti de chariots, seulement des brancards, ils ont été rapides. Bien sûr, je ne voyais rien, il m'a semblé pourtant qu'ils étaient nombreux. Une fois les secours sur place, il a été difficile de savoir ce qui se passait pour Vanessa. Les gens se pressaient autour de moi : quelqu'un m'a pris le pouls, puis m'a soulevé les paupières ; on m'a posé des questions auxquelles j'ai répondu de mon mieux.

– Vous pouvez parler ?

– Oui.

– Vous avez mal ?

– Pas vraiment.

– Vous pouvez voir ?

– Non.

Je les ai entendus parler entre eux, dire que, malgré leur incertitude, ils penchaient pour un choc à la tête, puisque je ne voyais plus. Je ne leur ai pas révélé – je ne l'ai révélé à personne – que devenir aveugle n'était pas dû à l'accident. Être aveugle avait causé l'accident. Mais laisse-moi continuer, je reviendrai là-dessus un peu plus tard.

Après ça, on m'a traité comme si j'avais un traumatisme crânien. J'ai été allongé délicatement sur le brancard, attaché, puis on m'a emmené. Je me sentais affreusement mal. J'aurais pu marcher si quelqu'un m'avait guidé à travers bois. Mais personne ne m'aurait laissé faire et je ne voulais pas abandonner mon statut de personne nécessitant de soins.

Évacuer Vanessa a pris plus de temps. Il a d'abord fallu stabiliser son état, le médecin s'est employé à stopper l'hémorragie. Elle saignait de la tête qui, paraît-il, saigne beaucoup. J'ai été chargé dans l'ambulance et évacué avant elle. On a été conduits dans le même hôpital, mais obtenir une information était très long. Ne voyant plus, je n'avais aucune idée de l'heure, je ne savais plus si on était le jour ou la nuit. J'étais désorienté. Mais c'est à cause de ma cécité que je suis resté à l'hôpital. Je n'avais subi aucun choc. Je me portais comme un charme. Ça m'a pris du temps mais j'ai compris : ma cécité ne datait pas d'hier, sauf qu'au final, c'est moi qui l'ai provoquée. La clé argentée sur le porte-clés ouvre l'armoire à pharmacie de l'infirmerie. Mme Singer, l'infirmière, avait tout un tas de clés dans un tiroir. Je n'étais pas certain que celle-ci soit la bonne, mais elle ressemblait à celle qu'elle avait utilisée. Je l'ai glissée dans ma poche plus tard dans la journée après que les antidouleurs avaient si bien marché. Je ne passe pas inaperçu, je n'ai cessé de le répéter, mais personne n'ira imaginer que je suis capable de faire quelque chose de mal. J'ignore pourquoi je n'en ai jamais profité. Quel gâchis ! Se glisser dans le bureau de Mme Singer et prendre la clé s'est fait les doigts dans le nez. Le même soir, je suis revenu vérifier que la clé était la bonne. C'était le cas. J'ai pris une poignée de comprimés dans le flacon. J'y pense maintenant, il se peut que je me sois trompé de flacon, j'étais tellement pressé. Je ne sais pas si les choses auraient été différentes. Ceux que j'ai pris contenaient de l'aspirine. J'en ai avalé toutes les quatre heures pendant plusieurs jours. Parfois, je ne laissais passer que trois heures entre chaque prise et le surdosage a fini par provoquer une hémorragie interne. Je suis arrivé à cette conclusion grâce aux déclarations des médecins et aux examens qu'ils ont pratiqués. Au final, ce sont les questions qu'ils se posaient et auxquelles ils ne trouvaient pas de réponse qui m'ont mis sur la voie. Ils n'ont jamais, absolument jamais, soupçonné que j'étais responsable de mon état. Mais je le sais, sans l'ombre d'un doute. Je n'en ai parlé à personne à part toi – et si elle écoute mes CD, Vanessa.

Je suis sorti de l'hôpital cinq jours plus tard. Vanessa était toujours plongée dans un coma artificiel. Ses chances de se rétablir étaient de cinquante-cinquante, tout dépendait de son œdème cérébral. Si celui-ci se résorbait, ses chances augmentaient considérablement. S'il se développait, elle était dans un sale pétrin. Elle avait déjà subi une opération destinée à réduire la pression. J'étais certain qu'on lui avait retiré une partie de ses cheveux magnifiques. Je détestais l'idée que ses associations de couleur soient désormais blanc et blanc.

Ma mère et Sid sont venus immédiatement, bien sûr. Ils ont pris le premier avion en partance d'Italie pour me retrouver. Il ne m'a pas échappé que c'était à peu près à cette période que j'aurais dû leur rendre visite en Europe. Personne ne l'a évoqué. Ils étaient inquiets, horrifiés et tristes que je sois devenu aveugle. De l'avis général, c'était la faute de l'accident. Même eux n'ont pas remis cette affirmation en cause. J'étais persuadé que l'infirmière du lycée mettrait son grain de sel, qu'elle suggérerait que le problème était latent, mais elle ne l'a pas fait. Peut-être a-t-elle pensé que j'avais assez souffert. À moins qu'elle n'en ait tiré aucune conclusion. Les gens savent se montrer très stupides. Il se peut également qu'elle ait su exactement ce qui se passait et n'ait pas voulu être impliquée, ou qu'elle se soit dit que ce n'était plus la peine. Je ne cesserai de me demander pourquoi ces clés étaient aussi accessibles. J'ai le sentiment qu'elles ne le sont plus désormais.

Une fois qu'il a été évident que je n'avais aucun problème de santé si ce n'était ma cécité, on est passés à un autre sujet. Il restait deux mois avant la fin de l'année scolaire. Il fallait trouver quoi faire de moi. J'étais à deux doigts de finir le lycée. J'étais en bonne santé, sauf en ce qui concerne ma vue. Ma mère insistait pour que je reste avec elle. J'étais déjà admis à l'université, comme tu le sais, par conséquent ça ne changeait rien. Mais j'ai absolument voulu revenir à Irving. Il fallait que je sois au plus près des endroits que Vanessa avait fréquentés. Je craignais que l'occasion ne se représente jamais.

Y avait-il déjà eu un élève aveugle à Irving ? M. Bowersox

le soutenait *mordicus*. À un moment ou un autre, j'allais me trouver obligé d'acquérir de nouvelles compétences : savoir me diriger, lire en braille, taper sans voir le clavier, même si je me servais encore de l'ancien. De temps à autre, je partais de la mauvaise touche et le résultat était illisible. Mais dans l'ensemble, ce que je tapais se révélait conforme à ma volonté. Du moins, il me semble.

Désormais, j'étais un albinos aveugle qui se déplaçait avec une canne et qui avait de grandes chances de se cogner dans quelqu'un. Je me fichais éperdument de mon apparence. Je n'étais plus. Mes parents et moi sommes restés à l'hôtel à New York quelques semaines ; l'appartement dans lequel ils avaient prévu de s'installer après leur retour d'Italie était sous-loué. J'ai vu tout un tas de spécialistes de la rééducation. J'ai compris ce que voulaient mes parents : que du temps s'écoule, de sorte que je passe mon diplôme et continue d'avancer. Personne ne m'a jamais rendu responsable de quoi que ce soit. Je ne pigeais pas. Tout le monde me plaignait.

Kyle n'arrêtait pas de m'appeler. Il était si gentil. C'est mon seul ami actuellement. Lorsqu'il n'est plus resté que deux semaines de cours avant la fin de l'année, je suis retourné à Irving. Kyle s'est proposé pour m'aider. Il m'accompagnait partout, d'un cours à l'autre, d'un endroit à l'autre. Il allait me chercher mon plateau au réfectoire. Une seule pensée tournait dans ma tête : la stupidité dont j'avais fait preuve et sans laquelle les choses auraient pu être si différentes.

Vanessa gisant dans une flaque de sang qui imprégnait peu à peu la blancheur de la neige est la dernière image qui me restera d'elle à jamais. Je ne l'ai jamais revue, ne la reverrai jamais. Mais nous savons tous les deux qu'elle va bien, que son œdème cérébral a cessé d'augmenter et que, malgré une petite perte de mémoire immédiate, elle n'a pas changé. Je le sais parce que M. Simon me l'a dit. Mais elle n'est pas revenue à Irving. C'est elle l'élève de terminale blessée, traumatisée, qui n'a pas terminé son année – le sort jeté sur Irving par la joggeuse d'antan. La malédiction s'était à nouveau vérifiée. Vanessa a fini son année de terminale au cours de l'été et le lycée lui a envoyé son diplôme.

Elle n'a pas eu à rédiger de dissertation sur la tragédie. J'ai demandé à Kyle de se renseigner et il s'est débrouillé pour le faire. L'administration a sans doute jugé qu'elle avait eu son lot de tragédie pour l'année. Parfois, je suis surpris que l'exercice n'ait tout simplement pas été annulé. Toutes ces idées de tragédie qui planaient au-dessus de nos têtes pendant des mois. Mais je sais que ça n'a aucun rapport ; j'en ai discuté avec M. Simon à maintes reprises et il ne démord pas de son programme de terminale.

À mon retour, je redoutais de tomber sur Patrick. Mais je me suis rendu compte que si ça devait arriver, je ne m'en apercevrais même pas. Je ne le verrais pas et je doutais qu'il ait envie de me parler. Alors, je me suis efforcé de me détendre. Mais le troisième jour suivant mon retour, il s'est passé quelque chose. J'étais de mauvais poil – toujours attendre que quelqu'un m'aide à me diriger, en boucle sur Vanessa dont je m'inquiétais à chaque seconde. J'avais peut-être commis une erreur en revenant à Irving. Pourquoi m'infliger une telle épreuve ? Je me faisais un devoir de ne pas rester tout le temps dans ma chambre, mais ce fameux après-midi, j'étais près de renoncer. Je pensais avoir fermé ma porte – j'avais envie de donner libre cours à mon chagrin –, mais quand j'ai entendu Patrick parler, je me suis aperçu que je l'avais laissée ouverte. Je n'avais aucune envie d'attirer l'attention sur moi, je suis resté assis et j'ai écouté. Patrick se trouvait quelques chambres plus loin. Le son de sa voix était surprenant, je n'en revenais pas que celle-ci continue d'exister dans le monde tel qu'il était devenu. Qu'elle ait existé auparavant avait un sens, mais comment se faisait-il que cette voix insouciante et égoïste n'ait pas changé après ce que Patrick avait vu ? Et qu'il avait causé en partie ? Je te le garantis, sa voix n'avait pas changé.

— Tu as vu cette bombe chez les premières au déjeuner aujourd'hui ? a-t-il demandé à quelqu'un.

Au début, je n'ai pas compris à qui il s'adressait.

— Laquelle ?

C'était Peter.

— Celle qui a les longs cheveux noirs. Je regrette de finir le lycée. N'empêche, j'ai peut-être encore une chance. Il reste combien de jours ? Dix ? J'ai envie de passer à autre chose. J'en ai ras le bol des blondes pour le moment. Peut-être qu'une brune ne me ferait pas de mal.

Peter a éclaté de rire et Patrick aussi. Je n'ai mis qu'une seconde à réagir. Je ne savais pas ce que je faisais. Je me suis levé, je suis sorti de ma chambre sans me cogner dans la porte et j'ai marché en direction des voix. Ils m'ont vu. Ils se sont tus, mais j'entendais leur respiration. Je devais avoir l'air d'un fou – ma peau blanche, mon regard vide, que j'ai encore du mal à imaginer. J'ai lancé mes bras devant moi et j'ai poussé aussi fort que j'ai pu. J'ai touché quelqu'un.

– Hé ! s'est écrié Peter.

Je me suis retourné et je sais que je gesticulais, j'essayais par tous les moyens d'atteindre Patrick, de lui faire mal. Il m'a bloqué les mains et m'a balancé un coup violent dans les côtes. J'en ai eu le souffle coupé, mais je m'en fichais, ça ne m'a même pas arrêté. Je me débattais pour me libérer quand, soudain, il m'a lâché les mains. J'ai attendu le deuxième coup. Le premier commençait à me faire mal ; peut-être m'avait-il cassé une côte, mais je m'en fichais. Au contraire, ça me plaisait. Je n'avais rien ressenti depuis un bout de temps ; la douleur était un soulagement. J'ai balancé des coups, des gifles, des claques et il n'a pas bougé. Personne ne m'a arrêté. En fait, il aurait pu y avoir foule autour de nous, je n'en aurais rien su, mais j'en doute.

– Je te hais, ai-je craché.

J'étais épuisé. J'ai su alors que je ne lui ferais jamais vraiment mal et que lui ne me ferait plus de mal, du moins physiquement.

C'est alors qu'à ma grande surprise, il s'est penché vers moi. J'ai senti son souffle chaud sur mon oreille.

– Je te hais aussi, a-t-il marmonné de façon quasi inaudible, mais je l'ai entendu.

Qu'ajouter de plus ? J'ai arrêté de me battre, je suis resté immobile et ils se sont éloignés. Je les ai entendus dans l'escalier, leurs voix s'élevaient à mesure qu'ils descendaient.

– Taré, a dit Peter.

– L'a toujours été, le sera toujours, a renchéri Patrick.

Je suis rentré dans ma chambre d'un pas mal assuré en me frottant les côtes, insensible à la douleur qui augmentait. Alors, ça y était ? me suis-je demandé. L'ordre était-il restauré ? On avait planché sur le sujet, mais je continuais d'y revenir : l'ordre, puis le chaos, est-ce que ce dernier épisode incarnait le retour de l'ordre ? Et si oui, quel en était le sens pour moi ? Pour Vanessa ?

Je n'ai plus jamais adressé la parole à Patrick. À part Kyle, très peu d'élèves prenaient la peine de me parler. Il était sans doute plus facile de ne pas le faire plutôt qu'avoir à se présenter et attendre que je me souvienne de la personne. Mais tu l'as fait. Le dernier vendredi. Les cours étaient terminés. J'étais assis à une table au réfectoire. Je dirais que c'était ma table habituelle dans le fond, mais à vrai dire, je n'en sais strictement rien. J'ai entendu des pas, je pensais que ceux-ci s'éloigneraient, mais ils se sont arrêtés. J'ai attendu. J'ai cru que Kyle m'apportait mon déjeuner. Tu sais ce que tu as dit : tu t'es présenté, tu as dit que tu étais mortifié, que tu aurais dû m'arrêter, que tu étais obsédé par cette idée. Voyant que je ne répondais pas, tu m'as touché la main et tu t'es éloigné. Plus tard, j'ai regretté de n'avoir rien dit. Je n'en reviens pas d'avoir eu cette opportunité. C'est la raison pour laquelle, j'ai tout fait pour que ce témoignage te parvienne. Te parler m'a sauvé, m'a permis de passer l'été. C'est Kyle qui a déposé les CD dans ta chambre. M. Simon l'a aidé à accéder à l'étage des terminales la veille de ton arrivée – je pense que personne ne l'avait jamais fait, sauf peut-être pour des animaux, puisque les trésors sont censés être laissés le dernier jour de classe. Mais M. Simon était d'accord pour donner un coup de main – il l'a fait pour moi et sans doute pour toi.

À ma connaissance, Vanessa est toujours chez elle avec ses parents. C'est là que j'ai envoyé les CD. C'était le seul moyen que j'avais de la contacter. Elle n'a jamais répondu et je doute qu'elle le fasse un jour. Mais je me pose encore tant de questions. Comment va-t-elle ? Ira-t-elle à New York ? Crois-tu qu'elle m'a pardonné ?

À présent, parlons de la dernière clé sur le porte-clés. Je l'ai obtenue en douce aussi et je n'ai eu aucune difficulté non plus. Cette clé ouvre le tiroir du haut du bureau de M. Simon. Il la laisse parfois dans un autre tiroir. J'ai réussi à la subtiliser un après-midi et je l'ai fait copier en ville. Je l'ai remise dans le tiroir avant que M. Simon ne s'aperçoive de sa disparition. C'était un risque, bien sûr, mais pas énorme. Ce sont des choses que je ne pourrai plus faire. Je suis heureux de les avoir faites. Le tiroir auquel tu peux désormais avoir accès est celui dans lequel M. Simon range les meilleures dissertations sur la tragédie. Tu seras ainsi le seul à avoir un aperçu de ce qui se fait de mieux avant de rédiger ta propre disserte. Tâche d'en user avec sagesse. Et si je peux, j'aimerais te remercier de m'avoir écouté. Tu mérites pleinement d'être chef des terminales. Tu n'as aucune responsabilité dans ce qui s'est passé l'an dernier. Aucune responsabilité, en rien. C'est moi le responsable. J'accepte le fardeau dans son entier. N'y pense plus, s'il te plaît. Pour plagier M. Simon, je te propose d'aller répandre beauté et lumière. Pour moi, c'est trop tard, mais pas pour toi.

CHAPITRE TRENTE

DUNCAN
Tu dois te pardonner

Ils restèrent ainsi très longtemps, jusqu'à la fin de l'histoire, puis Daisy émit le souhait de revenir au début pour l'écouter en totalité, mais Duncan s'y opposa, ils le feraient à un autre moment.

— C'est pour ça que tu étais tout bizarre ?

— Oui, répondit-il. J'écoute ces CD depuis le premier jour de la rentrée, alors oui et non. Plus j'approchais du récit de cette fameuse nuit, plus tout le monde me tannait avec le Jeu de cette année et plus je flippais. Le truc vraiment étrange, c'est que d'une certaine façon, écouter ces CD m'a rendu plus ouvert avec toi ; Tim parle beaucoup des choses qui n'ont pas marché avec Vanessa ou des occasions d'être avec elle qu'il n'a pas toujours saisies. Il ne croyait pas en lui. Je dois dire — avec tout ce vocabulaire sur la tragédie dont on nous farcit la tête — que je le vois très clairement maintenant : sa tare rédhibitoire était de ne pas croire en lui.

Daisy hocha la tête. Duncan prit une profonde inspiration.

— Et c'est ce que je redoutais, faire les mêmes erreurs que lui, rater ma chance d'être avec toi.

– Mais tu ne l'as pas fait. On est ensemble.

– C'est vrai, mais ces derniers temps, j'étais distant et je veux t'expliquer pourquoi. J'en connais la raison maintenant. Je ne pouvais pas me supporter. Je savais que quelque chose ne tournait pas rond avec Tim. Je le savais. Je l'avais observé cette nuit-là ; il passe difficilement inaperçu. Mais, même en admettant qu'il ait été quelconque, c'est lui qui m'a remis le mouchoir. Tu l'as entendu : il a fait ce choix. Quand il est venu me voir, j'ai eu un choc. Je n'aurais jamais imaginé être chef. Je savais comment les choses se passaient. Tout le monde était au courant que le précédent chef décidait. Le hasard n'y était pour rien et je me fiche de ce que dit le recueil des traditions. J'ignore pourquoi, mais Patrick ne m'a jamais vraiment aimé. Quand Tim est venu me trouver, il ne voyait pratiquement rien. C'était évident. Il a failli me rentrer dedans et il avait l'air de ne pas trop savoir quoi faire du mouchoir. J'ai cru qu'il avait bu – c'était le plus logique. Mais je n'en étais pas sûr. Puis, quand il s'est éloigné, j'ai vu qu'il zigzaguait. Je sais maintenant qu'il venait de prendre conscience de son problème de vue. Mais ça a dû s'arranger ou il a cessé de s'en faire parce que, soudain, il s'est mis à marcher avec assurance et je me suis dit que je m'étais trompé, qu'il allait bien. Après quoi, je suis monté au sommet de la colline pour lancer la descente à luge.

Duncan était épuisé. Il avait du mal à poursuivre. Daisy attendit, silencieuse.

– Je ne l'ai jamais dit à personne, avoua-t-il. Je crois que ça explique en partie pourquoi je n'ai pas donné suite à notre relation l'an dernier, ou du moins pendant l'été. J'ai passé la plupart des vacances à ressasser les événements, en me disant que j'aurais pu empêcher l'accident.

— Tout le monde s'en est sorti.

— Sauf que Vanessa a eu sa terminale gâchée et que Tim est aveugle, rétorqua Duncan.

— Mais ça n'a rien à voir avec l'accident. Il a fait une over-dose de médicaments, il ne prenait pas soin de lui ; tu n'y es pour rien. Peut-être es-tu encore trop dedans pour le com-prendre, mais je viens d'entendre Tim te raconter ce qu'il a ressenti cette fameuse nuit et te dédouaner complètement.

— J'aurais dû faire quelque chose, dit Duncan à mi-voix.

Daisy haussa les épaules, mais son expression était tou-jours patiente.

— Une fois, un garçon avisé m'a déclaré : « Écoute, tu as fait au mieux. Parfois, c'est le maximum à notre portée. »

Duncan leva les yeux, surpris. Il se souvenait, c'étaient les paroles qu'il avait prononcées avant leur premier baiser. Il parlait de cette fille à l'étage de Daisy, qui avait fait une over-dose d'anxiolytique. Comment n'avait-il pas fait le rappro-chement ? Peut-être l'avait-il fait sans s'en rendre compte ; peut-être était-ce ce qui lui avait donné le courage d'aller de l'avant avec Daisy. Puis une autre idée lui traversa l'es-prit : cette fille, Amanda, n'était jamais revenue. Elle avait quitté le lycée le jour de son overdose. Il avait été question qu'elle fasse une coupure, mais elle avait fini par rester chez elle et continuer sa terminale au lycée du coin. Par consé-quent, c'était elle qui n'était pas revenue. Elle avait déjà été choisie. Aussi triste que ce soit pour elle, cette révélation ôta un grand poids à Duncan. Il comprit alors qu'il avait été terrorisé à l'idée de provoquer la perte de quelqu'un lors du Jeu de cette année.

— Je me suis toujours posé tout un tas de questions à propos de cette nuit, dit Daisy, voyant que Duncan se taisait. À plusieurs reprises, j'ai eu envie de te demander, mais je n'ai pas osé. Personne ne t'en parlait jamais mais, chaque fois que quelqu'un semblait sur le point de le faire, je te voyais te raidir.

Duncan acquiesça. Il lui était reconnaissant. Peut-être cela l'aurait-il éloigné d'elle.

— Tu dois laisser tomber, dit Daisy avec douceur.

Duncan se tourna vers elle.

— Tu dois te pardonner, ajouta-t-elle. En plus, après avoir entendu Tim, je suis persuadée que tu n'aurais pas pu le stopper. Y as-tu pensé ? Tu aurais pu lui demander comment il allait ou lui suggérer de ne pas faire de luge, mais penses-tu qu'il t'aurait répondu : « Tu sais quoi ? Tu as raison. » J'en doute.

— J'entends toujours la luge percutant l'arbre, Vanessa percutant l'arbre. Elle aurait pu mourir.

— Mais elle n'est pas morte.

Soudain, quelqu'un frappa à la porte. Ils se figèrent. Duncan envisagea de demander à Daisy de se cacher dans son placard ou sous son lit, mais si la personne dans le couloir les avait entendus parler, ce serait pire. Au début, ils avaient fait attention à chuchoter, mais ils avaient fini par oublier et par parler normalement.

— Qui est-ce ? demanda Duncan.

« Pourvu que ce soit Tad », se dit-il.

— C'est M. Simon. Je me suis lancé dans les *scones*, je voulais votre avis.

Duncan se tourna vers Daisy et lui souffla «pardon», puis il se leva et ouvrit la porte.

M. Simon sourit, tendit l'assiette qu'il avait apportée, puis aperçut Daisy, assise sur le lit. Il eut alors une expression de déception et de désarroi profonds. Ils restèrent quelques minutes comme statufiés avant que M. Simon ne prenne la parole, comme s'il avait besoin de ce temps pour réagir.

— Que se passe-t-il ici? demanda-t-il, l'assiette penchée sur le côté, les friandises refusées désormais à Duncan.

— On parlait, répondit ce dernier. Je vous en supplie, je sais qu'elle n'a pas le droit d'être ici mais…

— Mademoiselle Pickett, dans votre chambre! Je viendrai vous voir plus tard. Monsieur Meade, suivez-moi dans mon bureau.

Duncan ne put se retenir, il éclata en sanglots. Le soulagement d'avoir tout avoué à Daisy était cathartique et sans doute avait-elle raison, sans doute sa tare rédhibitoire allait-elle être de ne pas savoir laisser tomber. Tout le monde semblait être affligé d'une tare rédhibitoire. Sauf qu'à cause de lui, Daisy allait avoir des ennuis. C'était plus qu'il ne pouvait en supporter. M. Simon et Daisy le regardèrent, stupéfaits par sa réaction, puis M. Simon tourna les talons et s'éloigna en direction de l'escalier.

Duncan prit la main de Daisy et la serra très fort, il suivit M. Simon dans le couloir, puis dans l'escalier et enfin dans son bureau, dont ce dernier ferma la porte à clé.

CHAPITRE TRENTE ET UN

DUNCAN
Alors, j'ai des ennuis ?

Duncan raconta toute l'affaire à M. Simon. Il pleura la plupart du temps. Avec le recul, ses larmes facilitèrent sans doute les choses, même s'il ne les avait pas préméditées et n'aurait pu se forcer. C'étaient de vraies larmes.

Il était persuadé que son compte était bon, il risquait même l'exclusion. Il n'avait donc rien à perdre. Il ponctua son récit de mots qui tourbillonnaient dans sa tête : « portée, tare rédhibitoire, chaos et ordre, catharsis ». Il raconta l'histoire de Tim et la sienne ; il les entrecroisa avec celles de Vanessa et de Daisy. Il fit référence à *Hamlet*, au *Roi Lear* et à *Roméo et Juliette*.

Quand ce fut terminé, il se détendit. Il avait cessé de pleurer. M. Simon le regardait avec une expression stupéfaite. Duncan se demanda ce que Daisy était en train de faire. Était-elle terrifiée à l'idée de ce qui allait lui arriver, à l'idée de tout perdre ?

M. Simon s'éclaircit la voix.

– J'ai besoin d'un peu de temps pour analyser tout cela, dit-il enfin.

Duncan hésita. Il n'avait rien à perdre.

– Daisy et moi ne faisions rien de mal, lâcha-t-il. Je ne l'ai pas attirée dans ma chambre pour coucher avec elle.

Il n'avait pas plutôt prononcé ces paroles qu'il s'étonnait de parler à un professeur de cette façon. Mais il fallait que M. Simon sache.

– J'ai été jeune moi aussi, dit celui-ci avant de se lever.

Il ouvrit la porte et attendit que Duncan sorte. Duncan entendit la porte se refermer derrière lui et le verrou être tiré.

Il rêvait, bien sûr, d'aller retrouver Daisy. Mais il n'osa pas. Il n'osa même pas lui envoyer un texto de peur que celui-ci soit utilisé comme preuve plus tard. Il s'assit sur le banc près de la fenêtre dans la salle ronde à l'entrée du réfectoire et il attendit. Il envisagea de travailler sur sa dissertation – il pouvait aller chercher son ordinateur dans sa chambre en vitesse, mais à quoi bon perdre son temps s'il allait être exclu.

Des camarades passèrent à côté de lui et lui dirent bonjour. Duncan leur répondit mais sans quitter des yeux l'escalier, dans l'espoir de voir Daisy. Elle lui manquait.

Quand, finalement, M. Simon vint le trouver. En fait, il s'apprêtait à monter l'escalier, mais il aperçut Duncan à la dernière seconde.

– Vous voulez bien m'accompagner ? demanda-t-il sur un ton beaucoup plus chaleureux que dans son bureau.

– Bien sûr, où ça ? répondit Duncan en se levant.

– Dans le bureau de M. Bowersox.

« Oh, oh. »

– Et Daisy ?

– Daisy est hors d'affaire, dit-il gentiment.

– Elle a des ennuis ?

– Non, répondit-il.

Duncan sentit une onde de soulagement le parcourir, il crut être obligé de se rasseoir, mais parvint à rester debout.

– Merci de me l'avoir dit, déclara-t-il en suivant M. Simon dans l'autre direction, après le réfectoire, vers les bureaux de l'administration.

M. Bowersox était sur le seuil pour les accueillir.

– Bonjour, monsieur Meade, dit-il.

Il lui parlait gentiment aussi. Duncan ne comprenait rien à ce qui se passait.

– Bonjour, monsieur Bowersox.

– Je vous en prie, entrez !

Duncan attendit que M. Simon ait choisi un siège et prit celui qui se trouvait à côté du sien. Il se sentait groggy, résigné. Tant que Daisy s'en sortait sans problème, il pouvait gérer. Un long moment s'écoula avant que quelqu'un prenne la parole.

– Monsieur Simon m'a mis au courant de toute la situation, dit M. Bowersox en regardant Duncan droit dans les yeux.

Celui-ci hocha la tête. Il était sûr que M. Bowersox entendait par là qu'il avait fait entrer Daisy en douce dans sa chambre. Il l'avait fait – c'était indéniable.

– Monsieur Simon est inquiet, enchaîna-t-il lentement à sa façon très directeur de lycée.

Duncan hocha à nouveau la tête. Bien sûr qu'il était inquiet. C'était logique.

– Monsieur Simon, souhaitez-vous vous exprimer ou dois-je le faire ? demanda M. Bowersox.

– Faites-le, répondit le professeur. Je ne sais pas quoi dire exactement.

Duncan ne comprenait plus rien. Au contraire, il aurait pensé qu'il savait exactement quoi dire. Il avait sûrement été confronté à ce type de situation au fil des ans. Duncan regarda M. Bowersox.

– Bien, dit celui-ci. Monsieur Simon est inquiet d'avoir poussé le thème de la tragédie trop loin.

Le regard de Duncan alla de M. Bowersox à M. Simon, qui se tenait les mains jointes devant lui, la tête légèrement baissée.

– Que voulez-vous dire ? demanda Duncan.

– Monsieur Simon m'a rapporté votre conversation et oui, je sais qu'il reste d'autres sujets à discuter, mais il a le sentiment que la notion de tragédie a vampirisé votre mode de pensée.

Duncan était sans voix. Il ne s'attendait pas du tout à ce que la conversation prenne ce tour.

– Il m'a parlé de votre engagement auprès de Tim Macbeth, de votre relation avec Daisy Pickett, mais ce qui l'a vraiment troublé, c'est que vous ayez été capable d'utiliser avec facilité les mots associés à une tragédie ou un événement tragique, comme si ceux-ci avaient fait l'objet de votre réflexion, comme si vous les aviez vécus. Pensez-vous que cela soit devenu un problème pour vous ?

Duncan réfléchit. C'était Tim qui avait instillé l'idée que son histoire avait un rapport avec le concept de tragédie, pas

M. Simon. Et ce n'était pas la faute de la dissertation sur la tragédie si les événements s'étaient déroulés l'année précédente. Il ressentit le besoin urgent de parler à Tim, il regretta de ne pouvoir lui demander son avis. Peut-être l'appellerait-il. Il suffisait de trouver le numéro de ses parents et d'essayer de le contacter. Mais cela prendrait trop de temps. Il avait le pressentiment que l'inquiétude de M. Simon se dissiperait avec le temps, et à ce moment précis, Duncan sentit qu'il avait le dessus. Ça lui plut.

Et puis, il comprit qu'il n'avait pas besoin de parler à Tim, en fait. Il était à peu près certain de ce qu'il dirait.

– Ce fut une bonne année et une année difficile et, bien sûr, la dissertation sur la tragédie planait au-dessus de ma tête, au-dessus de toutes les têtes depuis le jour de la rentrée, dit Duncan. Mais ni monsieur Simon ni les notions qu'il nous a enseignées n'ont une quelconque responsabilité dans ce drame. Au contraire, je pense qu'il est un professeur admirable et qu'il m'a aidé à comprendre tout ça, à lui donner un sens.

M. Bowersox sourit.

– C'est exactement ce que je pense.

M. Simon leva la tête.

– Merci, dit-il. Et si monsieur Bowersox est de cet avis, j'aimerais que notre conversation fasse office de dissertation sur la tragédie pour vous. À mes yeux, celle-ci la vaut largement.

M. Bowersox approuva.

– Alors, j'ai des ennuis ? demanda Duncan.

– Non, répondit M. Simon. Mais vous êtes prié de ne

plus jamais inviter Daisy dans votre chambre et je ne veux pas apprendre que vous vous êtes rendu dans la sienne, mais nous avons décidé d'un commun accord de passer sur cet épisode au regard des épreuves que vous avez traversées.

– Merci, dit Duncan.

Il ne pouvait se départir de son sourire. Il allait attendre Daisy au bas de l'escalier, lui dire combien elle comptait pour lui et le lui redire tous les jours. Si elle acceptait, il l'aiderait à rédiger sa dissertation sur la tragédie – apparemment, il était un expert, même si c'était fortuit.

CHAPITRE TRENTE-DEUX

DUNCAN
Don't Stop Believin

Il restait un CD que Duncan n'avait jamais écouté. L'histoire était terminée, il n'y avait rien à ajouter. Ce qui explique qu'il ait oublié ce dernier. Mais en rangeant l'ensemble dans le compartiment secret de son placard pour qu'il y reste jusqu'à la fin de l'année, le CD attira son attention.

Il ne ressemblait pas aux précédents. Au lieu d'avoir une date inscrite sur le couvercle – Style : « 5 au 15 janvier » – comme sur les autres, il était décoré de notes de musique désordonnées. Duncan hésita, puis il glissa le CD dans son ordinateur et écouta. C'était une compilation des chansons du groupe Journey – *Don't Stop Believin, Wheel in the Sky* et *Faithfully*, parmi d'autres. C'était la musique que Tim lui avait promise. Duncan décida de garder le CD.

Il réussit enfin à choisir les élèves de première invités au Jeu. Il le fit publiquement – tous ceux qui étaient intéressés pouvaient venir – et il suivit la règle. Le premier nom tiré fut celui du chef, sans discussion possible.

En fin de compte, il organisa un Jeu des terminales fantastique. Il emprunta l'idée au type qui avait fourni les luges l'année précédente et mit sur pied un jeu de chaises musicales géant. Cette fois, ils sortirent les chaises du réfectoire discrètement et les disposèrent en ovale dans la cour. Et la musique utilisée fut celle de Tim.

Il fut envisagé d'inviter les terminales de l'an passé à se joindre au Jeu pour les faire participer à un événement positif. C'était l'idée de Daisy et Duncan l'adora, mais ils s'en tinrent finalement à leur classe.

Pendant le Jeu, Duncan leva les yeux vers sa toute petite fenêtre ronde et repensa aux paroles de Tim : « Tu te dis sûrement des tas de choses en ce moment mais, en premier lieu, que cette chambre est nulle. Ce n'est pas vrai. » Combien de temps fallait-il encore avant qu'il n'entende plus la voix de Tim à tout bout de champ ? Peut-être ne l'entendrait-il plus après le lycée ou peut-être plus tard. Il tourna son regard vers ses camarades et sourit en voyant la multitude de T-shirts bulldog blancs. Sans trop de disputes, le blanc était devenu la couleur de l'année. Était-ce en hommage à Tim ou à la neige, Duncan l'ignorait. Mais ça collait et il aimait l'idée.

M. Simon avait beau l'avoir dispensé de dissertation sur la tragédie, Duncan ne pouvait chasser celle-ci de ses pensées. Finalement, le lendemain du Jeu des terminales, il sut ce qu'il devait faire.

Il descendit à la grande salle et choisit un bureau libre dans le fond. Les mots se bousculaient dans sa tête, il commença à rédiger. Les premières phrases appartenaient à Tim : « Le jour où je suis parti pour Irving, j'étais le dernier à quitter la maison, et je précise pas pour la journée, pour toujours. » Duncan poursuivit dans ce sens un moment, mais il faisait fausse route. Il se fichait de sa note – il avait déjà obtenu un A et savait qu'il le conserverait quoi qu'il écrive. Mais ça y était : il tenait sa chance d'aller de l'avant. Il prit une profonde inspiration et écrivit finalement : « J'avais deux choses en tête en passant le porche de pierre qui menait au dortoir des terminales : le trésor dont j'hériterais et ma disserte sur la tragédie. »

Les tuyaux de M. Simon pour éviter une fin tragique à votre dissertation sur la tragédie.

Au cours de la rédaction de votre dissertation sur la tra-gédie, gardez à l'esprit les points essentiels qui vont suivre. (Ne perdez pas cette note. Je ne vous en donnerai pas d'autre. Partager son contenu avec des élèves qui auraient perdu la leur ou raté la distribution sera pénalisé d'un retrait automatique de deux points.)

- Donnez une définition approfondie et complète de la tra-gédie.
- Précisez à quel moment cette discussion littéraire capi-tale a commencé. Et n'oubliez pas d'indiquer où.
- Sachez distinguer un événement tragique d'une tragédie dramatique si vous pensez qu'il existe une différence entre les deux.
- Abreuvez-vous d'Aristote et formulez les enseignements que vous en avez tirés, en particulier ce qui le rattache à la tragédie.

- Examinez le rôle de Sophocle. À moins que je me trompe de philosophe. J'espère que vous pourrez me corriger.
- Développez les différences que l'on trouve entre la tragédie grecque et la tragédie shakespearienne – si tant est qu'il y en ait.
- Choisissez trois pièces de William Shakespeare au moins, argumentez votre choix et exposez les raisons pour lesquelles celles-ci s'inscrivent dans votre travail de recherche – puis faites-m'en part. NE ME DEMANDEZ PAS lesquelles choisir. Lorsque tout ceci sera terminé, je vous raconterai l'histoire de ces douze élèves d'Irving qui obtinrent un F à leur dissertation pour ne pas avoir pris au sérieux cette partie du travail.
- Réfléchissez à l'importance ou à l'insignifiance de l'intrigue. Et *quid* des personnages ?
- Assurez-vous de bien comprendre et d'être en mesure de me l'expliquer pourquoi la fin d'une tragédie est si importante. L'est-elle ?
- Je vous laisse juge (et je vous prie d'étudier le sujet avant de vous asseoir sur ce banc) : une tragédie doit-elle avoir une fin malheureuse ? Pourquoi ou pourquoi pas ?
- Utilisez au moins quatre références indiscutables et cinq secondaires.
- Connaissez le sens des mots et expressions-clés suivants et utilisez-les (l'ordre importe peu ou importe-t-il ?) : revers de fortune, pitié et peur, erreur de jugement, destin, péripétie, anagnorèse, *hamartia*, catharsis, *mimêsis*, éléos, *phobos*, tare rédhibitoire, ordre, chaos, reconnaissance, conflit, statut, caractère inéluctable, perspicacité, *hubris*,

monomanie, engagement, imprévisibilité, optimisme et ironie.

- Permettez que je répète l'un de ces mots : ironie.
- Et enfin : PORTÉE, PORTÉE, PORTÉE.

REMERCIEMENTS

Ce livre n'aurait jamais vu le jour sans deux personnes. La première est mon agent, Uwe Stender, qui m'a accompagnée pas à pas tout au long de ce projet. C'est un homme intelligent, fidèle et tenace – tout ce que je pouvais attendre d'un agent (et ami). Je remercie de sa part Charlotte, Wendy et Saskia. La deuxième personne est mon professeur d'anglais de terminale à Hackley, M. Arthur Naething, pour m'avoir donné à faire une dissertation sur la tragédie et enseigné une leçon capitale – à savoir que j'adore écrire.

Je souhaite également remercier Erin Clarke, mon incroyable éditrice chez Knopf, pour avoir voulu publier *Sujet : Tragédie* et m'avoir guidée avec gentillesse, enthousiasme et une attention remarquable aux détails, pendant ce long processus. Merci à Sue Cohan, ma correctrice et à Lisa Leventer, ma correctrice d'épreuves. Vous avez fait un travail de fourmi exceptionnel sur ce livre. Merci aussi à Stephanie Moss, la conceptrice graphique. J'adore la couverture ! Je suis reconnaissante à tous chez Random House.

J'ai souvent dit en plaisantant que Jennifer Weiner, mon amie à l'incroyable générosité, pourrait entamer une deuxième carrière en devenant mon soutien en écriture. Elle est toujours prête à m'aider, à me donner un conseil, à discuter d'un point d'intrigue ou de la motivation d'un personnage. Et puis je m'amuse beaucoup en sa compagnie. J'aimerais remercier aussi mes autres merveilleux amis : Simona Gross, Ivy Gilbert, Dawn Davenport, Charlie Phy, Doug Cooper, Nika Haase, Lisa Kozleski, Melissa Cooper, Meghan Burnett, Melissa Jensen, Angie Benson, Leah Kellar et les copains qui ont hanté les couloirs de Hackley avec moi.

À mes mentors, professeurs et éditeurs : Dianne Drummey Marino de NBC News ; LynNell Hancock et feu Dick Blood de l'école de journalisme de Columbia ; Tom Watson, Buddy Stein et la regrettée Ceil Stein à The Riverdale Press – je suis arrivée là grâce à vous tous.

La romancière S.E. Hinton a changé le cours de ma vie avec *Les Outsiders* et *That Was Then, This Is Now*. La lecture de ces deux livres m'a donné l'envie d'être écrivain. J'aimerais pouvoir la remercier en personne.

À Patty Rich et Terry LaBan – merci pour votre confiance et votre amour. À mes beaux-parents, Joyce et Myron LaBan – j'ai su que vous preniez mon envie d'écrire au sérieux quand vous m'avez offert un ordinateur portable, il y a dix ans. Vous n'avez jamais cessé de croire en moi depuis, je n'ai pas de mots pour vous dire à quel point c'est important pour moi.

Je regrette que mon père, Arthur Trostler, ne soit plus des nôtres pour lire ce livre. Il est toujours dans mes pensées et sa devise : «Garde toujours l'œil ouvert» ne me quitte jamais. À ma mère, Barbara Trostler, qui n'a cessé de me donner ce qu'elle a – je ne serai jamais en mesure de te remercier assez.

Je n'aurais rien pu faire de tout cela sans mon tendre mari, Craig LaBan, qui entretient mes forces en me nourrissant divinement bien et qui m'a toujours soutenue dans mes rêves de romancière. (Par ailleurs, il prépare le meilleur cappuccino dont on puisse rêver.)

Et à mes enfants, Alice et Arthur, merci d'avoir fait des bonds quand je vous ai annoncé que j'avais (enfin) vendu un livre. Celui-ci est pour vous. Que votre vie soit toujours pleine de bons livres et d'excellentes histoires. Je sais que tout le monde dit la même chose, mais dans mon cas, c'est la vérité : vous êtes des enfants fabuleux.

TABLE DES MATIÈRES

Elizabeth LaBan est titulaire d'un diplôme de journalisme de Columbia et d'un diplôme de lettres. Elle a travaillé pour la chaîne de télévision NBC news et a enseigné le journalisme en faculté. Auteur de nombreux articles pour des magazines et des journaux, *Sujet : tragédie* est son premier roman.

Elizabeth LaBan vit à Philadelphie avec son mari et leurs deux enfants.

On
lit
plus
fort
.com

Le blog officiel
des romans
Gallimard Jeunesse
Sur le web, le lieu
incontournable
des passionnés
de lecture.

ACTUS

AVANT-PREMIÈRES

LIVRES À GAGNER

BANDES-ANNONCES

EXTRAITS

CONSEILS DE LECTURE

INTERVIEWS D'AUTEURS

DISCUSSIONS

CHRONIQUES
DE BLOGUEURS...

Le papier de cet ouvrage est composé de fibres naturelles, renouvelables,
recyclables et fabriquées à partir de bois provenant de forêts plantées
et cultivées expressément pour la fabrication de la pâte à papier.

Loi n° 49-956 du 16 juillet 1949
sur les publications
destinées à la jeunesse

Maquette : Dominique Guillaumin

Dépôt légal : janvier 2014
ISBN : 978-2-07-065656-1
N° d'édition : 256185
Achevé d'imprimer sur Roto-Page
par l'imprimerie Grafica Veneta S.p.A.
Imprimé en Italie